인간은 죽지 않는다

Humans do not die

남지심

인간은 죽지 않는다

작가의 말 *prologue*

신작

『인간은 죽지 않는다』를
펴내면서...

생명의 끝은 죽음이다.

생명은 유한하므로 생명의 끝자락엔 반드시 죽음이 연결된다. 여기에서 예외인 생명은 없다.

생명은 현상계에서 무엇이든 할 수 있는 특권을 선물 받은 것이고, 죽음은 선물 받은 그 특권을 박탈당하는 것이다. 여기에서도 예외인 생명은 없다.

나는 지금 생명을 가진 존재로 현상계에서 살고 있다. 죽음 역시 내 생명 끝자락에 바짝 붙어서서 한발 한발 다가오고 있다. 나는 지금 내 앞에 펼쳐진 삶을 어떻게 이해해야 할까? 그리고 그 모든 것을 거두어 가는 죽음은 또한 어떻게 이해해야 할까?

위의 명제는 인류가 풀어야 할 근원적인 과제였다. 이 과제를 풀기 위해 철학이 등장하고 인접 학문이 등장하고 예술도 등장했다. 종교도 역시 마찬가지였다. 위에 열거한 것 중에서 가장 포괄적이고 근원적인 진리에 접근한 것은 역시 종교라고 본다. 인류의 스승인 성인이 등장해 생명이 펼치는 전 과정을 설명하고, 그 설명을 듣고 많은 사람이 믿고 따름으로써 종교가

탄생했다. 그리고 철학과 인접 학문이 삶의 문제를 다루었다면 종교는 삶과 죽음을 동시에 다뤘다. 죽음에 대해 명쾌한 답을 제시한 분야는 종교밖에 없다.

생명을 가지고 현상계에서 살아가는 우린 육신을 벗어난 죽음 이후의 세계를 볼 수도 없고 증명할 수도 없다. 종교가 설명하는 죽음 이후의 세계도 역시 마찬가지다. 그래서 그것을 받아들이고 믿는 것은 주관적일 수밖에 없다. 지상에 다양한 종교가 현존해 있는 것도 그래서이고, 다양한 종교가 제시한 종교의 교리를 이해하는 것도 그래서이다.
나는 불교 신자로 살아왔다. 그것 역시 내 주관의 선택이다. 젊은 시절 긴긴 방황 끝에 불교를 만난 나는 내 안에서 소용돌이치는 갈망을 토해내고 싶었다. 그 출구가 소설이었다.

30대 중반에 처음 『솔바람 물결 소리』를 써서 작가가 되었다. 그리고 3년 후 후편에 해당하는 『연꽃을 피운 돌』을 펴냈다. 이때는 내가 찾던 인생에 대한 해답이 불교 안에 있음을 확인

하고 짝사랑하는 연인을 바라보듯 불교의 담 밖에서 불교 안을 기웃거리던 때였다. 두 책 다 독자들의 사랑을 받아 『솔바람 물결 소리』는 43쇄, 『연꽃을 피운 돌』은 38쇄를 찍어 불교 담 안으로 나를 들어가게 했다. 『솔바람 물결 소리』는 캐나다에 있는 교포 신문에 연재돼 캐나다 리자이나 대학교 비교 종교학 오강남 교수가 번역해 2023년에 캐나다에 있는 출판사에서 출판되었다.

불교 안으로 들어온 나는 40대 중반부터 시작해 『우담바라 전4권』을 펴냈다. 이 책 역시 독자들의 열렬한 사랑을 받아 158쇄를 찍는 기록을 세웠다. 돌이켜 보면 과분한 사랑을 받았다는 생각이 들어 독자 한 분 한 분한테 감사한 마음을 전하고 싶다. 『우담바라』를 통해 하고 싶은 얘기를 다 했다고 생각한 나는 소설 쓰는 일을 멈추고 인물 평전 등 다른 글을 써오며 인생의 중 후반기를 보냈다.

그러다 70대 중반에 들어 죽음의 문제를 다뤄보고 싶다는 생각을 하게 됐다. 죽음은 삶의 끝자락에 매달려 있는 또 하나의 나의 삶이다. 불교 신자인 나는 윤회의 개념을 받아들이기 때

문에 죽음 이후의 세계를 꼭 그려보고 싶은 갈망 속에서 『인간은 죽지 않는다 1,2권』을 썼다. 이 책 역시 불교 생명관을 바탕으로 해서 사후세계를 그린 나의 주관적 사후관이다. 쓸 때는 막연했는데 쓰고 나니 죽음 이후의 세계를 설명하라고 한다면 내가 이해하고 있는 영계(靈界)를 설명할 수 있을 것 같은 자신감까지 생겨났다.

불교는 현상계를 우주 근원의 진리, 불교식으로 표현하면 진여의 세계를 드러낸 표리일체의 관계로 보고 있다. 우리의 영혼, 혹은 마음이 우주의 근원적인 진리를 내포하고 있다 하지만 인간인 우리가 쓰는 마음은 자기애(自己愛)에 갇힌 탐심(貪心) 진심(嗔心) 치심(痴心)이므로 고통의 세계다. 이 세계를 중생계라고 한다. 평범한 사람들이 사는 인간의 세계다. 자기애에 갇혀 있긴 하지만 우리의 근본 마음은 우주 근원을 담고 있으므로, 내 안에서 나를 가두고 있는 자기애(自己愛)를 벗겨내면 우주의 근원과 일치하는 대 자유인, 성인이 될 수 있다.
이 세계에서 중생구제의 원력을 세우고 등장하는 분들이 불교

에서 말하는 보살(菩薩)이다.

보살은 원생의 삶을 사는 분들이므로 그들이 펼치는 세계는 원력의 세계, 즉 원생이다. 지금까지 모든 문학작품이 중생의 세계인 업생(業生)을 그린 것이라면 『인간은 죽지 않는다 2권』에선 원력 보살들이 환생해서 현실 속에서 원력을 펼쳐가는 원생(願生)을 그리고 있다.

장영우(동국대문예창작과명예교수. 문학평론가)는 이렇게 말한다.

"남지심의 신작소설 『인간은 죽지 않는다』는 제목과 내용 모두 소설에 대한 우리의 일반적 상식을 충격한다. 이 소설은 현실 세계의 욕망과 갈등, 혹은 인간 내면의 선악을 파헤치는 일상적 이야기 차원을 벗어나, 우리의 체험과 인식 밖에 있는 사후세계를 마치 '현실처럼' 약여(躍如)하고 핍신(逼眞)하게 다룬다. 한 여성의 임종 순간 이후 머무르게 되는 중유(中有)의 세계, 그 중유(中有)의 세계에서 정신적 진화를 거쳐 현실 세계로

다시 환생하기까지의 얘기를 그린(1권), 환생 후 법운사와 예경원을 중심으로 한 '생명의 실상' 공동체 활동을 그린(2권 1,2)『인간은 죽지 않는다』의 서사는 인간의 정신적 수행 및 이타적 실천을 주제로 한 작품으로 불교의 윤회와 보현행원 사상을 근간으로 한다. 그런 의미에서『인간은 죽지 않는다』의 장르적 성격은 이야기로 풀어낸 화엄경 '십지품'의 변상도라 명명해도 크게 지나치지 않을 것이다."

『인간은 죽지 않는다』는 불교적 사유, 보다 구체적으로 말해 연기 윤회적 관점에서 인간의 죽음과 생명의 실상을 탐구한 소설이다. 이 소설은 인간의 죽음과 그 이후의 상황을 직접 다루었다는 점에서 소설의 신기원을 이룰 뿐 아니라, 남북 분단 이후 갈수록 첨예화 극단화하고 있는 한민족의 분열과 갈등 등 민감한 현실 문제의 해결책을 제시하고 있다는 점에서 더욱 주목할만하다.

『인간은 죽지 않는다』가 사후세계(死後世界)를 다룬 소설로도, 업생(業生)이 아닌 원생(願生)을 다룬 소설로도 국내외(國內外)에서 그 유례를 찾을 수 없다 하니 불교문학을 해 온 작가로서 한 획을 그었다는 자부심이 느껴진다.

이제부터는 독자들의 몫이다. 금생에서 나의 마지막 소설이 될 『인간은 죽지 않는다 1,2권』이 독자들의 가슴에 어떻게 투사될지 경건한 마음으로 기다려본다.

2025년 2월 4일 아침

화곡동 나의 작은 서재에서
남지심 씀

목차

004   작가의 말

014   제1장   기약없는 이별
037   제2장   의식의 연마
060   제3장   인격의 연마
081   제4장   청정심의 연마
096   제5장   세계의 관찰
109   제6장   인식의 빛 1_ 지옥계
125   제7장   인식의 빛 2_ 아귀계
137   제8장   인식의 빛 3_ 축생계
149   제9장   인식의 빛 4_ 아수라계

158	제10장	인식의 빛 5_ 인간계 I
186	제11장	인식의 빛 6_ 인간계 II
197	제12장	귀환
212	제13장	자비심의 연마
234	제14장	평등심의 연마_ 연꽃관
246	제15장	심연(深淵)속의 생명_ 인연
273	제16장	마지막 기로에서의 선택
296	제17장	스승들의 귀환

1
기약없는 이별

딸깍!

고통스러웠던 마지막 숨이 멈췄다.

해방감과 함께 내가 나를 떠나야함이 알아졌다.

나는 나에게 다가오는 변화에 당황하며 주위를 살폈다. 그때 내가 가볍게, 마치 구름처럼 무게감이 없이 붕 떠오름이 느껴졌다. 그러면서 어딘가로 확 빨려 나갔다. 통로 같은 공간을 빠져나간 나는 아주 짧은 한 찰나에 육신과 분리되었다. 그 순간 내가 이마, 그러니까 눈썹과 눈썹 위 미간에서 빠져나왔음이 알아졌다. 순간적으로 두려워졌다. 이마가 파였으면 어떻게 하지? 놀라서 돌아보니 내 이마는 평소와 다름없이 반듯하게 자리하고 있었다.

나는 안도하며 나를 바라보았다. 호흡이 멈춘 나는 차갑게 식어가고 있었고, 내가 없는 나는 그 어떤 감정도 지니고

있지 못했다. 나는 물끄러미 나를 바라보았다. 참 수고했다는 생각이 들면서 이별의 슬픔이 느껴졌다. 긴 세월 우리는 서로를 지키기 위해 힘겨운 노력을 이어왔다. 찰나 찰나 한순간도 소홀히 하지 않으면서. 하지만 이젠 이별해야 할 때가 되었다. 나는 잠시 나를 바라보다가 몸을 솟구쳤다.

그때 내 옆에 있던 아들과 딸이 놀라서 내 손을 잡기도 하고 내 가슴에 얼굴을 대기도 하면서 울부짖었다.

"엄마! 엄마!"

아들과 딸들의 울부짖는 소리가 퍼져 나가자 의사와 간호사가 달려왔다. 그리고 내 가슴에 청진기를 대보던 의사가 조용히 말했다.

"어머님은 운명하셨습니다."

의사의 말을 들은 아들과 딸들의 흐느낌 소리가 조금 더 커졌다.

"엄마! 엄마!"

아들과 딸들은 다시 한 번 내 손을 잡기도 하고 내 가슴에 얼굴을 비비기도 하면서 흐느껴 울었다. 그때 간호사가 흰 홑이불을 가지고 와 내 몸을 덮었다. 산 자와 죽은 자, 나는 이제 이생의 인연을 마무리하고 떠나야 한다. 그 순간 슬픔이 몰려왔다. 자식들과의 작별은 내게도 슬픔으로 다가왔다. 잠시 슬픔에 젖어 병실의 광경을 바라보고 있을 때 남자 둘이

와서 내가 누워 있는 침대를 끌고 병실 밖으로 나갔다. 그러자 내 아들과 딸들은 눈물을 닦고 급히 침대 뒤를 따라갔다.

병원에서는 나를 떠나보내기 위한 준비가 시작되었다. 아들과 딸들은 머리를 맞대고 앞으로 밟아야 할 절차를 의논했다. 친하게 지냈던 분들한테 전화하는 일, 화장 절차를 밟을 일, 평소 내가 가깝게 지냈던 스님한테 연락해 불교 의식으로 장례를 집전하게 하는 일, 절에 위패를 봉안하는 일 등.

나는 자식들보다 좀 높이 떠서 자식들이 나누는 대화를 듣고 있었다. 내가 떠날 때 알려야 할 친지들의 명단도 적어 놓았고, 장례 의식을 집전해 줄 스님도 정해 놓았기 때문에 자식들은 그 문제에 대해선 의견일치를 보였다. 하지만 위패를 모시는 일에 있어선 서로 의견이 달라 갈등을 빚고 있었다. 큰딸은 엄마가 평소 위패를 모시지 말라 했으니 장례를 치른 후 따로 위패를 모시는 일은 하지 말자 했고, 작은딸과 아들들은 어딘가에 위패를 모셔 놓아야 엄마가 보고 싶을 때 찾아갈 수 있지 않느냐고 하면서 위패를 절에 모시자고 우겼다.

나는 자식들의 대화를 들으면서 참견하고 싶은 마음이 들어 내 의견을 말했으나 자식들은 내 말을 알아듣지 못하고 계속 자신들의 주장만 이어가고 있었다. 그 순간 나는 자식들과 소통할 수 없다는 사실을 깨달았다. 그러자 쓸쓸함이 몰려왔다.

나는 쓸쓸한 마음으로 자식들을 바라보았다.

좀 더 사랑해 줄걸, 자식들을 사랑할 수 있는 긴 긴 시간이 나한테 주어져 있었는데 완전한 사랑을 쏟지 못했다는 후회가 밀려왔다. 자식들이 내 사랑을, 내 인정을, 내 관심을, 내 보살핌을 간절히 바랐을 때 나는 내 일에 매몰돼 그 간절한 기대를 번번이 저버렸다.

'미안하다. 너희들이 순간순간 엄마한테서 얻고 싶어 했던 그 열망들을 무엇 하나 제대로 채워 주지 못해서.'

나는 자식들을 내려다보면서 진심으로 사과했다. 그 순간 가슴이 미어지게 아프면서 회한이 느껴졌다. 좀 더 따뜻하게 감싸 줄걸, 좀 더 깊이 이해해 줄걸, 좌절감 속에서 힘들어할 때 좀 더 적극적으로 용기를 북돋아 줄걸, 결국 나는 완전하게 사랑을 베풀지 못한 부족한 엄마로 한 생을 마감하고 말았다.

병원에서는 나를 떠나보내기 위한 준비가 진행되었다. 장례식장도 마련되었고, 내 영정 사진도 걸렸다. 나는 영정 사진을 보며 미소 지었다. 40대 후반의 고운 여인이 모시 적삼을 입고 허공을 응시하고 있었다. 언젠가 딸과 함께 소지품 정리를 하다가 그 사진을 가리키며 영정 사진으로 쓰라고 했더니 딸이 내 말을 기억하고 있었던 것 같다. 나는 영정 사진의 여인보다 거의 배는 더 살아서 그 사진과는 다른 모습을

하고 있지만, 굳이 노인 모습으로 친지들과 작별을 나누고 싶지는 않았다. 가장 활발하게 활동할 때의 내 모습을 보는 것이 친지들의 마음도 밝을 것 같아서였다.

　장례식장에 제일 먼저 당도한 사람은 내 여동생이었다. 내 여동생은 문밖에서부터 울며 들어와 내 영정 사진 앞에 무릎을 꿇고 앉아 흐느끼며 울었다. 여동생과 나는 딸만 둘을 둔 집에서 함께 컸다. 동생은 태어나는 순간부터 옆에 있는 나를 봤을 테니 우리 둘은 선택의 여지가 없는 관계로 맺어져 있었다. 우리가 어떻게 형제로 맺어졌는지는 확실하지가 않다. 동생은 나와의 인연보다는 부모님 중 한 분과의 인연이 더 깊어 같은 집에 태어난 것 같다. 어떤 동기였든 우린 어린 시절 추억을 공유하면서 함께 자랐다. 금생에서 맺은 인연 중에 가장 가까운 인연임이 틀림없다.

　이어서 친지들이 하나둘 영안실로 들어왔다. 그들은 향로에 향을 피우고 내 사진을 물끄러미 바라보다가 나를 향해 절을 했다. 그리고 옆에 서 있는 상주들과 가볍게 인사를 하고 몸을 돌렸다. 때로는 나와의 작별이 아쉬운 듯 발길을 돌리지 못하고 내 영정 사진을 물끄러미 바라보면서 눈물을 흘리는 사람도 있었다. 나는 그런 사람을 볼 때면 마음이 아파 다가가 위로를 해주곤 했는데 그 사람들은 한결같이 내 말을 알아듣지 못했다.

나는 떠나는 일을 조촐하게 하고 싶었다. 한때는 세상 사람들과의 작별 의식을 축제장처럼 화려하게 가꾸고 싶은 적도 있었지만, 어느 순간부터 그런 일이 무의미하게 느껴졌다. 나와 소중한 인연을 맺었던 사람만 모여 함께했던 시간의 의미를 되새기고, 새로이 만날 인연을 기약해 보는 것으로 이생의 시간을 마무리하고 싶었다. 그래서 꼭 작별 의식을 치르고 갈 사람들의 명단을 미리 준비해 놓았다.

시간이 지나자 명단에 올랐던 사람들이 장례식장으로 속속 들어왔다. 금생에서 내가 활동했던 영역은 불교계였기 때문에 나를 찾아온 사람들은 모두 불연으로 맺어진 도반들이었다. 나는 허공에 떠서 한 사람 한 사람을 반갑게 맞으며 소중한 인연에 감사했다. 부처님 품 안에서 함께 불교 일을 하며 지냈던 시간이 더없이 행복하게 느껴졌다. 향로에 향을 꽂고 조용히 내 사진을 바라보다가 고개를 숙이거나 절을 하는 사람을 보고 있노라면 그 사람들과 함께했던 시간이 영상으로 스쳐 갔다. 때로는 용서를 구하고 싶은 장면도, 너무 후회스러워 고개를 돌리고 싶은 장면도 있었지만, 그 모든 것은 내 감정과는 상관없이 그냥 스쳐 지나갔다. 나는 나를 찾아온 사람들과 함께했던 시간을 바라보며 이생의 삶을 마무리하고 있었다. 그 사람들을 바라보면서 느낀 감정도 내가 그들 한 사람 한 사람을 완전히 사랑하지 못했다는 회한이었다. 그건

자식들한테 느꼈던 감정과도 같았다.
 세상을 작별하면서 가장 후회스러운 것은 인연 닿은 사람을 완전히 사랑하지 못했다는 자각이었다. 그건 내가 다른 생명을 완전하게 사랑할 수 있는 능력을 갖추고 있지 못하다는 것을 인식하는 것과 같았다. 나와 작별 인사를 마친 사람들은 옆방으로 옮겨가 나와의 추억을 떠올리며 담소를 나눴다. 나는 그들의 담소를 들으며 미소를 지었다. 저 사람은 그때의 기억을 간직하고 있었구나, 하는 생각을 하면서. 그런데 신기한 것은 여러 테이블에 앉아 담소를 나누는 사람들의 얘기를 내가 다 들을 수 있다는 것이었다. 그리고 동시에 공감할 수 있다는 것이었다. 나는 신기해서 주위를 더 확장해 보았다. 그러자 옆방 영안실에서 벌어지는 일도 한눈에 다 들어왔다. 오고 가는 사람들, 그들이 나누는 대화, 영안실에서 벌어지고 있는 장면들…. 신기해서 좀 더 의식을 확장해 보니 병원에 있는 열 개의 영안실이 일시에 다 보였다. 그리고 그 안에서 벌어지는 모든 일도 동시에 다 보였다.
 내가 호기심과 재미에 푹 빠져 있을 때 의식을 집전하기 위해 스님이 영안실로 들어왔다. 그 뒤로 스님 절의 신도들도 같이 들어왔다. 스님은 향로에 향을 꽂고 나를 물끄러미 바라보았다. 그러고 있는 스님 눈가가 불그스름해지며 입가에 미세한 경련이 일었다. 그런 스님을 보고 있는 나도 가슴이 아파

왔다. 긴 시간 스님과 함께했던 시간이 스쳐 지나갔다. 승, 속으로 다른 삶을 살았지만 서로 깊이 이해했다는 생각이 들었다. 그리고 아꼈다는 생각이 들었다. 스님은 영안실 왼쪽에 자리를 잡고 앉아 신도들과 함께 법성게를 낮은 소리로 독송했다.

法性圓融無二相　법성원융무이상
諸法不動本來寂　제법부동본래적
無名無相絶一切　무명무상절일체
證智所知非餘境　증지소지비여경
眞性甚深極微妙　진성심심극미묘
不守自性隨緣成　불수자성수연성
一中一切多中一　일중일체다중일
一卽一切多卽一　일즉일체다즉일
一微塵中含十方　일미진중함시방
一切塵中亦如是　일체진중역여시
無量遠劫卽一念　무량원겁즉일념
一念卽是無量劫　일념즉시무량겁
九世十世互相卽　구세십세호상즉
仍不雜亂隔別成　잉불잡난격별성
初發心時便正覺　초발심시변정각

生死涅槃常共和	생사열반상공화
理事冥然無分別	이사명연무분별
十佛普賢大人境	십불보현대인경
能仁海印三昧中	능인해인삼매중
繁出如意不思議	번출여의부사의
雨寶益生萬虛空	우보익생만허공
衆生隨器得利益	중생수기득이익
是故行者還本際	시고행자환본제
破息妄想必不得	파식망상필부득
無緣善巧捉如意	무연선교착여의
歸家隨分得資糧	귀가수분득자량
以陀羅尼無盡寶	이다라니무진보
莊嚴法界實寶殿	장엄법계실보전
窮坐實際中道床	궁좌실제중도상
舊來不動名爲不	구래부동명위불

법성게 30게송에서 광명이 쏟아져 나왔다. 게송 하나하나가 물결처럼 움직이자 그 물결의 파장에 의해 광명이 점점 확대되어 갔다. 그러다 마침내 내가 있는 공간을 가득 채웠고, 그 광명은 도도한 물결처럼 형상 있는 모든 것을 지워나갔다.

사람이, 영안실이, 병원이, 집이 차례로 다 지워지더니 드디어 끝 간 데 없는 무한대의 공간으로 확대되었다. 망망대해와 같다 할까? 무한대의 허공과 같다고 할까?

무색의 투명한 광명, 백색이라고밖에 표현할 수 없지만 백색도 아닌 너무도 눈부신 광명이 끝 간 데 없이 펼쳐진 속에 형상들이 하나둘 모습을 드러냈다. 바다 산 강 나무 바위 사람 짐승 새…, 생명 가진 모든 것들이 광명을 뿜으며 불쑥불쑥 모습을 드러내더니 마침내 온 세상이 형상을 가진 생명체들로 가득 찼다. 광명을 뿜고 있는 개체는 하나의 광명 속에 스며있고, 하나의 광명은 무수한 객체를 품고 있었다. 내가 황홀해서 이 광경을 바라보고 있자 어느 순간부터 형상을 가진 생명들 속에서 광명이 서서히 스러지더니 본래 각각의 모습을 한 생명들이 지상을 가득 메웠다. 그런데 놀라운 것은 생명을 가진 동물은 물론 사람도 다 동물적인 본성을 지니고 있었다.

아! 내가 사람들 속에 깃들어진 동물적인 본성을 보고 놀라자 영안실에서 기도하는 스님도 신도들도, 그리고 나와 작별을 하기 위해 온 도반들도 내 자식들도 모두 동물적인 본성을 지니고 있음이 보였다. 그리고 나라고 생각되는 나에게도 똑같이 동물적인 본성이 깃들어 있음이 느껴졌다.

동물적인 본성은 식욕과 색욕으로 표현되고 그것은 우둔

함, 몽매함으로 인식되어졌다. 그리고 이 우둔함과 몽매함이 나라고 하는 개체에 깃들어 있으면서 나를 타인과 분리시켜 자아라고 하는 올가미에 가두어 넣고 있었다. 나는 나에게 덧씌워진 올가미에서 벗어나야 한다는 강한 자의식을 느끼며 주위를 둘러보았다.

영안실 왼쪽에 자리한 스님과 신도들이 지극정성으로 법성게를 염송하고 있었다. 나는 법성게 게송을 들으며 그 게송이 함축하고 있는 뜻이 환하게 알아졌다. 그래서 나는 스님에게 다가가 언젠가 법성게 게송을 놓고 논쟁을 벌였던 일을 상기시키며 그 게송은 이런 뜻을 담고 있다고 설명해 주었다. 그러나 스님은 나의 설명을 알아듣지 못하고 계속해서 게송을 낭송하고 있었다. 나는 스님이 나에게 들려주는 법성게를 들으며 법성게를 암송하는 것으로 수행을 삼았던 기억을 떠올렸다. 하루에 108독을 해야겠다 결심하고 염주로 숫자를 헤아리며 낭송했던 기억을 떠올리자 미소가 지어졌다.

지극한 정성을 모아 법성게 낭송을 마친 스님은 조용히 책을 접으며 자리에서 일어났다. 그러자 신도들도 따라 일어났다. 스님은 영가단에 있는 내 사진을 물끄러미 바라보더니 나직한 소리로 말했다.

"보살님, 길을 잃지 말고 부처님 세계로 곧바로 가세요. 거기서 공부를 마치고 다시 이 사바세계로 와서 못다 하신

보살행을 마저 하세요."

스님의 간곡한 부탁을 듣는 순간 나는 꼭 그리해야겠다는 결심을 굳혔다. 그러면서 스님에게 감사한 마음을 전했다.

"스님이 계셔서 행복했습니다. 스님의 공부가 더 깊어지기를 빌겠습니다."

스님은 신도들과 함께 나를 향해 합장 삼배를 하고 조용히 물러갔다.

분주했던 하루가 지나고 밤이 되었다. 내 자식들은 몹시 피곤한 듯 영안실 옆에 마련된 방에서 잠이 들었다. 나는 내 속에 깃들어 있는 동물적인 속성을 다시 떠올렸다. 식욕과 색욕으로 표현되는 이 욕망이 아둔함과 몽매함을 낳고, 그 아둔함과 몽매함은 '나'라고 하는 아집의 집을 지어 윤회의 고리를 만들고 있음이 다시 확인되었다. 그 순간 스님이 남기고 간 당부가 떠올랐다.

"보살님, 길을 잃지 말고 부처님 세계로 곧바로 가세요. 거기서 공부를 마치고 다시 이 사바세계로 와서 못다 한 보살행을 마저 하세요."

공부를 마저 마쳐야 한다는 생각이 조바심을 몰고 왔다. 그러면서 지상에 있는 사람들과 나누는 이별 의식이 지루하게 느껴졌다. 금생에서 살았던 모든 일에 대한 미련이 거두어지자 자식들과의 관계에서 남아 있던 미련도 엷어져 갔다.

"우리 공부를 완성해 가는 도반으로 다시 만나자. 꼭 그렇게 만나자."

나는 잠들어 있는 자식들을 바라보며 이렇게 당부했다. 그 순간 수 없는 생을 그렇게 만나왔다는 생각이 들었다. 그리고 앞으로도 그렇게 만나지게 될 거라는 생각이 들었다. 그러자 자식들로 향하던 미련이나 아쉬움 같은 감정이 거두어지면서 담담해졌다.

지상에 살았던 흔적을 지우는 작별 의식이 끝났다. 나는 나라고 생각했던 내가 화구 속으로 들어가 붉은 화염 속에서 사라져 가는 모습을 담담한 마음으로 지켜보았다. 내가 사라지자 홀가분함과 자유로움이 느껴졌다. 그러면서 구름처럼 가벼워졌다. 나는 지상을 떠나야 함을 인지하고 몸을 솟구쳤다. 그때 음 — 하는 진동음이 물결처럼 울려왔다. 그러면서 허공으로 길게 뻗은 큰 통로가 보였다. 나는 무엇인가에 떠밀려 그 통로를 빠져나갔다. 나를 떠미는 것은 바람 같기도 하고 물결 같기도 했다. 아무튼 나는 거부할 수 없는 힘에 밀려 그 통로를 빠른 속도로 빠져나갔다.

통로를 빠져나가자 광장이 나타났다. 광장이라고 생각되

지만, 지상처럼 단단한 흙이나 아스팔트가 있는 것은 아니었다. 광장은 수를 헤아릴 수 없는 무수한 사람들로 가득했고 그 사람들은 누군가의 지시에 따라 여섯 그룹으로 분리되었다. 나도 나를 안내하는 분의 지시에 따라 어느 그룹에 합류되었다. 그러면서 내가 동질의 사람들 속으로 합류되고 있음을 알았다.

광장에서는 빠른 속도로 동질의 사람들이 분류되었다. 마치 백합은 백합대로, 장미는 장미대로, 엉겅퀴는 엉겅퀴대로 분류되듯이, 아니면 1학년은 1학년끼리, 2학년은 2학년끼리, 3학년은 3학년끼리 분류되듯이 같은 공통분모를 가진 사람들이 그룹으로 나뉘지고 있었다. 그 일은 자신의 의사와는 상관없이 결정되며 거기에 어떤 이의도 제기할 수 없었다.

각각의 그룹에는 그 그룹을 통솔하는 통솔자가 있었다. 나는 내가 속해있는 그룹의 통솔자를 얼른 바라보았다. 그 순간 마음이 놓이면서 안도의 숨이 쉬어졌다. 우리 그룹의 통솔자가 하얀 천의(天衣)에 보관(寶冠)을 쓴 투명한 몸으로 서 있어서였다.

'아! 다행이다. 관세음보살의 화신이 우리 그룹의 안내자라서.'

내 입에서 나도 모르게 이런 소리가 나왔다. 그 순간 나와 같은 그룹에 속한 사람들은 살아있을 때 관세음보살을 믿고

의지하며 수행했던 사람들일 거라는 생각이 들었다. 그러면서 또 한편으로는 내가 관세음보살을 의지해 오랜 세월 기도를 드렸기 때문에 내 눈에 관세음보살의 화신으로 보일지도 모른다는 생각이 들었다. 아무튼 내 그룹의 사람들이 나와 동질이라고 생각되자 친근감이 생기며 마음이 안정되었다.

잠시 후 여섯 개의 그룹은 여섯 개의 강줄기처럼 서로서로 다른 방향으로 흘러갔다. 우리도 강물 위에서 반짝이는 물결처럼 빠르게 흘러갔다. 그러다가 어느 지점에 이르자 강물은 흔적 없이 사라지고 우리가 궁전 안에 들어와 있음이 알아졌다. 나는 어리둥절해서 궁전을 살펴보았다. 궁전은 우윳빛을 하고 있었다. 부드럽긴 하지만 투명하진 않았다. 투명하지 않아서인지 조금은 답답하게 느껴졌다. 내가 답답함을 느끼며 주위를 둘러보고 있을 때 안내자가 말했다.

"여긴 여러분들이 잠시 머물 궁전입니다. 이 궁전은 여러분들의 생각이 만든 궁전이며 여러분들은 이 궁전의 주인입니다. 이 궁전은 물질이 머무는 가장 위의 자리와 의식이 머무는 가장 아래 자리가 연결돼 있습니다. 따라서 여러분들은 여기 머무르는 동안 물질의 세계로 내려갈 수도 있고 의식의 세계로 올라갈 수도 있습니다. 그 선택은 여러분들 자신이 할 수 있습니다. 이 궁전엔 여러분들을 지도하기 위한 스승님이 계십니다. 여러분들은 그 스승님의 가르침을 받을 수 있으며

무엇이든 의논하고 상담할 수 있습니다. 하지만 스승님은 여러분들에게 어떤 강요도 하지 않으시므로 여러분들이 필요하시면 가르침을 청하십시오. 편안한 마음으로 이 궁전에 머물면서 자신의 갈망이 어디로 향하고 있는가를 직시하십시오. 이 궁전은 평화로운 궁전이지만 여러분들이 영원히 머물 궁전은 아닙니다. 간이역처럼 여러분들이 목적지를 정할 때까지 잠시 머무르게 되는 공간입니다. 이 공간은 여러분들을 위한 공간이기 때문에 어디든지 자유롭게 머물 수 있습니다. 편안한 곳을 찾아 자리를 잡으면 그 공간은 여러분의 것이 됩니다. 목적지를 정함에 있어 도움이 필요하면 스승님들께 도움을 청하십시오. 여러분들이 스승님의 도움이 필요하다고 생각하면 스승님이 여러분 앞으로 오십니다. 여긴 모든 것이 생각으로 이루어집니다."

  안내자의 설명을 들은 나는 마음이 설렜다. 지금까지와는 다른 새로운 세상이 열리고 있음이 온몸으로 느껴졌다. 그러면서 안내자한테 받은 숙제를 풀어야 한다는 생각이 들었다. 안내자는 여기에 머물면서 자신의 갈망이 어디로 향하는가를 직시하라고 했다. 여긴 다만 그것을 알기 위한 간이역 같은 곳이기 때문에 오래 머무를 수 없다고 했다. 안내자의 말을 상기한 나는 바깥뜰이 환히 보이는 창가에 앉았다. 창 너머로는 잘 정돈된 정원이 보였고 정원에는 우람한 나무들이

서 있었다. 나는 창가에 앉아 심호흡을 했다. 내 몸은 물질로 구성돼 있지 않았기 때문에 무게감이 없었다. 따라서 호흡을 할 수도 없었다. 그럼에도 나는 내 몸이라고 하는 형체를 느낄 수 있었고 호흡을 하고 있다는 생각이 들었다. 어리둥절해서 나 자신을 바라보던 나는 그것이 내 생각이 만든 느낌이라는 걸 알았다.

나는 창가에 앉아 조용히 눈을 감았다.

화려하게 장식된 사원 안이 긴장감 속에 싸여 있었다. 많은 스님이 붉은 가사를 두르고 둘러앉아 낮은 소리로 염불을 하고 있었고 그 중심에 임종을 하려는 스님이 숨을 몰아쉬고 있었다. 그분은 최고의 권력을 쥔 스님이라고 했다. 염불 소리가 나직하게 이어지는 속에 마침내 고승이 임종했고 스님들의 염불 소리는 조금 더 크게 울려 퍼졌다. 이어 사원 안팎이 분주히 움직였다. 나는 임종을 한 고승이 '나'임을 알았다. 그래서 놀라움을 금치 못하며 마음을 진정시키려 애썼다.

망망대해와 같은 바다에 배 한 척이 떠가고 있다. 배 안에는 금으로 조성한 부처님이 모셔져 있고, 배 안에 있는 사람들은 부처님을 모시고 불연(佛緣)이 깊은 땅을 찾아가고 있었다. 배 안에 탄 남자 중 망망대해 한끝을 바라보고 있는 남자가

'나'임이 알아졌다.

　화려하게 몸을 치장한 여인이 시녀를 데리고 사원 안으로 들어갔다. 그러자 사원에 있던 사람들이 급히 나와 여인을 맞았다. 여인은 공주라고 했다. 여인은 사원 안을 살피며 스님을 찾고 있었다. 여인의 얼굴엔 스님에 대한 그리움이 깊게 배어 있었다. 나는 그 여인이 '나'임을 알았다.

　대장경 판각이 이루어지고 있는 넓은 경당(經堂), 30대로 보이는 비구가 판각할 경전을 종이에 옮겨 쓰고 있다. 하얀 종이로 입 가리개를 하고 한 자 한 자 글자를 쓰고 있는 비구 모습이 경건하게 보였다. 그 비구가 '나'임이 알아졌다.

　불교가 위기에 처했을 때 유생들과 맞서 불교를 지킨 여인, 칭송과 비난을 한몸에 받았던 강인한 여인, 그 여인이 '나'임이 알아졌다.

　지인을 찾아다니며 돈을 빌리는 여인, 수모를 감내하느라 힘들어하는 여인, 가족 부양의 책임을 지고 지쳐있는 여인, 그 여인이 '나'임이 알아졌다.

보살도를 실천하기 위해 노력하는 여인, 쉼 없이 어려움을 감내하면서도 포기하지 않고 한 발 한 발 앞으로 내디디려고 애쓰는 여인, 그 여인이 '나'임도 알아졌다.

나는 내 앞에 스쳐 가는 영상을 바라보았다. 그 영상을 설명하기 위해 작은 영상들이 무수히 스쳐 갔다. 얼마큼 시간이 지나자 영상을 보는 것 자체가 지루하게 느껴졌다. 저기서 어느 것이 '나'인가? 승이 속으로 바뀌고, 남자가 여자로 바뀌고, 부귀영화가 비천함으로 바뀌고, 귀한 신분이 천한 신분으로 끝없이 유전하는 저 영상 속의 '나'는 과연 '나'인가? 나는 고개를 저었다. 어느 것도 '나'라고 할 수 없었다. 그리고 어느 것에도 흥미가 일지 않았다.

'누군가와 이야기를 하고 싶다. 이럴 때 지혜를 빌려줄 스승이 있으면 좋을 텐데.'

내가 이런 생각을 하며 고개를 들 때 내 앞에 한 분이 미소를 지으며 나를 바라보고 있었다. 자비로운 따뜻한 시선, 나는 그분이 나를 찾아온 스승임을 단번에 알았다.

"스승님!"

나는 합장을 하며 고개를 숙였다.

"고개를 들고 나를 보게."

부드러운 음성이 들려왔다.

"네."

나는 고개를 들고 스승을 바라보았다. 남자 같지도 않고 여자 같지도 않은 분, 노인 같지도 않고 젊은이 같지도 않은 분, 한없이 자비로우면서도 뭔가 섬뜩하게 긴장을 하게 하는 분, 성별과 나이는 물론 성정까지도 알 수 없는 참으로 묘한 분이었다.

"자네가 스승을 찾고 있어서 왔네. 도움이 필요하면 말하게."

스승이 조용히 말했다. 부드러우면서도 한없이 신뢰가 느껴지는 음성이었다.

"좀 전에 저는 제가 살아왔던 수없이 많은 생을 보았습니다. 수많은 생을 봤지만 어느 생의 저도 저라는 생각이 들지 않았습니다. 그래서 스승님과 이야기를 나누고 싶다고 생각했습니다."

"그건 나도 알고 있네. 그렇다면 더 오랜 전생을 보면 어떻겠나? 더 오래전에 살았던 전생도 볼 수 있는데."

"싫습니다. 그렇게 한다 해도 제가 느끼게 되는 감정은 다를 바가 없을 거 같습니다."

"내가 보기에 자네는 다른 사람에 비해 꽤 많은 것을 누렸던 것 같은데. 권력도 누렸고, 부유함도 누렸고, 높은 신분도 누렸으니 말일세. 자네가 누렸던 권력과 부유함과 높은 신분

중 다시 누려 보고 싶은 건 없는가?"

"없습니다. 그 어떤 것도 다시 누리고 싶지 않습니다."

"그러면 내가 자네한테 묻겠네. 자네와 함께했던 사람 중에 다시 만나 한 생을 같이 살고 싶은 사람은 없는가?"

"없습니다. 어떤 사람과도 다시 생을 살고 싶지 않습니다."

"그렇다면 하고 싶은 일은? 다시 하고 싶은 일이 있는지 잘 생각해 보게. 지금 자네의 생각은 원력과 이어질 수 있으므로 신중하게 생각해야 하네."

신중하게 생각하라는 스승의 당부를 들은 나는 내가 해 왔던 일을 떠올려 보았다. 수많은 영상이 스쳐 지나갔지만 다시 붙들고 싶은 영상은 없었다. 내가 없다고 말하려 할 때 내 어딘가에서 한 생각이 떠올랐다. 그러면서 그것이 내가 하고 싶은 일이라는 게 알아졌다.

"작가로 살고 싶습니다. 하지만 지금은 아닙니다. 지금 작가로 산다 해도 별로 나아질 게 없기 때문입니다."

"하고 많은 일 중에 왜 작가로 살고 싶은 생각을 하게 됐는가?"

"많은 사람한테 지혜를 일깨워 주는 글을 쓰고 싶어서입니다."

"그 일을 보살도를 완성해 가는 방편으로 삼고 싶어서인가?"

"그렇습니다. 제가 도달하고 싶은 보살의 자리는 설법지입니다."

"그 자리에 이르고 싶은 원력을 세웠다면 글을 쓰는 일이 방편이 되겠네. 더 정진하도록 하게."

"감사합니다. 스승님, 정진은 어떻게 해야 합니까?"

"이제 곧 정진할 공간으로 옮기게 되네. 그리고 거기서 다시 자네를 도울 스승을 만나게 되네. 여기는 공부의 길과 환생의 길로 나아가는 갈림길일세. 자네 공부가 깊어지기를 바라네."

스승이 나를 향해 따뜻한 미소를 보냈다. 스승의 미소를 보는 순간 마음이 안정되면서 희망이 느껴졌다.

2

의식의 연마

나는 어리둥절한 얼굴로 주위를 둘러보았다. 아득히 멀리 초록별들이 둥근 원을 그리며 에워싸고 있었다. 거리를 측정할 수는 없지만 별들이 에워싸고 있음으로 한 세계가 만들어지고 있음이 알아졌다. 내 시선이 좁혀 옴에 따라 무수한 세계가 모습을 드러냈다. 투명하게 밝은 초록빛을 뿜어내는 세계, 무수한 세계는 모두 투명하게 밝은 초록빛을 뿜어내고 있는데 그 세계는 각각 다르다고 생각되어졌다. 같으면서도 다르게 느껴지는 세계 하나하나에 신기함을 느끼며 시선을 좁혀 가자 마침내 내가 머물고 있는 세계가 보였다.

 넓은 들에 숲들이 아름답게 조성돼 있고, 숲들 사이사이로 한없이 많은 꽃이 피어 있었다. 나무와 꽃은 모두 밝은 빛을 뿜어내고 있는데 그 빛이 각각 다르게 느껴졌다. 다른 농도로 빛을 뿜어냄으로써 스스로 다른 존재임을 드러내고 있었다. 신기했다. 내 시선이 나를 향해 좁혀 오자 내가 건물 안에 있음이 보였다. 내가 몸담고 있는 건물은 아름다웠다. 초

록 보석으로 만들어진 건물에서 뿜어져 나오는 초록빛이 깊고 그윽했다. 따라서 내 마음도 고요히 가라앉는 듯했다. 나는 고요해진 마음으로 주위를 둘러보았다. 그러던 나는 놀라서 눈을 크게 떴다. 건물 안엔 무수히 많은 사람이 마치 입정에 든 것처럼 좌정하고 있어서였다.

"우리 세계에 오신 걸 환영합니다."

부드러운 목소리가 들렸다. 나는 고개를 들고 앞을 바라보았다. 내 앞엔 단정한 모습의 젊은 남성이 서 있었다. 부드러운 백의를 입고 서 있는 남성은 준수하면서도 아름다웠다.

"여기가 어딥니까?"

"여긴 생명체의 중심 부분에 해당하는 세계입니다. 사람으로 치면 가슴 부분에 해당한다고 할 수 있습니다."

"이 세계는 어떤 세계입니까?"

"여긴 자아의식의 틀을 완전히 벗어나지 못해 이기심을 지니고 있지만, 타인의 생명을 존중하고 타인의 생명을 돕기 위해 헌신하려는 이타심을 더 많이 지니고 있는 사람들이 머물고 있는 세계입니다."

"여기선 어떤 일을 하게 됩니까?"

"자신의 의식을 연마하는 일을 합니다. 자신의 의식을 연마하기 위해 스스로 원해서 왔기 때문에 여기선 오로지 의식을 연마하는 일만을 하게 됩니다. 이제 귀하께서는 스스로

머물 공간을 마음속으로 그리십시오. 거기서 수련을 하시다가 스승이 필요하면 스승을 찾으시면 됩니다. 스승님은 귀하의 공부를 돕기 위해 항상 기다리고 계십니다."

"수련은 무엇을 말하는 것입니까?"

"理와 智가 둘이 아니라 하나임을 아는 것입니다. 수련이 깊어지면 차별 작용이 없어집니다. 여긴 세 단계의 공부 과정이 있습니다. 한 과정의 공부가 끝나면 스승님이 그다음 과정을 안내해 주십니다. 원하시는 공부를 성취하십시오."

안내자가 공손히 합장했다. 나는 안내자에게 고마움을 표하며 공간을 옮겨야겠다고 생각했다. 가능하면 창문이 넓게 나 있는 조용한 집에 머물고 싶었다. 잠시 후 발끝에 진동이 느껴지면서 내가 공간이동을 하고 있음이 알아졌다. 고개를 들고 주위를 살피자 숲속에 있는 아늑한 집에 내가 있었다. 여기가 내가 머물 곳이라고 생각하면서 집안을 둘러보았다. 넓은 창 앞으로 아름다운 정원이 보였다. 책이 있으면 좋겠다고 생각하며 벽면을 바라보자 벽 가득히 책이 꽂혀 있음이 보였다. 신기했다. 차를 마실 수 있는 도구가 있으면 좋겠다고 생각하며 방안을 살피자 한쪽 벽면에 다구가 정리돼 있는 게 보였다. 내가 꿈꾸던 집, 내가 머물던 방과 다름이 없었다.

나는 만족감을 느끼며 창밖을 바라보았다. 그때 나무 밑에 앉아 명상하는 사람이 보였다. 노인의 모습을 하고 있지만

전혀 늙어 보이지 않는 중후한 신사였다.

"여기도 사람이 있구나. 저 사람은 누굴까?"

내가 이런 생각을 하며 나무 밑에 있는 사람을 보자 그 사람이 자리에서 일어나 주위를 살폈다. 내가 한 말을 들은 것 같았다. 내가 한 말을 들었다고 느낀 순간 나는 그 사람한테로 가야 한다고 생각했다. 그래서 밖으로 나가려고 하던 나는 다시 한 번 놀랐다. 문을 열지 않았는데 나는 밖에 나가 있었고, 바닥을 딛지 않았는데 나는 그 옆에 가 서 있어서였다.

"새로 오신 분이군요. 반갑습니다."

그가 먼저 인사를 했다.

"여기서 사람을 만나리라고는 생각지 않았어요. 반갑습니다."

나도 그를 향해 인사를 했다.

"우린 서로 아는 사이인 것 같은데요. 선생님은 작가가 아니신가요?"

그가 나를 보며 미소를 지었다.

"아! 최 선생님, 최 선생님이 여기 와 계셨군요."

나도 그를 알아보고 반갑게 인사를 했다. 같은 절에 다니면서 함께 화엄경을 공부했던 절친한 도반이었다.

"결국 우린 같은 배를 탔군요. 여기서 선생님을 만나게 돼서 정말 기쁩니다."

그는 나와의 재회를 진심으로 기뻐했다. 그건 나도 마찬가지여서 미소로 그의 기쁨에 화답했다. 그가 세상을 떠났을 때 함께 공부했던 도반들이 빈소에 가서 빨리 환생하라고 당부했는데, 그는 환생의 길을 택하지 않고 공부의 길을 택했음을 알았다.

"선생님은 현장에서 한시도 떠나지 못하실 줄 알았는데… 여기 와 계시다니 놀랍습니다."

"내 공부가 깊어지지 않으면 시민운동을 할 수 없다는 걸 알았습니다. 몸을 벗고 뒤돌아보니 내 실체가 보이더군요."

"…."

나는 말없이 고개를 끄덕였다. 그가 하는 말이 깊이 이해되었다.

"우선 스승님을 만나십시오. 스승님의 지도를 받고 시작하면 시행착오를 겪지 않을 수 있습니다."

최 선생이 선참자로서 조언을 해 주었다. 나도 그렇게 하는 게 좋을 것 같아 고개를 끄덕였다. 나는 스승을 만나는 방법을 물어보려다가 입을 닫았다. 마음으로 원하면 이루어진다는 것을 경험으로 알았기 때문이다.

"우린 앞으로 자주 만나게 될 겁니다. 서로 원하고 있으니까요."

최 선생이 나를 향해 미소를 지었다. 나도 그렇게 되면

좋겠다는 생각이 들어 같이 미소를 지었다.

"그럼 스승님 만나는 일을 서두르십시오."

최 선생이 인사를 하고 몸을 돌렸다. 나도 그 일을 서둘러야겠다고 생각하며 몸을 돌렸다.

"이렇게 만나게 돼서 반갑네."

스승이 밝은 미소를 지으며 인사했다. 미소를 짓고 있는 치아에서 밝은 빛이 뿜어져 나왔다. 나는 스승의 인사를 들으며 잠시 어리둥절했다. 반갑네, 하는 말투는 지상에 있을 때는 한동안 듣지 못했기 때문이다. 그리고 보니 먼저 단계에서 만났던 스승도 나를 향해 자네, 라는 호칭을 쓰면서 '하게'를 했던 기억이 났다. 내가 청년의 모습을 하고 있나? 내가 이런 의문에 잠기며 내 자신을 보려고 할 때 스승의 부드러운 음성이 다시 들려왔다.

"자네는 내 제자고 나는 자네의 스승일세. 우린 지금 스승과 제자로 만나고 있네. 과거의 자네는 여기 없네."

스승은 내 마음을 꿰뚫어 보고 이렇게 말했다.

"알겠습니다. 스승님의 가르침을 받겠습니다."

"내 가르침을 받기 전에 나에게 묻고 싶은 게 있으면 먼저

물어보게."

"그러잖아도 꼭 여쭤보고 싶은 게 있었습니다. 제가 몸담고 있는 여긴 모든 게 초록빛을 뿜어내고 있습니다. 여긴 어떤 세계입니까?"

"초록빛을 보기 전에는 어떤 빛을 보았는가?"

"육신을 벗어나 영안실에 잠시 머물고 있을 때 밝은 흰빛을 보았습니다. 흰빛이라고 말씀드리지만 꼭 흰빛이라고만 말할 수 없는 투명한 밝은 빛이었습니다."

"그 흰빛은 어떻게 보였는가?"

"평소에 가깝게 지내던 스님이 제 영혼을 천도하기 위해 법성게를 염송했습니다. 잠시 후 그 게송 하나하나에서 밝은 빛이 뿜어져 나오더니 물결처럼 움직이기 시작했습니다. 그러다가 그 빛이 점점 확대되면서 모든 게 스러지고 망망대해와 같은 빛의 소용돌이가 끝 간 데 없이 펼쳐졌습니다. 그러다가 다시 빛이 스러지면서 모든 사물이 모습을 드러냈고 마지막으로 영안실 안에 있는 모든 사람의 모습이 드러났습니다. 그때 제 모습도 드러났습니다."

"그때 자네 안에서 무엇을 보았는가?"

"동물적인 본성을 보았습니다. 그건 식욕과 색욕이었습니다."

"거기서부터 개체가 형성되게 되었네. 개체가 형성되면서

부터 각각의 다른 빛도 형성되게 되었네."

"제가 지금 보고 있는 초록빛도 다르게 형성된 빛 중의 하나입니까?"

"그러네. 초록빛은 일곱 개의 빛 중 중간에 해당하는 빛이네. 아래로도 세 개의 빛이 있고 위로도 세 개의 빛이 있네."

"중간이라고 하심은 공부의 깊이를 말하는 것입니까?"

"그렇다고 할 수 있지."

"처음 공간에서 안내자가 한 말이 이제 이해됩니다. 안내자는 제가 머물고 있는 공간이 물질의 세계에서는 가장 위고 의식의 세계에서는 가장 아래라고 했습니다."

"각각의 빛 안에도 각각 다른 파장의 빛이 무수히 존재하기 때문에 그 수는 헤아릴 수 없네. 무수히 많지만 크게 나누면 일곱 단계로 구분 지을 수 있네."

"스승님의 설명을 듣고 나니 큰 의문은 풀렸습니다. 또 한 가지 궁금한 게 있는데 여쭤봐도 되겠습니까?"

"궁금한 게 있으면 물어보게."

"제가 머물고 있는 이 집은 제가 아무 대가도 치르지 않았는데 제 것이 되었습니다. 그리고 책이 있었으면 좋겠다고 생각하며 벽 쪽을 바라보니 벽 가득 책이 꽂혀 있었습니다. 또 차를 마실 수 있는 다구가 있으면 좋겠다고 생각하니 창가에 다구가 정리돼 있는 게 보였습니다. 저는 이런 것들을 얻기

위해 아무 대가도 지불하지 않았는데 어떻게 제 것이 되었는지 궁금합니다."

"이 세계는 모든 게 생각대로 이루어지는 세계네. 이 세계부터 그 일이 가능하네."

스승의 설명을 듣는 순간 모든 것은 공부가 깊어지면 자연히 알게 된다는 것이 알아졌다. 그래서 나는 입을 다물고 질문을 중단했다.

"지금부터 자네가 할 공부는 정려에 드는 것일세. 마음을 고요히 가라앉히는 공부부터 하게. 그런 후 자네 자신을 통찰하는 일을 하게. 공부하는 과정에서 의문 나는 일이 있으면 나를 찾게."

스승은 나를 보며 미소를 지었다. 그 미소 속에는 내 공부가 성취되기를 바라는 염원이 들어 있었다. 그리고 그 염원은 나를 향한 지극한 연민이었다. 스승의 미소를 본 순간 나는 가슴이 뭉클해지면서 눈물이 핑 돌았다. 나를 향한 연민이 순일해서였다.

"공부는 자네 스스로 해야 하네. 공부를 하다 나의 도움이 필요하면 나를 찾게."

스승은 나를 향해 다시 한 번 미소를 짓고 떠나갔다. 내 옆에 나를 지켜주는 스승이 계신다고 생각하자 마음이 안정되면서 힘이 솟았다.

"스승님은 나한테 정려에 드는 수련을 쌓으라고 하셨다. 그런 후 나 자신을 통찰하라고 하셨다. 정려에 드는 수련부터 시작하자."

나는 정려라는 말을 삼매라는 말로 이해하며 수련에 들어갔다. 육신에서 벗어난 나는 육신이 가해 오는 갖가지 욕구로부터도 벗어났기 때문에 마음을 가라앉히는 일이 수월했다. 그래서 호흡을 조절하며 정에 들었다.

모든 감각 작용이 멈추자 마음이 고요해졌다. 편안한 휴식에 들면서 평화로워졌다. 평화가 오래도록 지속되었다. 평화의 부피가 점점 커져 가더니 마침내 깊은 바다같이 되었다. 부피와 깊이를 헤아릴 수 없는 평화, 나는 한없는 평화 속으로 잠겨 들었다. 나라는 의식은 소멸되고 평화만이 공간을 가득 채웠다.

빛이 드러났다. 투명한 백색 광명, 너무도 눈이 부셔 바라볼 수가 없다. 허공이, 끝없는 허공이 빛의 소용돌이 속에 잠겼다. 그러면서 한량없는 빛들이 제각각의 모습을 갖췄다. 흡사 밤하늘에 별이 떠오르는 것 같았다. 형체를 갖춘 빛은 다시 한량없는 빛의 파장을 만들고 그 파장은 다시 형체를 갖춘 빛이 되었다. 형체를 갖춘 빛은 다시 한량없는 빛의 파장을

만들고 그 파장은 또다시 형체를 갖춘 빛이 되었다. 끝없는 창조의 작용, 그 작용이 우주 근원, 진여의 세계임이 알아졌다.

진여에서 현상계가 생겨난다. 현상계는 진여 그 자체다. 나의 생명도 진여에서 분사된 빛의 파장이다. 내 생명의 근원은 진여다. 내 생명은 비로자나부처님, 진여에 뿌리내리고 있다. 내 입에서 이런 말이 나왔다. 그 순간 나는 무엇인가를 알았다는 생각이 들었다. 나는 내가 알고 있는 내용을 스승하고 얘기하고 싶어졌다. 선생님이 계시면 좋을 텐데….

"자네가 본 내용을 말해 보게."
부드러운 음성이 들려왔다.
"제 생명이 비로자나부처님, 진여에 뿌리내리고 있음을 알았습니다."
"아주 중요한 것을 알았네. 그것을 안다는 것이 앎의 시원이네."
"진여는 현상계가 생겨나는 자리임은 알겠는데 현상계가 인간 세상만을 의미하는 것인지 아닌지는 잘 모르겠습니다."
"현상계가 무엇이었는지를 다시 한 번 생각해 보게."
"그건 빛의 파장이었습니다."
"빛의 파장 외에 다른 것은 없었는가?"

"없었습니다. 오직 빛의 파장밖에 없었습니다."

"그렇다면 자네가 나한테 한 질문을 다시 한 번 생각해 보게."

"아! 알겠습니다. 현상계는 인간 세상만이 아닙니다. 존재하는 모든 것을 다 일컬어 현상계라 합니다."

"자네 대답이 옳네. 현상을 갖춘 일체 만물은 다 진여의 작품이네. 온갖 현상이 생겨나는 자리이기에 그 자리를 法位라 하네."

"현상계 안에는 동물도 있지만 식물이나 광물도 있습니다. 인간도 동물 안에 포함되긴 하지만 동물과 인간은 엄연히 다릅니다. 그런데 어떻게 같다고 할 수 있습니까?"

"자네가 인식한 빛의 파장은 다 같았는가? 각각 달랐는가?"

"같았습니다. 광명, 그냥 눈부신 광명이었습니다."

"자네가 빛이라고 인식한 그 자리가 생명의 곳간이네. 곳간을 들여다보고 그 안에 간직돼있는 일체를 보는 것은 십지보살이 돼야 가능하네. 나도 그것은 보고 있지 못하네."

"본다는 것은 안다는 것을 의미합니까?"

"알 뿐 아니라 인식한다는 것이고 인식할 뿐 아니라 증득한다는 것이고 증득할 뿐 아니라 동체, 하나가 된다는 것일세. 그리고 자유롭게 쓰는 것일세."

"그것은 오직 공부를 통해서만 나아갈 수 있는 자리임을 알겠습니다."

"지금부터 자네가 할 공부는 자네 자신을 보는 것이네. 자네 안에 있는 업식(業識)을 보는 것이네. 그것을 보게 되면 나를 찾게."

"그 공부를 하기 위해선 얼마의 시간이 필요합니까?"

"여긴 자네가 인식하고 있는 시간은 없네."

"그럼 제가 여기 온 건 얼마나 되었습니까?"

"자네가 알고 있는 시간은 여기에 없다고 하지 않았는가? 꼭 알고 싶다면 자네 자신이 느껴 보게."

"알겠습니다."

"모든 공부는 정려에 드는 것으로부터 시작되네. 다시 공부를 시작하게."

스승은 나를 향해 빙긋이 미소를 짓고는 떠나갔다. 그 미소 속에서 나는 스승의 신뢰를 느낄 수 있었다. 그것을 느끼자 나는 가슴이 뭉클해졌다. 그러면서 내 가슴속에서도 스승을 향한 신뢰가 깊게 자리해 가고 있음이 느껴졌.

나는 잠시 휴식을 취한 후 공부를 시작해야겠다고 생각하며 창밖을 바라보았다. 창밖엔 아름다운 숲이 펼쳐져 있고 그 숲에선 밝고 투명한 초록빛이 그윽이 뿜어져 나오고 있었다. 황홀하고 아름다웠다. 여기서 내가 머문 시간이 얼마나 되

지? 나는 여기서 머문 시간을 가늠해 보았다. 억만년이 지난 것 같기도 하고 순간이 지난 것 같기도 했다. 시간이 가늠되지 않았다. 여긴 자네가 인식하고 있는 시간은 없네, 스승의 음성이 다시 들려오는 것 같았다. 나는 천천히 머리를 끄덕이며 스승의 말을 받아들였다.

꽃들이 아름답게 피어 있는 길 사이로 최 선생이 걸어오고 있다. 나는 반가움에 얼른 몸을 일으켰다. 그러자 내 몸은 한순간에 집 밖에 나가 있었다. 나를 본 최 선생이 미소를 지으며 다가왔다. 그 옆엔 아름다운 여인이 밝은 미소를 짓고 있었다.

"선생님이 휴식을 취하고 계신 것 같아 이쪽으로 왔습니다."

최 선생이 밝은 얼굴로 말했다.

"그걸 어떻게 아셨는가요?"

"관심을 가지면 알아집니다."

"그렇군요. 그런데 옆에 계신 분은?"

"저는 안식처라고 해요. 모든 사람, 특히 외로운 사람, 고독한 사람, 버려진 사람들의 안식처가 되고 싶은 게 제 염원이에요. 그러니 앞으로 저를 안식처라고 불러 주세요. 염원을

꼭 이루라는 축복의 마음을 담아서요."

옆의 여인이 따뜻한 미소를 지으며 말했다.

"모든 사람한테 안식처가 되고 싶은 염원을 가지고 계시다니 정말 대단하시군요."

"염원이니까 다 실천에 옮긴 건 아니에요."

"염원 자체만으로도 대단하다는 생각이 드는데요."

"선생님은 작품을 통해 많은 사람한테 지혜를 심어 주고 싶다는 염원을 가지고 계시니 저하고 같다는 생각이 드네요."

"그걸 어떻게 아셨죠?"

내가 고개를 갸웃하자

"여기에 오신 작가라면 그럴 거 같아서요."

안식처가 웃었다.

"우리 저쪽에 있는 나무 밑에 가서 얘기를 나눕시다."

최 선생이 큰 나무 밑을 가리켰다. 내가 최 선생을 처음 만난 장소였다. 우린 모두 동의했고 나무 밑에 가 앉았다.

"여기도 인간이 살고 있는 세상과 다르지 않군요. 좋은 친구도 만날 수 있고요."

나는 두 사람을 바라보며 웃었다.

"여기서 만나는 모든 사람은 다 좋은 친구예요. 의식도, 마음도, 공부도 다 비슷한 사람들이 모여 있거든요. 특히 여기 있는 사람들은 공부를 심화시키기 위해 왔기 때문에 공부

외에는 별로 관심을 두지 않아요."

안식처가 설명했다.

"안식처 님은 어떤 공부를 하고 계신가요?"

"성스러움을 체득하는 공부를 하고 있어요. 누가 봐도 성스러움을 느끼게 하는 게 제 꿈이에요."

안식처가 나를 향해 미소를 지었다. 미소가 진실하게 느껴졌다.

"너무 성스러우면 외로운 사람, 고독한 사람, 버려진 사람들이 쉽게 다가올 수 있을까요?"

"성스러움은 일체를 다 포섭하고 있으므로 모든 사람이 다 다가올 수 있다고 봐요. 저는 안식처 역할을 하면서 사랑하는 방법을 배우고 있어요. 알코올 중독자나 행려병자의 진정한 안식처가 될 수 있다면 저는 성스러움 쪽으로 한발 다가가는 게 아닐까요?"

"저는 글을 쓰는 작가인데 글을 통해서 진리가 실재해 있다는 걸 알리고 싶어요. 진리에 가깝게 다가가지 않으면 결코 행복해질 수 없다는 걸 저는 알고 있거든요. 진리를 깨달아 얻는 힘을 심화시키고 싶어서 여기로 왔어요."

"선생님과 저는 같은 생각을 말하고 있는 거 같네요. 그렇지 않은가요?"

안식처가 나를 보며 물었다.

"저도 그렇다는 생각이 드는데요. 선생님이 저보다 좀 더 힘든 길을 택하고 계신다는 생각과 함께요."

내가 긍정하자

"내가 듣기에도 두 분은 같은 말을 하고 계신 거 같습니다."

최 선생이 매듭을 지어 주었다.

우리 세 사람은 비슷함을 공유하고 있는 같은 그룹의 사람임이 확인되었다. 반가우면서도 기뻤다.

"여기도 많은 사람이 있는 거 같아요."

내가 두 사람을 보며 말했다.

"은하수만큼 많은 사람이 있대요. 저도 선생님과 같은 생각이 들어 스승님께 여쭈어보았어요. 그랬더니 스승님이 그렇게 답하셨어요."

"은하수만큼 많은 사람이 있다니 저는 이해가 안 되네요. 지구인을 다 모아 놔도 은하수보다 적을 텐데요."

"지구만이 세계는 아닌 것 같아요. 점점 그런 확신이 들어요."

안식처의 말을 듣는 순간 빛의 파장이 떠올랐다. 끝없이 펼쳐지는 빛은 하나의 형체를 낳고, 하나의 형체는 다시 끝없이 펼쳐지는 빛의 파장을 낳고, 끝없이 펼쳐진 빛의 파장은 다시 하나의 형체를 낳고, 하나의 형체는 또다시 끝없이 펼쳐지는 빛의 파장을 낳고…. 형체가 하나의 세계임을 안 나는

안식처의 말이 이해되었다.

"아무리 은하수같이 많은 사람이 있어도 우리가 이해할 수 있는 사람은 지구인만인 것 같아요. 여기서 가끔 사람을 만나 얘기를 하게 되는데 그 사람들은 다 지구에서 온 사람들이었어요."

안식처가 말했다.

"한국 사람 아닌 사람하고도 만나서 얘기를 했는가요?"

"그럼요. 선생님도 곧 만나시게 될 거예요."

"언어는요?"

"그건 전혀 문제 되지 않아요. 여기선 마음의 파장으로 서로 얘기를 나누기 때문에 언어의 차별성은 사라지게 돼요."

"그런가요? 전 아직 그런 분하고는 얘기를 나눠 보지 않아서요."

"공부가 깊어지면 지구인만이 아닌 다른 세계의 사람들과도 친교를 나눌 수 있다는 생각이 듭니다. 우리들의 스승은 그럴 수 있을지도 모르죠."

최 선생이 말했다.

"지금 하신 말에 저도 찬동해요. 공부가 깊어지면 그럴 수 있으리라는 확신이 들어요."

안식처가 눈을 반짝이며 동의했다.

"선생님은 한국 사람 아닌 사람들하고도 얘기를 나눴다고

했는데 한국 사람인지 아닌지를 어떻게 아셨어요?"

"보는 순간 바로 느껴져요. 저 사람은 프랑스 사람이구나, 저 사람은 영국 사람이구나, 이렇게요."

"우린 몸을 가지고 있지 않은데 어떻게 서로를 알아볼 수 있죠? 최 선생님과 제가 처음 만났을 때 바로 알아볼 수 있었던 게 신기해요."

"저도 그 일이 궁금해서 의문을 가졌는데 나중에 생각해 보니 여기 있는 사람들은 형상을 중요시하는 굴레에서 벗어나지 못하고 있는 거 같습니다. 말하자면 이미지를 중요하게 여기는 사람들의 세계죠."

"맞아요. 여기 있는 사람들은 가능한 한 자신을 멋지게 보이려고 해요. 특히 여자들은 더 그래요. 예쁘게 보이려고 애쓰죠. 지구인들처럼요."

최 선생의 말에 안식처가 동조하며 웃었다.

"그러니까 여기가 색계군요. 색계라는 말이 무슨 말인지 이제 알게 되네요."

"선생님이 정확하게 표현하셨습니다. 색계이기 때문에 형상에서 벗어나지 못하는 거죠. 공부가 깊어지면 우리도 형상에서 벗어나 의식에만 집중하는 세계에 머물게 될 겁니다."

공부라는 단어를 떠올린 순간 우리 세 사람은 각자 자신의 집으로 돌아가야 한다는 생각을 했다. 그래서 자연스럽게

작별 인사를 하고 몸을 돌렸다.

"지금부터 자네가 할 공부는 자네 자신을 보는 것일세. 자네 안에 있는 업식을 보는 것이네. 그것을 보게 되면 나를 찾게."

나는 스승이 내린 숙제를 떠올리며 조용히 호흡을 조절했다. 정려에 드는 일이 공부의 시작이므로 마음을 고요히 가라앉히는 일에 집중했다.

업해(業海)의 바다가 서서히 펼쳐졌다. '나'라고 하는 상이 떠오르며 그 상에 깊이 애착하는 내가 보였다. 나를 떠나서는 그 어떤 것도 존재한다고 믿지 않는 나, 내가 주인이다. 나는 나에 애착하며 이기심을 키워가고 있었다. 얻고자 하는 것, 그건 한때는 물질이었고, 한때는 애욕이었고, 한때는 명예였고, 한때는 만인 위에 군림하려는 욕망이었다. 얻고 싶은 것을 얻지 못하면 내 안에는 분노와 증오가 일었다. 분노와 증오는 불길처럼 나를 태우며 끝없이 검은 그림을 그려 나갔다. 나는 내 앞에 펼쳐진 검은 그림을 하염없이 바라봤다. 부끄러움과 후회스러움이 파도처럼 밀려왔다. 이제 그림 그리는 일을 그만 멈추고 싶다. 그린 그림도 모두 다 지우고 싶다.

너무 지루하고 너무 권태롭다. 순백의 본래 자리로 돌아갈 수는 없는 걸까?

죽음 직전의 내 모습임이 떠올랐다. 깊은 연민과 함께 위로해 주고 싶은 마음이 들었다. 위로해 주고 싶은 마음은 위로받고 싶은 마음으로 이어졌다. 그 순간 스승의 부드러운 음성이 들려왔다.

"자네 자신을 보았는가?"
"네, 보았습니다."
"본 소감을 말해 보게."
"부끄럽고 후회스럽습니다."
"지금도 같은 마음인가?"
"그렇습니다. 어떻게 하면 저의 업에서 벗어날 수 있습니까?"
"자네가 업을 잡고 있는가? 업이 자네를 잡고 있는가?"
"둘 다인 것 같습니다."
"그럼 자네의 실체를 보도록 하세. 자네의 실체는 무엇인가?"
"빛의 파장입니다."
"자네가 알고 있는 빛에 대해 말해 보게."
"너무도 밝아 마주 볼 수 없는 백색 광명이었습니다."

"그 빛 속엔 무엇이 섞여 있었는가?"

"너무도 투명해서 아무것도 섞여 있지 않았습니다."

"그 안에 검은 그림이 있던가?"

"그럴 리가 있습니까? 먼지 한 톨도 낄 수 없는 밝은 빛인데요."

말을 마친 순간 강한 깨달음이 번개처럼 마음을 관통해 갔다.

"먼지 한 톨 낄 수 없는 밝은 빛이 자네네. 실체를 알았으니 그 실체가 진정으로 자네 것이 되게 보림(保任)을 하게."

스승은 따뜻한 미소를 내게 보내고 떠나갔다. 나는 감사한 마음을 담아 떠나간 스승을 향해 합장했다.

"이제야 생명의 실상이 확실하게 알아진다. 이 앎이 내 것이 되도록 보림하자. 아는 것에 머물지 않고 깨달아지도록, 깨달아지는 것에 머물지 않고 일체가 되도록, 일체가 되는 것에 머물지 않고 자유롭게 쓸 수 있도록."

가슴이 벅차오르면서 환희심에 휩싸였다. 나는 환희심에 휩싸인 채 스승이 내준 다음 숙제를 풀기 위해 마음을 진정시켰다.

3

인격의 연마

"자네가 지금까지 누리고 경험했던 일은 자네한테 많은 즐거움과 보람을 안겨 줬을 텐데 그 모든 것에 흥미를 잃고 있다니 이상하군. 다시 한 번 생각해 보게. 자네는 정녕 그 모든 것에 흥미를 잃고 있는가?"

"그렇습니다. 어떤 것에도 흥미가 느껴지지 않습니다."

"자네는 선한 삶을 살려 애썼고 다른 사람을 도와주려고도 애쓰며 살았는데 그래도 그 삶에 대해 흥미를 느끼지 않는다는 말인가?"

"그렇습니다. 제가 해 왔던 모든 일은 그냥 관념에 머물러 있었습니다. 관념에서 행했던 일이라 제 것이라는 확신이 안 섭니다. 그래서 지루하게 느껴집니다."

"지금 자네는 허무감 속으로 떨어질 수 있는 아주 위험한 자리에 서 있네. 전에도 허무감을 느꼈지만 그건 표피에 불과했기 때문에 곧 회복되었네. 그런데 지금 허무감에 떨어지면 빠져나오기가 어렵네. 스승의 도움을 받아야만 나올 수 있는데

스승을 만나기도 쉽지 않지만 만났다 해도 오랜 세월이 걸려야 나올 수 있네. 그러니 정신을 바짝 차리게."

"왜 제게 이런 위기의 순간이 온 것입니까? 지금까지는 무난하게 공부를 계속해 왔는데요."

"지금까지 자네를 지탱해 왔던 모든 것은 자아의식이었네. 생명이 생겨나는 자리에서 취득된 의식이었지. 그런데 지금부터는 그 자아의식의 뿌리를 뽑아 비로자나부처님, 진리 본연의 자리에 우뚝 세워야 하네. 자아의식의 뿌리는 깊고 깊어 뽑기가 어렵네. 그래서 아무도 그 일을 하지 못할 뿐 아니라 하려고 하지를 않네. 자아의식 속에 있어도 흥미롭고 즐거운 일은 얼마든지 있거든. 하지만 공부가 깊어진 사람은 거기에 멈춘 자신을 지루해하네. 그 상태에서 벌어진 일에 대해선 이미 흥미를 잃었기 때문이지. 자네가 지금 그 자리에 와 있네."

"그러면 어떻게 해야 합니까? 제가 해야 하는 일은 어떤 것입니까?"

"대 전환을 할 용기가 필요하네. 용기를 가지고 도약을 하지 못한다면 자네는 허무감의 수렁으로 떨어지게 될 걸세."

"스승님 저를 도와주십시오. 저를 도와 꼭 그 일을 해내게 해 주십시오."

"마음을 고요히 하고 다시 자네 자신을 통찰하게. 전에는

업식을 통찰했지만 이번에는 인격을 통찰하게. 자신의 내면을 깊이 들여다보라는 얘길세. 그러면 깨달아지는 것이 있을 걸세. 그때 나를 찾게."

　스승은 따뜻한 시선으로 나를 위로하다가 떠나갔다. 스승의 시선은 무한한 신뢰를 담고 있었고 나는 그 시선에 다시 힘을 얻어 스승이 시킨 공부를 해야겠다고 마음먹었다.

　나는 다시 마음을 고요히 가라앉히고 정려에 들려는 노력을 계속했다. 얼마쯤 지나자 마음이 수면 위의 물처럼 고요해졌다. 나는 고요함에 잠기면서 수면 위의 물을 응시했다. 호수처럼 넓게 펼쳐져 있던 물은 나를 에워싸며 점점 넓이를 더해 가더니 마침내 대해가 되었다. 나는 대해에 떠서 나 자신을 응시했다. 내 모습은 물속으로 깊이깊이 잠겨 들었다. 깊은 우물 속으로 두레박이 내려가는 것 같았다. 순간적으로 현기증 같은 것이 느껴지기도 했지만 나는 동요하지 않고 내 모습을 응시했다. 깊이깊이 바닷속 끝까지 내려갔다고 느껴지는 순간 내 모습을 응시하고 있던 나는 나 자신을 향해 탄식했다.

　"나는 정직하지 않다. 정직하지 않기 때문에 내가 인식하

고 있는 모든 것은 왜곡돼 있었다. 부처님을 향한 믿음도, 생명에 대한 사랑도, 수없이 행했던 보살행도 정직함하고는 거리가 있다. 내가 자신에 대해 싫증을 느끼고 있는 것은 정직하지 않다는 것을 알고 있어서다. 그래서 하고 있는 일에서도 흥미를 느끼지 못하고 있다. 지금 내가 할 수련은 정직해지는 것이다. 어떻게 하면 정직함을 온전히 회복할 수 있을까?"

정직함을 회복하지 못하면 스승의 말대로 영원히 허무감의 수렁에 빠져 있을지도 모른다는 위기감이 느껴졌다. 나는 다시 마음을 고요히 가라앉히고 자신을 바라봤다. 바라보고 또 바라보고 하염없이 자신을 바라보고 있을 때 내 내면에서 이런 소리가 들려왔다.

"지금 그대로 하면 된다. 진여의 바다에 끝없이 너 자신을 비춰보는 일, 그것이 네가 할 수련의 방법이다."

내면에서 울려오는 소리에 귀를 기울이던 나는 어리둥절해졌다. 나는 지금 나 자신을 바라보고 있는데, 내면에서는 진여의 바다에 자신을 비춰 보는 일을 끝없이 하라고 한다. 그렇다면 자신을 바라보는 일은 진여의 바다에 나를 비춰 보는 일과 같은 것인가?

이런 의문에 잠기던 나는 크게 고개를 끄덕였다. 나는 비로자나부처님이 분사한 빛의 파장이다. 내 안에는 진여의 바다가 그대로 펼쳐져 있다. 이 진여의 바다에 나를 비춰 보는

거다. 진여의 바다에 끝없이 나 자신을 비춰 보는 일, 이 노력을 계속하면 나는 정직함을 회복할 수 있다. 정직함과 일치할 수 있다. 정직함을 회복하면 내 안에 있는 모든 인식 작용도 정직해진다. 그러면 나는 싫증 냄 없이 내가 할 일을 해 갈 수 있다. 허무감 같은 것은 끼어들 자리가 없게 된다.

다시 한 번 환희심이 나를 휘감았다. 나는 환희의 소용돌이 속에 잠기면서 내 시야를 가렸던 안개가 완전히 걷혔음을 알았다.

"모든 것은 명료해졌다. 이대로 나아가면 된다."

공부의 길이 확연하게 보였다. 구도의 끈이 탄탄하게 손안에 쥐어졌다. 나는 누군가를 향해 소리치고 싶어졌다. 내가 얻은 이 기쁨을.

"생각보다 자네를 빨리 만날 수 있어 나도 기쁘네."

스승이 나를 바라보며 환한 미소를 지었다.

"이제 모든 것이 명료해졌습니다. 엷게 가려 있던 안개도 다 걷혔습니다. 항상 같은 자리를 보고 있었지만 이렇게 명료하게 보긴 처음입니다."

"많은 구도자가 자신이 보고 있는 자리를 그대로 받아들

이고 있네. 그래서 노력하는 일을 멈추고 있네. 멈추지 않는 다 해도 치열해지지 못하네. 그런데 자네는 몇 번의 과정을 거치면서 자네 앞에 가려 있는 안개를 다 걷어냈네. 이제부터 자네가 할 공부는 모든 인식을 정직함에 맞추고 끝없이 자신을 반조하는 것일세. 아직은 자아의 뿌리가 완전히 뽑히지 않았기 때문에 방일하면 다시 후퇴할 수 있네. 위험이 남아 있다는 얘길세. 자신을 반조하면서 세상도 함께 바라보게. 자네가 나아갈 길이 굳건해지면 그때 나를 찾게. 그러면 나는 기꺼이 자네를 만나러 오겠네. 장하네. 아낌없이 치하를 보내네."

스승은 미소 띤 얼굴로 오랫동안 나를 바라보다 떠나갔다. 나는 스승의 시선을 통해 스승이 내게 보내는 깊은 신뢰를 다시 확인했다. 그런 스승의 모습을 보자 공부를 심화시키는 일로 스승께 보답해야겠다는 의지가 굳혀졌다.

나는 잠시 휴식을 취한 후 다시 공부를 해야겠다고 생각하며 창밖을 바라보았다. 그때 많은 사람이 무리를 지어 어딘가로 가는 모습이 보였다. 저 사람들은 어디로 가고 있지? 내가 궁금함을 느끼며 몸을 일으키자 전처럼 내 몸은 이미 밖에 나와 있었다.

무리 지어 가던 사람들이 큰 건물 안으로 들어갔다. 나도 사람들을 따라 안으로 들어갔다. 건물 안은 넓은 홀로 되어 있고 홀 안엔 사람들이 가득 앉아 있었다. 흡사 큰 강당에 온 것 같았다. 내가 어디에 앉을까 하고 쭈뼛거릴 때 최 선생이 다가왔다.
"오실 줄 알았습니다. 이쪽에 같이 앉으시죠."
최 선생이 나를 안내했다.
"사람들이 오기에 저도 따라왔어요. 여긴 어딘가요?"
내가 나직이 묻자
"강당입니다. 일종의 세미나실 같은 곳이죠. 지구를 이끌어 갈 사상에 대해 논의하는 자리입니다. 지금 여긴 지구를 이끌어 갈 미래의 지도자들이 모여 있습니다. 과학자, 정치가, 기업가, 학자, 예술가, 사상가…. 선생님, 안녕하셨습니까?"
설명을 하던 최 선생이 옆에 앉은 사람을 발견하고 공손히 인사를 했다. 나는 무심히 고개를 돌리고 그 사람을 바라보았다. 강직해 보이는 노신사, 그의 얼굴엔 고뇌가 깊게 드리워져 있었다. 어디서 본 듯한 분인데 누구지? 기억을 떠올리고 있던 나는 깜짝 놀랐다. 탁 선생이었기 때문이었다. 어머, 저분도 여기 와 계시네. 내가 놀라서 쳐다보고 있을 때

누군가 다가와 반갑게 인사를 했다.

"선생님도 오셨군요. 여기서 뵙게 되다니 정말 반갑습니다."

홍 교수였다. 경제와 법과 교육을 철학과 접목한 뛰어난 석학, 한 시대를 풍미했던 학자였다.

"선생님을 여기서 뵙다니요. 꿈같아요."

나도 반가움을 금치 못하며 인사를 했다. 돌아가셨을 때 가슴 아파했던 분인데 이렇게 다시 만나게 되다니 놀라웠다.

"선생님, 앞으로 가십시오. 왜 맨 뒷자리에 앉아 계십니까?"

홍 교수가 탁 선생을 보며 말했다. 두 사람은 친숙한 사이로 자주 만나는 것 같았다.

"저는 여기가 좋습니다. 선생님이나 앞으로 가십시오."

"저도 그냥 여기 앉겠습니다. 마침 제가 좋아하는 선생님도 만났으니까요."

홍 교수가 유쾌하게 웃으며 내 옆에 앉았다.

식이 시작되었다. 나는 강당을 가득 메운 사람들을 바라보았다. 세계 사람들이 다 모여 있었다. 흡사 국제학술회의장 같았다. 열 명의 발표자들이 한 사람씩 일어나 자신의 생각을 말했다. 그들은 한결같이 미래 인류를 이끌어 갈 사상이 어떤 것이어야 하는지에 대해 자신의 생각을 말했다. 그러면 모든 사람이 그의 말을 경청했다. 그런데 신기한 것은 발표자의 말

속에 자신들의 나라를 위하거나 이익을 챙기려는 생각이 들어 있지 않았다. 모두가 인류 공동의 번영과 행복 평화를 걱정하며 그것을 성사시킬 수 있는 방법을 모색하고 있었다. 그러기 때문에 상대방의 생각을 비난하거나 폄하하는 말이 나오지 않았다. 발표자가 말하면 모두 공감하는 얼굴로 머리를 끄덕였다.

이기심을 떠나 이타심에 머물러 있는 사람들, 그들은 모두 이기심의 수렁에서 헤어나오지 못하는 지구인들을 걱정하고 있었다. 이기심은 끝없는 분열을 초래하고 상대방의 이익을 내 것으로 하려는 탐욕으로 뭉쳐져 있다. 모두가 그러하므로 모두가 행복할 수 없다. 그중에는 간혹 이기심을 버리고 이타심으로 살려는 사람도 있지만, 그 사람의 존재는 너무나 미미했다. 그래서 세상은 점점 더 깊은 이기심의 수렁 속으로 빠져들고 있다. 마치 무거운 황소가 늪 속으로 깊이 빠져들어가는 것처럼 말이다.

여기 모인 사람들은 이기심의 독성에 절어 신음하는 지구인들을 구하기 위해 함께 머리를 맞대고 고심하고 있었다. 한 사람 한 사람 발표자의 말을 경청해 보면 그 말은 지혜라는 말과 자비라는 말로 정리될 수 있었다. 서로 미워하고 증오하면서 끝없이 자신의 이익을 탐하고 있는 어리석음에서 벗어나지 못하면 결코 행복할 수 없다. 그 사실을 명확히 아는 것이

지혜다. 그래서 지혜를 일깨워 주는 것을 가장 중요하게 여기고 있었다.

무지에서 벗어나 지혜를 터득하면 할수록 타인을 행복하게 하는 일이 자신도 행복해지는 일이라는 걸 알게 된다. 그게 이타심이고 이타심의 동력은 자비다. 이타심은 타인의 생명을 살려 내는 밝은 기운이기 때문에 이타심이 증장되면 될수록 자신 안에 있던 이기심은 사라지고 그 자리를 밝은 기운이 채운다. 이익을 넓게 펴서 모든 사람이 함께 누리게 하는 것, 그 일이 미래 인류를 이끌어 갈 주된 사상이 되어야 한다고 결론지었다.

열 사람의 발표자 말이 끝나자 장내에 있는 사람들 속에서 밝은 빛이 고요히 뿜어져 나왔다. 흡사 장내 가득 촛불을 켜 놓은 것처럼 아름다웠다. 그 아름다움은 건물의 벽과 천장에서 발사하는 초록빛과 어우러져 더 없는 행복감을 자아냈다. 나를 향한 이기심에서 벗어나 타인을 향한 이타심으로 돌아설 때 그 자리가 바로 행복의 원천 극락임을 알았다. 극락은 내 안이 밝음으로 가득 채워질 때 저절로 열리고 그런 사람들이 모인 곳이 극락세계다. 천국, 혹은 천당도 같은 말이리라.

밖으로 나온 사람들은 삼삼오오 짝을 지어 어딘가로 가고 있었다. 여기서도 더 가까운 친구가 있는 듯했다. 홍 교수, 탁 선생, 최 선생, 나, 이렇게 네 사람이 걸어가고 있을 때 안식처가 쫓아와 우리와 합류했다.

"우리 저쪽에 가서 앉아요."

안식처가 큰 나무를 가리켰다. 전에 앉았던 자리였다. 우린 편안한 마음으로 함께 걸어가 나무 아래에 앉았다.

"지상에서도 아이가 태어나면 이름을 짓듯 여기서도 각자 이름을 가지고 있어요. 선생님은 어떤 이름을 가지고 싶으세요?"

"이름을 어떻게 갖는데요?"

"자신이 성취하고 싶은 걸 이름으로 하면 돼요."

"그럼 전 증득으로 하고 싶네요. 지혜를 증득하고 싶은 게 제 공부의 목표니까요."

"좋아요. 그럼 선생님을 증득으로 부를게요."

"선생님은요?"

내가 안식처를 보며 묻자

"제 이름은 이미 알고 계시잖아요. 안식처."

"아, 그게 이름이시군요. 선생님도 새로운 이름을 가지고 계신가요?"

내가 홍 교수를 쳐다보자

"저는 원력입니다. 어떤 난관에 봉착하더라도 보살행을 포기하지 않겠다는 원력을 지키고 싶어서입니다."

"탁 선생님은요?"

"저는 참회입니다. 제가 내놓은 사상이 독재자의 통치이념으로 잘못 활용된 것에 대해 참회하고 있습니다."

탁 선생이 고뇌에 찬 얼굴로 대답했다. 그런 탁 선생을 보고 있노라니 가슴이 아팠다.

"그건 선생님의 잘못이 아니잖아요?"

"내 의도와는 달리 벌어진 결과지만 내 사상이 원인제공이 된 것만은 부정할 수 없으니까요."

"참회 후에 하시고 싶은 일은요?"

"제 사상이 독재자의 손에 의해 교육이념이 되었습니다. 그 이념으로 교육받은 사람들에 대해 깊이 참회하면서 새로운 교육이념을 펼치는 게 제 꿈입니다."

비감에 잠겨 있는 탁 선생을 물끄러미 바라보다가 최 선생 쪽으로 시선을 돌렸다.

"이제 제 차례군요. 저는 분단된 조국을 통합시키는 방법을 모색하는 공부를 하고 싶어 여기 머물고 있습니다. 그래서 제 이름은 통합입니다."

우리는 돌아가면서 자연스럽게 자기 자신을 소개했다. 같

은 배를 탄 동지라는 생각이 더욱 심화되었다.

"저는 지금 우리가 머물고 있는 이 세계에 대해 좀 더 알고 싶어요. 이기심을 떠나 이타심으로 나아가는 자리인 것은 알겠는데 어떤 구조로 되어 있는지 궁금해요."

나는 궁금함을 담고 좌중을 둘러봤다. 그러자 원력 님이 답했다.

"여기 머물러 있는 사람들은 자신의 꿈을 다시 실현하기 위해 인간 세상으로 나아가려고 합니다. 그러기 위해 공부를 하고 있죠. 여기서 하는 공부는 지혜와 자비를 증장시키는 것입니다. 지혜와 자비가 어떻게 증장되는 가에 따라 인간 세상에서의 활동 영역이 달라진다는 걸 알기 때문이죠."

"그럼 인간 세상엔 언제쯤 나아가게 되는데요?"

"스승님의 지도도 받지만 본인도 때가 되면 스스로 알게 됩니다."

"원력 님은 인간 세상으로 나아가실 때가 되지 않았는가요?"

"아직은 아닙니다. 하지만 곧 가게 될 것 같습니다."

원력 님의 말을 듣는 순간 나는 그게 남북한 통일을 의미하는 것임을 알았다.

"한 가지만 더 여쭤보고 싶은데요. 여기서 우리를 지도하는 스승은 같은 분인가요? 다른 분인가요?"

"각각 다른 분입니다. 크게는 같지만 세부적으로 들어가면 우린 모두 각각 다르거든요. 말하자면 종(種)의 분류 같다고 할까요. 그래서 스승님도 우리한테 맞게 배치돼 있습니다."

"스승님은 어떤 분들인가요? 어떻게 우리들의 스승으로 계시게 된 거죠?"

"그것 역시 그분들의 서원에 의해 이루어진 것입니다. 그분들은 우리를 지도하심으로써 보살행을 완성해 가시는 거죠. 우릴 한 단계 진화시켜 주려는 간절한 원력을 가지고 계시는데 그 원력을 실천함으로써 자신의 공부를 완성해 가시는 겁니다. 자리이타의 공부를 함께 하시는 거죠."

"여기에 계시는 스승님도 우리와 처지가 같군요."

내가 이렇게 말하며 웃자

"같은 종에 있는 생명은 처지가 다 같습니다."

원력 님의 말을 듣고 우린 유쾌하게 웃었다. 동료 의식이 더욱 공고해졌다.

집으로 돌아온 나는 도반들과의 만남을 떠올렸다. 모두 지상으로 다시 돌아가 인간 세상에 합류하려고 했다. 나도 지상으로 돌아가려는 원을 세우지 않은 것은 아니지만 지금 이

대로는 아니라는 생각이 들었다. 나 스스로가 크게 머리를 끄덕일 수 있는 인격의 대전환, 그런 과정을 거치지 않고 지상으로 돌아가는 것은 무의미했다. 나는 여기서 몇 단계의 공부과정을 통해 내가 정직하지 못하다는 것을 알았다. 그것을 스승에게 말하자 스승은 정직심을 연마하는 수련을 하라고 했다. 그러면서 세상도 함께 바라보라고 했다. 세상을 잊지 않는 마음을 유지하기 위해 내 발길은 세미나장으로 향했던 것 같다. 거기서 좋은 도반을 만난 것은 세상을 잊지 않게 하기 위한 장치였다고 생각되었다.

나는 정직심을 연마하는 수련에 들어갔다. 마음을 고요히 가라앉히고 정려에 들기 위해 노력했다. 그러자 오래지 않아 내 마음은 호수표면같이 고요해졌다.

"정직심을 연마하기 위해선 장치가 필요하다. 그것은 비로자나부처님, 진여에 뿌리를 내린 의식에 정직심을 비춰 보는 것이다."

이렇게 마음을 먹은 나는 내 의식이 진여의 세계에 뿌리내리기를 염원하며 선정에 들어갔다. 선정이 깊어지자 진여의 세계가 보였다. 그리고 부처님의 음성이 들렸다. 눈과 귀로 감지되던 것이 몸으로 감지되었다. 그러면서 몸과 마음이 청정해졌다. 신심일여(身心一如)가 체득되었다.

나는 내 의식이 진여의 자리에 뿌리를 내리고 있는가를 직시했다. 뿌리내리고 있음이 보였다. 나는 비로소 정직심을 연마할 수 있는 자격을 얻었음을 알았다. 나는 의식의 거울에 정직심을 비춰 보았다. 많은 굴절이 보였다. 그리고 더럽혀져 있음도 보였다. 나는 마치 젖은 걸레를 햇볕에 쬐듯 의식의 투명한 빛에 정직심을 쬐었다. 얼마간 그렇게 하자 굴절되었던 정직심이 곧게 펴지면서 청정해져 있음이 보였다. 스스로 정직할 수 있는 자격을 얻었음을 알았다. 나는 이제 정직할 수 있다. 부끄러움 없이. 나는 나를 향해 인가했다. 행복감이 밀려왔다.

정직심을 회복하는 데 걸린 시간이 얼마였는지는 알 수가 없다. 여기는 시간개념이 지구와 다르다니 더욱 알 수가 없었다. 아무튼, 나는 한 과정을 거쳐서 내가 원했던 공부를 마쳤다. 그 과정이 지구의 시간으로 얼마나 되는지 궁금했다.

나는 정직심의 거울에 나 자신을 다시 비춰 봤다. 포용력이 있는 줄 알았는데 많이 굴절돼 있었다. 그리고 오염돼 있었다. 나는 정직심의 거울에 포용력을 비췄다. 거울 표면에서 발사된 빛이 쪼이자 굴절된 포용력이 펴지면서 청청해졌다. 생명을 포용할 수 있는 힘이 깊게 뿌리내려져 있음을 알게 됐다. 나는 이제 생명을 포용할 수 있는 힘을 갖추고 있다. 그럴

수 있다고 말할 수 있다. 부끄럼 없이. 나는 나 자신을 향해 포용력을 갖추고 있음을 인가했다. 행복감이 밀려왔다.

  포용력을 회복하는 데 걸린 시간이 얼마였는지는 알 수 없다. 여기는 시간개념이 지구와 다르다니 더욱 알 수가 없다. 아무튼, 나는 한 과정을 거쳐서 내가 원했던 공부를 마쳤다. 그 과정이 지구의 시간으로 얼마나 되는지 궁금했다.

  나는 다시 정직심의 거울에 이해심을 비춰 봤다. 이해심을 갖추고 있는 줄 알았는데 이해심도 굴절되고 오염돼 있었다. 타인을 깊이 이해한다고 믿고 있었는데 실제는 전혀 그렇지 않았다. 나는 정직심의 거울에 이해심을 비췄다. 거울 표면에서 발사된 빛이 이해심을 쪼이자 굴절되어 있는 이해심이 펴지면서 청정해졌다. 나는 이제 생명을 이해할 수 있는 능력을 갖추고 있다. 그럴 수 있다고 말할 수 있다. 부끄럼 없이. 나는 나 자신을 향해 이해심을 갖추고 있음을 인가했다. 행복감이 밀려왔다.

  이해심을 회복하는 데 걸린 시간이 얼마였는지는 알 수 없다. 여기는 지구의 시간개념과 다르다니 더욱 알 수가 없다. 아무튼, 나는 한 과정을 거쳐서 내가 원했던 공부를 마쳤다. 그 과정이 지구의 시간으로 얼마나 되는지 궁금했다.

똑같은 방법으로 겸손한 마음, 진실한 마음, 성실한 마음, 인욕의 마음 등을 하나하나 차례로 정직심의 거울에 비췄다. 시간이 흐름에 따라 겸손, 진실, 성실, 인욕 등이 내 안으로 들어와 나와 하나가 되었다. 나는 나 자신이 보살로서의 인격을 갖추어 가고 있음을 알았다. 행복감이 밀려왔다. 구도자에게 가장 중요한 것은 정직심이라는 걸 깊이깊이 알았다.

이 모든 공부를 마치는 데 걸린 시간이 얼마였는지 나로서는 도저히 알 수 없었다.

행복감에 젖어 있던 나는 나를 내려다보고 계신 부처님을 보았다. 아! 부처님, 내가 놀라 합장을 하자 부처님 얼굴은 스러지고 나를 내려다보고 있는 스승의 얼굴이 보였다.

"자네 공부가 빨리 진척돼서 나도 기쁘네. 부처님도 기뻐하고 계실 걸세."

"부처님도 제가 하는 공부를 지켜보고 계십니까?"

"지켜보고 계시지."

"그렇게 말씀해 주셔서 감사합니다. 스승님의 말씀을 듣고 나니 어떤 공부도 다 할 수 있을 것 같습니다. 힘이 솟아납니다."

"자네는 아직 자네가 원하는 공부의 반의반도 하지 못했네. 그러니 흥분은 삼가게."

"제가 원하는 공부의 반의반도 하지 못했다면 그럼 전체의 공부에서 보면 얼마나 한 것입니까?"

"자네는 이제 중생의 집에서 발을 빼 보살의 집으로 옮겨 앉은 것뿐이네. 그러니 자네가 알 수 없는 공부의 세계를 더 알려고 하지 말게."

"알겠습니다. 그렇게 하겠습니다."

"중생의 집에서 발을 빼 보살의 집으로 옮겨 앉은 것은 공부의 시작 단계에 불과하지만 그 일은 실은 아주 어려운 일이네. 그래서 부처님도 수미산을 머리에 이고 한 발로 억만년을 서 있는 것은 쉬워도 중생계에서 발을 빼 보살의 세계로 들어가는 것은 그보다 훨씬 더 어려운 일이라고 하셨네."

"스승님이 하신 말씀을 깊이 새기겠습니다."

"이제 자네는 다음 단계의 공부를 다시 해야 되네. 그건 청정함에 안주하는 공불세. 지금도 청정함을 경험하긴 했지만 그 경험은 들뜬 상태에서 했기 때문에 온전히 자네 것이 되지 못했네. 청정함 속에서 신심일여(身心一如)가 되게."

"알겠습니다. 그런데 그 공부를 하려면 얼마의 시간이 더 걸려야 합니까?"

"여긴 자네가 알고 있는 시간은 없다고 하지 않았나. 시간의

개념을 잊어버리게."

"그렇게 하겠습니다."

"공부가 마쳐지면 나를 찾게."

스승은 나를 보며 이렇게 말하곤 떠나갔다. 나는 어리둥절한 얼굴로 스승이 사라진 쪽을 바라보았다. 나에 대한 신뢰는 여전한데 스승님의 시선은 엄숙했다. 따뜻하고 부드럽던 시선하고는 사뭇 달랐다. 나는 잠시 고개를 갸웃하다가 본래의 자리로 마음을 돌렸다.

4
청정심의 연마

나는 일심을 모아 내 안의 청정심을 연마해 갔다. 지금까지 그리해 왔듯 청정심의 연마도 정직심의 거울을 통해 심화시켜 갔다. 정직하게 나를 비춰 보는 것, 진정 맑고 고요한가? 나는 끊임없이 자신을 정직심의 거울에 비춰 보며 단련해 갔다. 그러자 어느 순간부터 삼보에 귀의를 통해 그 일이 가능해짐이 알아졌다. 붓다에 귀의하는 것, 담마에 귀의하는 것, 승가에 귀의하는 것, 청정한 삼보에 귀의함으로써 나 자신이 청정해질 수 있음이 알아진 것이다.

부처님 법을 만난 이후 나는 늘 삼보에 귀의해 왔다. 대중이 모여 의식을 집전할 때도 삼보에 귀의로부터 시작했고 혼자 기도를 할 때도 삼보에 귀의로부터 시작했다. 그런데 다시 삼보에 귀의가 공부의 출발점이 되어야 한다니! 수없는 생을 반복하면서 해 왔던 일을 다시 시작해야 한다는 사실이 의아했다. 잠시 그런 의아함에 잠기던 나는 혼자 머리를 끄덕였다. 깊고 깊은 바닷속까지 이른 귀의, 굴절되지 않고 더럽혀

지지 않은 귀의, 삼보와 내가 하나가 된 혼연일체의 귀의, 그런 귀의에 이르기 위해 나는 또 한 번 수련의 과정을 거쳐야 했다.

삼보에 귀의하는 것은 삼보에 대한 믿음으로부터 출발한다. 부처님 법을 만난 이래 나는 한 번도 믿음을 떠나 본 적이 없었다. 그런데 다시 이 믿음을 출발로 해서 삼보에 귀의해 가야 하는 것이다. 나는 마음을 고요히 가라앉히고 정려에 들기 위한 노력을 기울였다. 얼마의 시간이 지나자 내 의식은 거울처럼 투명해지면서 깊은 고요 속으로 잠겨 들었다. 나는 고요한 마음으로 붓다와 담마와 승가를 관했다. 관하고 또 관하고…, 관하는 과정은 붓다에게로 다가가는 여정이었고 그 여정 속에서 나는 점차로 청정해졌다.

내가 청정함에 온전히 잠기자 붓다가 모습을 드러냈다. 붓다는 한 손을 들어 나를 반기며 미소 지었다. 그 순간 나는 비로소 부처님 가까이 다가왔음을 알았다. 부처님, 제가 왔습니다. 나는 부처님 발아래 엎드려 울었다. 긴 긴 여정, 마침내 붓다 발아래 무릎을 꿇고 경배를 드릴 수 있게 되었다.

깊은 고요 속에서 진동이 감지되었다. 진동은 점점 커지면서 내 의식을 일깨웠다. 나는 눈을 뜨고 주위를 둘러보았다. 초록빛이 고요히 발사되는 아름다운 방에 내가 앉아 있었다.

"부처님, 모습을 보여 주셔서 감사합니다."

내 얼굴 위로 눈물이 흘러내렸다. 숙업이 소멸되면서 청정함에 안주하는 내 모습이 보였다. 그 순간 삼보를 향한 귀의가 성취되었음이 감지되었다.

"나는 붓다와 담마와 승가에 귀의했다. 삼보에 두 발을 딛고 섬으로써 마침내 청정함을 획득했다. 이제 나는 보살의 자격을 갖추게 되었다. 나는 보살이다."

나는 나 자신을 향해 선언했다.

"청정함에 안주하게 됨으로써 자네는 보살의 자격을 갖추게 되었네."

스승이 미소를 지으며 바라보았다. 내 생각을 인가해 주고 있음이 분명했다.

"감사합니다. 저를 이끌어 주신 스승님의 은혜를 잊지 않겠습니다."

"그건 불은(佛恩)이네. 우리가 행하는 모든 작용은 부처님 은혜를 옮겨다 쓰는 것뿐이네."

"지금 하신 말씀이 무슨 뜻인지 이해가 됩니다."

"숙업을 벗고 청정함에 안주함으로써 이제 자네는 모든 사물을 바르게 볼 수 있게 되었네. 바르게 볼 수 있을 뿐 아니

라 바르게 행할 수 있게 되었네. 팔정도를 실천할 수 있는 힘을 갖추고 있다는 뜻이네. 바르게 볼 수 있는 안목을 지녔으므로 세계를 관(觀)할 수 있는 자격을 얻었네."

"세계를 관한다는 것은 어떤 것을 말하는 것입니까?"

"숙업의 세계, 중생계를 보는 것일세."

"중생계를 본다 함은…?"

"업에 따라 유전하는 중생의 삶을 본다는 얘기일세."

"중생의 업은 너무도 다양해 헤아릴 수가 없습니다. 그런데 어떻게 제가 중생들이 업에 따라 유전하는 세계를 볼 수 있습니까?"

"비로자나부처님의 광명에 힘입어 볼 수가 있네. 비로자나부처님은 법신불이기 때문에 말로 설법을 하실 수 없네. 말로 설법을 한다고 함은 그 설법이 아무리 진리와 부합한다 해도 진리 그 자체는 아니네. 말이라는 도구를 빌려 설명하기 때문이지. 그래서 비로자나부처님은 가끔 미간 백호와 두 손바닥 두 발바닥에서 광명을 놓아 우주 법계를 비추시네. 우리는 그 빛에 힘입어 우주 법계를 볼 수 있네."

"우주 법계를 볼 수 있다고 함은 부처님의 세계까지도 볼 수 있다는 것입니까?"

"부처님 세계는 부처님 자리에 이르러야 볼 수 있지. 그래서 우리는 볼 수가 없네. 우리가 볼 수 있는 세계는 우리보다

낮은 단계의 세계네. 숲에 서 있는 나무들을 떠올려 보게. 큰 나무는 작은 나무를 볼 수 있지만 작은 나무는 큰 나무를 볼 수 없지 않은가? 세계를 본다고 함도 그와 같네."

"한 가지만 더 여쭤보겠습니다. 스승님과 저는 같은 세계에 있는 것입니까? 아니면 다른 세계에 있는 것입니까?"

"크게는 같은 세계지만 세분해 들어가면 차이가 있네. 자네 공부가 더 깊어지면 그 차이에 대해 자네 자신이 알 수 있게 되네."

나는 스승의 말이 이해되는 듯하면서도 잘 이해가 되지 않아 입을 다물었다.

"잠시 휴식을 취한 후 중생들이 업에 따라 유전하는 세계를 관찰하도록 하게. 그것 역시 자네의 공부를 완성해 가는 과정 중의 하나일세."

"알겠습니다. 때가 되면 스승님께 도움을 청하겠습니다."

스승은 미소를 지으며 나를 바라보다 떠나갔다. 나를 향한 신뢰가 더 깊어졌음을 알 수 있었다. 스승과 제자 사이에서 교류되는 신뢰, 그건 공부의 근간이 된다. 스승은 나에게 그 사실을 가르쳐 주었다.

스승은 나에게 세계를 보라 했다. 내가 보게 되는 세계는 나보다 낮은 단계의 세계라 했다. 그렇다면 중생계 중에서도 가장 아래 단계의 세계일 것이다. 그 세계는 고통으로 짜인 그물망이다. 빠져나오기 어렵다. 그래서 모두 절규하고 신음한다. 그런 세계를 보라 하시다니! 거부하고 싶은 마음이 고개를 쳐들었다. 하지만 여기선 스승의 가르침을 거부하면 안 된다. 뿐만 아니라 그 일은 내 공부를 완성해 가는 과정 중의 하나라고 하지 않았던가. 그렇다면 반드시 해내야 한다.

반드시 해내야 함은 알겠는데 마음이 내키지 않으니 선뜻 나서지지 않았다. 그래서 휴식 시간을 좀 길게 가져야겠다고 생각하며 밖으로 나왔다. 밖으로 나오자 향기로운 바람이 불어왔다. 말로는 설명할 수 없는 향기로움, 심호흡을 하며 희열에 잠겨 드는 순간 내 속에서 이런 말이 떠올랐다.

"하늘에선 꽃비가 내리고 천지는 향내로 가득했다."

경전에서 읽었던 구절이었다. 나는 그 구절을 음미하며 걸음을 옮겼다. 지금까지 한 번도 가보지 않았던 숲속으로 내 발길이 옮겨졌다. 나는 천천히 걸음을 옮기며 숲 깊숙이 들어갔다. 걸음을 옮기고 있지만 걷고 있다는 생각이 들지 않았다. 그냥 가볍게 떠가는 기분, 무엇에도 구속받지 않는 해방감이 발아래에서 느껴졌다. 나는 노래라도 부르고 싶은 즐거움 속으로 빠져들며 걸음을 옮겼다. 그때 내 귀에 은은한 음악

소리가 들려왔다. 천녀들이 부는 피리 소리처럼 감미로운 소리였다.

"어디서 이렇게 아름다운 소리가 들리지?"

황홀함 속에서 주위를 두리번거리던 나는 그 소리가 나무들이 뿜어내는 숨소리임을 알았다.

"나무들의 숨소리가 어쩜 이렇게 아름답게 들릴 수 있을까?"

감격하며 나무들을 바라보자 나뭇가지에 앉아 있는 새들의 모습이 들어왔다. 무지개 깃털을 한 아름다운 새들이 나뭇가지에 앉아 소곤소곤 얘기들을 하고 있었다.

"아! 새들의 얘기 소리가 아름답게 들렸구나."

새로운 발견을 한 나는 다시 감격하며 주위를 살폈다. 그러던 나는 숲속에서 놀고 있는 한 무리의 사슴을 보았다. 여기도 사슴이 있네! 내가 신기해하며 사슴을 바라보는 순간, 숲속을 걸어가는 공작새의 긴 깃털이 보였다. 공작새는 황홀하게 아름다운 깃털을 끌며 숲속에서 무리들과 놀고 있었다.

"여기 있는 생명들은 모두 밝은 빛을 뿜어내고 있다. 나뭇잎에서도 새의 깃털에서도 짐승들의 부드러운 털에서도 밝은 빛이 뿜어져 나오고 있다. 그리고 생명 가진 모든 것은 아름답고 감미로운 소리로 숨을 쉰다."

황홀함 속에서 숲속을 바라보고 있던 나는 천천히 머리를

끄덕였다.

"아! 이제야 알겠구나. 이 모든 것이 상생의 기운들이 뿜어내는 조화로움임을."

숲속에 있는 생명들은 그 어떤 생명도 해치지 않으며 존재한다. 서로 도우며 존재하는 생명, 그래서 생명 하나하나에서는 상생의 기운이 뿜어져 나온다. 그 기운이 빛이고 소리다. 생명의 근원에 가장 가까이 가 있으므로 조화로움의 극치를 이루고 있다.

하늘에서 꽃비가 내린다는 말은 조화로움의 극치를 일컫는 말이다. 더 이상 아름다움을 표현할 수 없으므로 꽃비라는 말을 쓰고 있다. 천상음악이라는 말도 마찬가지다.

"상생의 기운이 조화를 이루고 있으면 그 안엔 고통이 없다. 반대로 상극의 기운이 실타래처럼 얽혀 있으면 그 안엔 행복이 없다. 이것이 우주 순행의 원리인데 중생계에 있는 생명들은 상극 속에서 행복을 찾으려 하고 있다. 그렇게 믿고 있는 생명들이 모여 있는 세계가 중생계다."

이런 생각을 하고 있던 나는 미래 인류를 이끌어 갈 지도자들이 모여 토의한 것이 바로 그것임을 알았다.

"상생의 원리가 미래를 이끌어 갈 사상이다. 인류의 지도자들은 그것을 알리고 그것을 실천하도록 독려하는 사람들이다. 그런 사람들을 일컬어 지도자라 한다."

그 순간 지구를 이끌어 가는 수많은 지도자가 얼마나 어리석은 존재들인가가 인식되었다. 끝없는 탐욕으로 인류를 파멸의 늪으로 이끌어 가고 있는 무리, 그들에 대해 무심해서는 안 됨을 알았다. 스승이 세계를 관찰하라는 말이 무슨 말인지 깊이 이해되었다.

나는 발길을 돌려 숲 밖으로 나왔다. 그때 다른 길에서 걸어오는 원력 님이 보였다. 원력 님은 깊은 생각에 잠긴 듯 묵묵히 앞만 보며 걸어오고 있었다. 나는 걸음을 멈추고 서서 그가 다가오기를 기다렸다. 그러자 잠시 후 원력 님이 내 앞에 멈춰 섰다.

"여기서 뵙게 되었군요. 혼자 오셨습니까?"

"네, 혼자 왔습니다. 생각하고 싶은 게 있어서요. 우리 저쪽에 가서 얘기하죠."

원력 님이 넓은 꽃밭을 가리켰다. 우린 무지개색의 꽃들이 함께 어우러져 있는 꽃밭을 보며 걸음을 옮겼다.

"여기가 좋군요. 여기 앉읍시다."

원력 님이 먼저 자리를 잡고 앉았다.

"너무 예쁜 꽃인데 꽃들이 상하면 어떡하죠?"

"우리가 앉아도 꽃들은 상하지 않습니다. 우린 무게를 지니고 있지 않거든요."

원력 님이 웃었다. 원력 님은 나보다 훨씬 더 이쪽 세계에

익숙해져 있었다.

"무게라는 말씀을 하시니 생각나는 게 있는데요. 여긴 바위나 돌 같은 건 없는가요?"

"없는 거 같습니다. 한 번도 본 적이 없는 걸 보면요. 여긴 딱딱하거나 굳어 있는 건 없습니다. 뾰족하거나 날카로운 것도 없고요."

"제가 생각하기에도 그런 건 없을 것 같네요."

내가 웃자 원력 님도 따라 웃었다.

"스승님은 제게 세상을 관찰하라 하셔서 그 일을 생각하고 있었는데 원력 님은 어떤 생각을 하고 계셨는가요?"

"저는 세상으로 돌아갈 시기를 생각하고 있었습니다."

"원력 님이 생각하는 세상은 지구인가요?"

"지구지요. 지구 중에서도 한반도입니다."

"거기 가셔서 어떤 일을 하실 건데요?"

"못다 한 일을 해야지요. 한반도는 오래지 않아 통일되고 통일되면 주변 국가와 협력해서 세계의 중심국가가 될 겁니다. 세계의 중심국가가 된다 함은 세계를 이끌어 갈 새로운 사상을 도출해 낸다는 뜻도 되지요. 저는 그 일에 참여하고 싶습니다."

"원력 님다운 원력이시네요."

"못다 한 원이라 다시 원을 세우고 있습니다."

"가시게 되면 언제쯤 가시게 되나요?"

"저도 지금 그 시기를 조절하고 있습니다. 머지않아 한반도는 통일이 되고 세계를 이끌어 갈 새로운 사상도 발현될 겁니다."

"그렇다면 서두르셔야 하지 않는가요?"

"저도 그렇게 생각하고 있습니다. 인간 세상으로 갈 때는 시기, 지역, 부모 등을 고려하게 되는데 그 조건이 갖추어지면 떠나려고 합니다."

원력 님이 자신이 나아갈 바를 명료하게 말했다.

이제야 우주의 원리가 조금 보이는 것 같다. 우주는 대 교향곡이 연주되는 무대며 초대형 연극이 공연되는 공연장이다. 무대 뒤의 연출자는 비로자나부처님이고 무대 밖의 연출자는 보살이다. 무대 뒤의 연출자는 지역에 따라 종교에 따라 각각 다른 이름으로 불리고 있지만 실은 같은 분이다. 무대 밖의 연출자 역시 마찬가지다. 이 사실을 알면 상생이 되고 모르면 상극이 된다.

교향곡은 끝없이 연주되고 연극 역시 끝없이 공연된다. 가끔 휴식도 한다고 하지만 그건 우리의 시간개념으로는 알 수

가 없다. 존재하는 모든 생명은 교향곡 연주에 참여하는 연주자며 연극을 하는 배우다. 최상의 연주가 되도록, 최상의 연극이 되도록 무대 뒤의 연출자와 무대 밖의 연출자는 함께 노력한다. 연주와 연극에 참여한 생명 역시 마찬가지다. 이 사실을 알고 나면 무대 밖의 세계가 내가 연주자로, 연기자로 참여할 세계임을 알게 된다. 무대 밖의 세계는 나의 공연장이며 공연장을 떠나서는 그 어떤 연기도 할 수 없다. 배우가 무대를 떠나서는 어떤 연기도 할 수 없음과 같다. 그러므로 나는 내가 참여하는 교향곡 연주가 최상의 연주가 되도록, 내가 참여하는 연극이 최상의 공연이 되도록 끊임없이 노력해야 한다.

내가 이런 생각에 잠겨 있을 때 스승이 내 앞에 와 섰다. 늘 그랬듯이 스승은 나를 향해 부드러운 미소를 짓고 있었다.

"스승님과 대화를 나누고 싶었는데 오셨군요."

내가 미소를 지으며 스승을 보자

"자네가 필요로 하면 나는 언제나 자네 곁에 와 있네."

"지상에 사는 사람들한테도 스승님이 그렇게 나타나 주시면 좋겠습니다. 전 지상에 있을 때 항상 스승을 찾아 방황했습니다. 꼭 나누고 싶은 대화가 있을 때마다요."

"그때도 자네 곁에는 스승이 있었네. 무의식 속에서 대화를 나누고 스승의 도움을 받으며 살았네."

"그런데 왜 저는 그 사실을 몰랐을까요?"

"육신을 가지고 있었기 때문이지. 육신을 가지고 있으면 감각기관의 작용을 받기 때문에 무의식 속에서 이루어지는 교감은 감지하지 못하네."

"그럼 한 가지만 더 여쭤보겠습니다. 지상에 있을 때도 스승님이 제 스승님이었습니까?"

"아니네. 나는 여기서만 자네 스승이네."

나는 스승과 제자가 어떻게 맺어지는가에 관해 물어보려다가 입을 다물었다. 그건 자네 공부가 깊어지면 자연히 알게 되네, 하는 대답을 듣게 될 것 같아서였다.

"내가 보니 조금 전에 자네가 혼자서 한 말은 전에도 수없이 했던 것 같은데 뭘 새삼스럽게 놀라고 있나? 새로운 발견이나 한 것처럼."

"스승님이 제게 내주신 숙제를 풀어야겠다는 결심이 서서 그랬습니다."

"그렇다면 다행이네. 세계를 관찰할 마음의 준비가 됐다면 세계를 관찰하도록 하게."

"그 일을 하려면 구체적으로 어떻게 해야 합니까?"

"자네는 지금 세계를 관찰할 자격은 얻었지만 혼자서 그 일을 진행할 수는 없네. 나의 도움을 받도록 하게."

"그렇게 하겠습니다. 그 일을 할 수 있도록 도움을 주십시오."

"나 역시 비로자나부처님의 광명에 힘입어 그 일을 할 수가 있네. 비로자나부처님은 법신불이기 때문에 스스로 미간 백호와 두 손바닥 두 발바닥에서 광명을 놓아 세상을 비추고 정화하시네. 그때 각각의 세계를 보게 되는데 나 역시 나보다 낮은 단계의 세계밖에 볼 수 없네. 나는 자네보다 공부가 조금 더 깊으므로 자네에게 그 세계를 볼 수 있게 도와줄 수 있네."

"알겠습니다. 그럼 저는 어떻게 해야 합니까?"

"자네가 할 일은 마음의 준비를 하는 것일세. 자네 스스로 그 일에 대해 간절함을 가지게 되면 그때 내가 자네 곁으로 오겠네."

스승은 조용히 미소를 지으며 나를 바라보다 떠나갔다. 세계를 관찰하려는 일에 간절함을 가지라는 당부를 남기고서다.

5
세계의 관찰

나는 마음을 고요히 가라앉히며 스승이 남긴 말을 떠올렸다. 세계를 관찰하는 일에 간절함을 가지게. 나는 그 말을 오랫동안 떠올리고 있었지만 간절함이 마음속에서 일어나지 않았다. 왜 마음속에서 간절함이 일어나지 않는 것일까? 그리고 스승은 왜 세계를 관찰하는 일에 간절함을 가지라고 당부하신 것일까? 나는 이 두 의문에 잠겨 오랜 시간을 보냈다. 그러던 나는 갑갑함이 느껴져 밖으로 나왔다. 숲에선 여전히 밝은 초록빛이 뿜어져 나오고 허공은 향기로움으로 가득 차 있었다. 나는 천천히 걸음을 옮기며 숲길로 들어갔다. 발은 지상으로부터 살포시 떠서 가볍게 움직였다. 속박에서 벗어난 이 자유로움! 나는 자유로움을 만끽하며 계속 걸음을 옮겼다. 그러던 나는 내면에서 울려오는 소리에 귀를 기울였다.

"지금 누리고 있는 자유를 향유하고 싶다. 어떤 이유로도 방해받고 싶지 않다."

내가 세계를 관찰하는 일에 간절함이 일어나지 않는 것은

바로 이 마음 때문이었다. 육신을 벗은 이후 여기에 머물면서 나는 평화로움과 자유로움을 비로소 알았다. 인간 세상에서 느꼈던 평화로움이나 자유로움과는 차원을 달리하고 있었다. 행복감도 마찬가지였다. 그런데 이제 다시 인간 세상을 관찰하라니! 그것도 낮은 단계의 인간 세상을. 나는 인간 세상이 어떤 세계인지를 알고 있다. 그 세계는 욕망의 도가니다. 모두가 욕망의 기름을 부으며 함께 끓고 있다. 그래서 고통스러울 수밖에 없다.

내가 세상을 관찰하는 일에 흥미를 느끼지 못하는 것은 그 고통 속으로 다시 들어가고 싶지 않아서이다. 그런데 스승은 세상을 관찰하는 과정을 꼭 거쳐야 한다고 했다. 내 공부를 완성해 가기 위해서도 말이다. 나는 감당해야 할 일에 거부감을 느끼며 숲속으로 들어갔다. 그때 안식처가 마주 오고 있었다. 안식처의 얼굴은 슬픔으로 가득 차 있었다. 무슨 일로 저러지?

나는 걸음을 좀 더 빨리하며 안식처 쪽으로 다가갔다.

"무슨 일이 있어요? 왜 이렇게 슬퍼 보이죠."

"네, 슬픈 일이 생겼어요."

"여긴 슬픔이 없는 줄 알았는데 여기서도 슬픔을 느끼게 되나 보죠?"

"여긴 자신 때문에 슬픔을 느끼진 않아요. 다른 사람 때문

에 슬픔을 느끼지도 않고요."

"그런데 왜 슬퍼하고 있는 거예요?"

"행려병자 때문이에요. 행려병자가 자살을 했어요."

"그 사람이 어디 있는데요? 안식처는 여기서 그 사람과 함께 있었어요?"

"아니요. 그 사람은 지상에 있었어요. 그런데 오늘 자살을 한 거예요."

"그걸 어떻게 알았어요? 어떻게 알 수 있었어요?"

"마음의 파장으로 알았어요. 난 지금 지상으로 가야겠어요. 그 사람이 간절히 나를 찾고 있어요. 지상으로 갈 수 있는 방법을 스승님과 의논해 봐야겠어요."

"아직 공부가 끝나지 않았잖아요? 그런데 여기를 떠나시려고요?"

"행려병자의 고통을 외면할 수 없어요. 제 공부보다 그 사람의 고통을 덜어 주는 일이 더 급해요. 전 지금 지상으로 가서 그분의 영혼과 만나야겠어요."

안식처는 나를 향해 목례하고 급히 숲을 빠져나갔다. 안식처가 모습을 감추자 내 마음엔 동요가 일기 시작했다. 행려병자의 고통을 외면할 수 없어요. 제 공부보다 그 사람의 고통을 덜어주는 일이 더 급해요. 전 지금 지상으로 가서 그분의 영혼과 만나야겠어요. 안식처가 남기고 간 말이 귓가에서

맴돌았다. 안식처가 말한 행려병자는 어떤 사람일까? 외로운 사람, 고독한 사람, 세상에서 버림받은 사람일 것이다. 그 사람은 행려병자였다고 하니까. 안식처는 그 사람의 영혼을 달래고 위로해 주기 위해 자신의 공부도 팽개치고 지상으로 달려가려 했다.

"지금 이 순간에도 지상에서는 수많은 생명이 자살을 하고 있을 것이다. 그들의 고통을 외면하고 여기서 행복감에 도취해 있는 게 과연 옳은 일인가?"

한 번도 생각해 보지 않았던 의문이 가슴속에서 꿈틀대며 올라왔다. 한참 동안 이 의문에 사로잡혀 있던 나는 고개를 저었다. 그래서는 안 될 것 같았다. 고통으로 절규하는 숱한 생명을 외면한 채 혼자 행복감에 도취해 있다니? 이 의문이 가슴속에서 꿈틀대기 시작하자 고통의 절규를 외면하고는 혼자 행복할 수 없다는 게 알아졌다.

"나도 스승을 만나서 의논하자. 이럴 때 만날 수 있는 스승이 있다는 건 얼마나 다행한 일이냐."

나는 혼자 말하며 숲을 빠져나왔다.

얼마큼 걸어가자 큰 나무가 보이고 그 아래에 앉아 있는

원력과 참회 모습이 보였다. 두 사람은 마주 앉아 진지하게 얘기를 나누고 있었다. 나는 그들과 합류하고 싶다는 생각을 하며 그쪽으로 발길을 돌렸다. 그러자 두 사람이 동시에 나를 보며 미소를 지었다.

"제가 같이 앉아도 될까요?"

내가 허락을 구하자

"환영이죠. 이쪽으로 앉으십시오."

원력이 웃으며 말했다.

"무슨 얘기를 나누고 계셨는가요? 두 분이 어떤 문제에 관심을 가지고 계신지 궁금해서요."

"영혼의 진화에 대한 얘기를 나누고 있었습니다."

"원력 님의 말씀을 듣고 나니 한 가지 의문이 생기네요. 진화는 영혼만 하는가? 하는 의문이요."

"물질이 진화한다는 것은 이미 밝혀진 사실이 아닙니까? 당연히 물질도 진화를 하죠."

"물질이 진화를 한다면 그건 스스로의 힘에 의해서입니까? 아니면 외부의 힘에 의해서입니까?"

"진화하는 주체는 자신이겠지요."

"물질 안에서 스스로를 진화하게 하는 에너지는 정신 아닌가요?"

"바로 그겁니다. 물질은 원소로 구성돼 있는데 그 원소 안

에는 생명 작용을 하는 에너지가 있습니다. 우리가 물질이라고 생각하는 모든 것은 원소로 구성되어 있는 생명 에너지의 결합체입니다."

"그럼 정신은요?"

"정신은 원소로 구성돼 있지 않은 생명 에너지죠."

"두 분이 토론한 주제는 어떤 것이었는데요?"

"영혼은 어떻게 진화하는가였습니다. 영혼이라고 불리는 정신은 비물질인데 비물질인 영혼이 어떻게 진화하는가를 놓고 토론했습니다."

"참회 님은 인간이 물질로만 구성돼 있다고 보시지 않았는가요? 인간뿐 아니라 존재하는 모든 것들이요."

"제 사상에서 가장 큰 오류가 바로 그것입니다. 영혼을 부정했기 때문에 영혼의 진화도 부정했습니다. 그 결과 인간의 사고가 물질 안에 갇히게 되었고 심성의 발달이 저하되게 되었습니다."

"정신을 부정하신 것은 신을 부정하기 위해서였던 것 같은데요. 인간은 신의 지배를 받는 존재가 아니라 스스로 생명의 주인이 돼서 자기 삶을 책임지고 나가야 한다는 것을 주장하시기 위해서요."

"그래서였죠."

"인간 스스로 생명의 주인이 돼서 자기 삶을 책임지고 나

가야 한다는 사상은 옳은 것 같은데요."

"제 사상의 방향이 틀렸다고는 생각지 않습니다. 잘못된 것은 정신을 부정하다 보니 인간 심성이 물질 안에 갇히게 됐고 그것이 통치이념으로 쓰이다 보니 백성들을 물질로 보게 했다는 것이지요. 종교와 철학이 배제된 국가가 된 것도 그래서입니다."

"여기에 머물러 계시는 동안 정신의 진화 과정을 깊이 공부하셔서 미래를 주도해 갈 새로운 사상을 만드시기를 바랍니다."

내가 진심을 담아 고개를 숙이자 참회 님은 미소를 지으며 내 말에 화답했다.

"증득 님은 공부가 잘돼 가십니까?"

"네."

나는 그렇다고 긍정했다. 여기 와서 나름대로 공부가 깊어졌다고 확신하기 때문이었다.

"지혜의 증득을 얻고자 하는 것은 구체적으로 무엇에 이르기 위한 것이지요?"

"차별의 마음을 제 안에서 제어하기 위한 것입니다."

"원칙적으로 모든 생명은 차별성을 가지고 있지 않은가요? 차별성이 없으면 현상계는 존재할 수 없다고 보는데요."

"그렇지요. 차별성이 존재함으로 현상계가 형성되기 때문

에 차별성은 현상계의 구성요소가 되는 것이지요."

"그럼 증득 님의 추구는 무엇을 말하는 것입니까?"

"제 안에서 일어나는 좋아하고 싫어하는 마음을 없애려는 게 공부의 목표예요. 좋아하고 싫어하는 마음은 결국 분별심인데 분별심이 작용하는 한 실체에 접근하기가 어려워서요."

"하시려는 공부가 어떤 것인지 알 것 같습니다."

"원력 님은요? 원력 님은 지금 어떤 공부를 하고 계신가요?"

"저는 현상계 안에, 현상계 안에서도 지구 안에, 지구 안에서도 우선적으로 한반도 안에 아름다운 공동체를 실현하는 게 꿈입니다. 그 꿈을 현실화하기 위해 한반도의 통합을 모색하고 있습니다."

"한반도 안에서 아름다운 공동체가 실현되려면 우선 한반도가 통일이 돼야겠군요."

"통일과 동시에 통합이 돼야지요. 그래서 그 방법을 모색하고 있습니다."

"한반도 통일과 통합의 방법을 찾으시기를 빕니다."

내가 간절함을 담아 말하자

"감사합니다."

원력 님이 미소로 화답했다

"제가 한 가지 질문을 해도 되겠습니까?"

참회 님이 나를 보며 물었다.

"네, 하세요."

"지금 빌겠다고 하셨는데 빈다는 것이 무엇을 말하는 것입니까?"

"마음의 파장을 보내겠다는 뜻과 우주 근원의 힘이 작용하도록 염원하겠다는 뜻이 포함돼 있습니다."

"그런 뜻이군요."

참회 님이 이해가 잘 안 된다는 어정쩡한 표정을 지었다. 마음의 파장이니, 우주 근원의 힘이니 하는 용어가 아무래도 익숙하지 않은 듯했다.

집으로 돌아온 나는 여러 문제를 생각했다. 안식처가 지상으로 돌아가 행려병자의 영혼과 만났는지도 궁금하고 그 일이 어떻게 이루어지는지도 궁금했다. 안식처는 지상으로 돌아가는 일을 스승과 상의하겠다고 하면서 급히 숲을 빠져나갔다. 만약 지상으로 돌아갔다면 지금쯤 행려병자의 영혼과 만났을지도 모른다. 스승이 말한 간절함은 안식처의 마음 같은 것이 아닐까? 모든 것을 팽개칠 수 있는 마음, 그 마음 안에는 주저함이나 망설임이 끼어들 자리가 없다. 스승은 세상을

관찰하는 일에 그런 마음을 내라고 했다. 그런데 나는 지금 세상을 관찰하는 일 자체를 피하고 싶어 한다. 고통을 목격하고 싶지 않아서다. 스승의 당부와 내 마음 사이에는 거리감이 있고 그 거리감은 좀체 좁혀지지 않았다. 나는 누군가와 얘기를 하고 싶어졌다. 이럴 때 스승이 계시면 좋을 텐데, 전에 같으면 스승이 오실 법한데 이상하게 모습을 나타내지 않았다.

나는 내 문제를 근본에서부터 다시 생각하기로 하고 마음을 고요히 가라앉혔다. 그러면서 정려에 들려는 노력을 계속했다. 어느 순간부터 마음이 투명하게 맑아지면서 고요해졌다.

"네가 이루고자 하는 것이 무엇이냐?"

"공부의 완성이다."

"너는 무엇을 공부라고 생각하느냐?"

"자유자재하게 보살행을 실현하는 것이다."

"그 일을 하기 위해 가장 먼저 갖추어야 할 것은 무엇이냐?"

"이기심의 소멸이다."

"이기심의 소멸은 어떻게 이루어지느냐?"

"내가 없음을 아는 일이다."

"내가 없음을 아는 것은 어떻게 가능하냐?"

"실재하는 것은 연기의 작용임을 투철하게 아는 것이다."

"연기 작용은 어떻게 이루어지느냐?"

"전 우주가 하나의 생명체로 작용하면서 이루어진다."

"그 작용을 보고 있느냐?"

"보고는 있지만 투명하게 보고 있지는 못하다."

"그것을 통해 네가 체득한 것은 무엇이냐?"

"내 실체가 없다는 것이다."

"네 실체가 없음을 알았는데 너는 무엇을 더 얻고자 하느냐?"

"내 시선 안에는 미세한 막이 가려져 있다. 그 막을 온전하게 걷어내고자 함이 내 염원이다."

"그 일은 무엇으로 가능하냐?"

"자비심의 회복을 통해 가능하다."

"그 과정은 무엇을 통해 가능하냐?"

"보살행의 실천을 통해 가능하다."

"보살행을 실천함은 무엇을 통해 가능하냐?"

"중생을 통해 가능하다. 중생이 없으면 보살행을 실천할 터전이 없다."

"중생들이 모여 있는 세계를 무엇이라고 하느냐?"

"중생계, 내가 통찰하려는 세계다."

나 자신과 자문자답하던 나는 크게 머리를 끄덕였다.

이해하는 자리에서 보는 자리로 옮겨 가는 것, 희미하게 보는 자리에서 확연하게 보는 자리로 옮겨 가는 것, 보는 대상과 보는 주체가 하나가 되는 것, 하나가 돼서 자유자재로

쓸 수 있는 것, 그 자리가 보살행을 실현하는 자리다.

  그 자리에 이르기 위해선 끝없는 보살행의 실천이 이루어져야 하고 보살행의 실천은 중생들의 삶이 펼쳐지는 무대, 바로 중생계다. 중생계는 보살의 공부를 완성시키는 도량, 가장 우수한 학교다. 너무나도 자명한 사실 앞에서 망설이고 있다니!

6
인식의 빛 1
지옥계

"마음의 준비가 됐는가?"

스승이 물었다.

"네."

"그럼 나하고 인식의 여행을 떠나도록 하세. 자네가 인식할 세계는 다섯 단계네. 가장 낮은 단계부터 시작이니 시작과 끝이 어디인지는 자네도 알고 있을 것일세."

"네, 알고 있습니다."

"나는 지금 비로자나부처님이 보내는 인식의 빛을 빌려 자네에게 그 세계를 보여 주려 하네. 마음을 단단히 먹도록 하게."

"네."

"두려운가?"

"두렵습니다."

"세계를 인식하는 일은 보살이면 반드시 거쳐야 하는 필수 과정이네. 공부를 앞당기는 지름길이기도 하지. 지금서부

터 마음을 가라앉히고 정려에 들도록 하게. 자네의 호흡과 내 호흡이 일치해 하나가 되는 시점이 여행의 출발점일세. 그때가 되면 찰나적으로 빛이 우리를 비출 걸세. 그 빛은 비로자나부처님께서 발사한 인식의 빛이네."

"알겠습니다."

나는 마음을 가라앉히고 호흡을 조절했다. 내 호흡이 스승과 일치하기를 바라며.

인식의 빛이 나를 비췄다고 느낀 순간, 한 세계가 열렸다.

펼쳐진 공간은 칠흑 같은 어둠의 덩어리인데 그 안에 있는 물체가 선명하게 보였다. 저렇게 깜깜한데 어떻게 형체가 보이지? 신기해하며 안을 들여다보던 나는 진저리를 치며 몸을 떨었다. 사람의 혀가 사람 키만큼 길게 빠졌는데 그 혀를 이상한 짐승이 물고 빙빙 돌고 있었다. 흡사 연자방아를 찧고 있는 소 같았다. 그런데 자세히 보니 한 사람이 아니었다. 수많은 사람이, 헤아릴 수도 없이 수많은 사람이 끝도 없이 혀를 빼문 채 누워 있고 그 주위를 알 수 없는 시커먼 짐승이 혀를 물고 돌았다.

양쪽으로는 높이를 가늠할 수 없는 긴 절벽이 끝없이 드리워져 있는데 그 절벽은 쇠로 되어 있었다. 밖으로 뚫고 나갈 수가 없었다. 여기가 철위산에 있는 무간지옥이구나! 공포에 질린 나는 안을 들여다보다가 또 한 번 놀랐다. 그 안에 있는 사람들은 거의 다 성직자들이었다. 성직자가 아니더라도 대중들에게 영향력을 미치는 지식인들이었다. 저 사람들이 왜 여기에 있지? 내가 놀라서 안을 들여다보고 있을 때 스승이 나직이 말했다.

"진리를 왜곡한 자, 다른 사람이 믿고 있는 진리를 비방한 자, 다른 사람으로 하여금 진리를 받아들일 수 없게 방해한 자, 삿된 진리를 펴서 이득을 취한 자들이 여기 와 있네. 그리고 진리에 부합하지 않은 이념과 사상을 펴서 세상을 혼란 속으로 빠뜨린 자도 여기 와 있네."

"저들의 고통은 언제쯤 끝날 수 있습니까?"

"스스로 잘못했음을 알고 진심으로 참회하면 끝날 수 있지. 하지만 그런 기회를 얻기란 쉽지 않네."

"왜 그렇습니까? 저들은 대부분 지식인이라 자신의 잘못을 아는 일이 쉬울 것 같은데요."

"잘못을 참회하려면 그럴 수 있는 계기를 만들어야 하는데 여긴 고통이 끝없이 이어지기 때문에 그런 계기를 만들 수가 없네."

"그러면 어떻게 해야 합니까? 어떻게 해야 지금 당하고 있는 고통에서 풀려날 수 있습니까?"

"지금 저들 곁엔 성자들이 모여 저들이 죄를 참회하도록 일깨워 주고 있네. 하지만 막심한 고통 때문에 성자들의 가르침을 듣지 못하네. 그래서 고통이 끝없이 이어지는 무간지옥일세."

스승은 침통한 얼굴로 입을 다물었다. 잠시 후 내 앞엔 또 하나의 지옥이 열려 있었다. 나는 아래를 내려다보다가 하마터면 비명을 지를 뻔했다. 시퍼런 칼들이 휙휙 날아다니는 속에서 죄인들은 칼을 피하고자 엎어지고 자빠지면서 괴성을 질렀다. 그러면서 상대방이 자신을 짓밟고 넘어뜨렸다고 저주를 퍼부었다. 그 저주가 시퍼런 칼날처럼 섬뜩하게 느껴졌다.

"여긴 어딥니까?"

"칼들이 날아다니는 비도(飛刀)지옥일세."

"여긴 어떤 죄인들이 옵니까?"

"남의 가슴에 비수를 꽂은 자들이 오네. 없는 누명을 만들어 타인을 죽게 한 자, 자신의 이득을 챙기기 위해 상대방을 모함한 자, 타인의 가슴에서 흐르는 피를 보며 즐긴 자, 이런 죄를 지은 자들이 오는 지옥일세."

"여기 있는 죄인들은 어떻게 여기를 벗어날 수 있습니까?"

"스스로 지은 죄를 진심에서 참회하면 벗어날 수 있네. 하지만 그렇게 되기는 쉽지 않네."

"여기도 저들을 구하려고 애쓰는 성자들이 계십니까?"

"계시네."

"그렇다면 그분들의 가르침을 듣고 스스로 지은 죄를 참회하면 되지 않습니까?"

"칼이 날아드는 공포 속에선 성인들의 가르침에 귀를 기울일 수 없네. 그래서 참회의 기회를 만들지 못하네."

시퍼런 칼이 끝없이 날아다니는 공포감 속에서 헤어날 길이 없다니! 나는 탄식하며 다시 눈길을 돌렸다. 내 앞엔 새로운 세계가 열렸다. 아래를 내려다보던 나는 진저리를 치며 눈을 감았다. 활활 타오르는 시뻘건 불기둥을 저마다 끌어안고 비명을 지르고 있었다.

"여긴 어딥니까? 죄인들이 끌어안고 있는 저 불기둥은 무엇입니까?"

"여긴 화상(火像)지옥일세. 죄인들이 끌어안고 있는 저 불기둥은 구리로 되어 있는데 펄펄 끓고 있지만 녹지를 않네."

"펄펄 끓는 구리기둥을 가슴에 끌어안고 있다니요. 저들은 어떤 죄를 지은 자들입니까?"

"시기하는 마음, 질투하는 마음, 증오하는 마음, 저주하는 마음은 활활 타는 불길과 같네. 그런 마음으로 자기 자신을

태우고 남을 태운 자들이 저렇게 불기둥을 끌어안고 고통을 당하고 있네."

"여기 있는 죄인들은 거의 다 젊어 보이는데 어떻게 저런 죄를 짓게 되었습니까?"

"남녀 간에 오가는 애욕, 명예를 얻고자 하는 탐심, 권력을 지향하는 욕망은 젊은 사람들 가슴속에서 불타게 되지. 그래서 여기 있는 죄인들은 상대적으로 젊어 보이네."

"펄펄 끓는 구리기둥을 가슴에 끌어안고 있다니요. 너무도 끔찍합니다. 여긴 저들을 구하려는 성자들이 계시지 않습니까?"

"물론 계시지. 하지만 고통이 너무 심해 성자들의 가르침을 듣지 못하네. 듣지 못하기 때문에 자신들이 지은 죄를 진심에서 참회할 기회를 만들지 못하네."

불기둥을 끌어안고 괴성을 지르는 죄인들을 보고 있노라니 너무도 비통했다. 하지만 어쩔 도리가 없어 나는 눈길을 돌리고 다른 쪽을 바라보았다. 그러던 나는 아! 하며 내 가슴을 끌어안았다. 넓은 철판에 손발이 묶인 죄인이 누워 있었다. 그런데 시커먼 야차가 손을 뻗어 가슴속의 심장을 꺼내 어적어적 씹어 먹었다. 그러자 죄인은 가슴을 움켜쥐려고 몸부림치며 발악했다. 잠시 후 죄인의 가슴은 본래대로 돌아가고 손과 발은 철판에 도로 묶였다. 그때 다시 야차가 손을 뻗어

가슴속의 심장을 꺼내 들고 어적어적 씹어 먹었다. 그 순간 나는 그 일이 끝없이 반복되고 있음을 알았다. 어떻게 저럴 수가? 눈을 크게 뜨고 둘러보자 똑같은 현상이 끝도 없이 벌어지고 있었다.

"여긴 어딥니까?"

"야차들이 죄인의 심장을 꺼내 씹어 먹는 절취(折取)지옥일세."

"왜 야차들이 죄인의 심장을 꺼내 씹어 먹습니까?"

"살아 있을 때 야차처럼 사납게 다른 사람이 가진 것을 빼앗고 훔쳐서 그러네. 남이 쌓아 올린 공든 탑을 무너뜨려 제 것으로 만들고, 착한 사람들의 생활 터전을 쑥대밭으로 만들어 제 배를 채우고, 약한 사람 약한 민족 약한 국가를 손안에 넣고 고혈을 빤 자들이 모여 있는 지옥일세. 파렴치한 기업가들, 파렴치한 정치지도자들이 주로 오게 되지. 특히 독재자로 군림한 자들이 오게 되네. 저들에 의해 수많은 사람이 심장이 도려지는 아픔을 겪게 되었거든."

"아무리 그렇다 해도 저들이 받는 형벌은 너무도 끔찍합니다. 어떻게 하면 저 형벌에서 벗어날 수 있습니까?"

"저들 역시 자신이 지은 죄를 진심에서 참회하는 길밖에 없네."

"여기도 저들을 구하려는 성자들이 와 계십니까?"

"와 계시네. 하지만 여기도 다른 지옥들처럼 죄인들의 고통이 너무 극심해 성인들의 가르침을 듣지 못하네. 그래서 참회의 기회를 만들지 못하네."

"너무도 끔찍합니다. 심장을 씹어 먹히다니요?"

"남에게 그런 고통을 겪게 했으니 자신 역시 그런 고통을 받게 되는 거지."

내가 상을 찡그리며 고개를 돌리자 너무도 끔찍한 장면이 벌어지는 게 보였다. 똥오줌과 함께 피 같기도 하고 고름 같기도 한 붉은 액체가 뒤범벅된 늪 같은 데서 수많은 사람이 발을 빼려다 자빠지고 넘어지고 꼬꾸라지면서 끝도 없이 뒤엉켜 있었다.

"여기는 어딥니까?"

"여기는 가장 더러운 분뇨지옥이네."

"저 죄인들은 왜 저 속에 들어가 있습니까?"

"다른 사람의 생명을 팔아 제 배를 채운 자들이 죽어서 오는 곳일세."

"다른 사람의 생명을 팔아 제 배를 채운다 함은?"

"인신 매매업을 한 자들이지. 포주들, 사창가의 전주들, 몸을 미끼로 이익을 챙기는 남녀들, 아이들한테 범죄행위를 시켜 이익을 보는 자들, 힘없고 가난한 자들의 노동을 착취해 배를 채운 자들…. 가장 저급하게 가장 비열하게 가장 추악하게

이익을 챙긴 자들이 형벌을 받는 지옥일세."

"여기도 저들을 구하려는 성자들이 계십니까?"

"계시지. 여기 계신 성자들은 죄인들이 죄의 굴레에서 벗어나 밝은 삶을 살도록 도우려는 원을 세우고 계시기 때문에 죄인이 있는 곳이면 어디든 와 계시네."

"아직도 지옥이 더 있습니까? 제가 보지 못한 지옥이 아직 더 있습니까?"

"자네는 지금 지옥 초입에 서 있네. 끓는 가마에 죄인의 몸을 삶는 지옥도 있고, 불덩이를 이리저리 휙휙 날려 보내는 지옥도 있고, 쇠뭉치들이 끝없이 날아다니는 지옥도 있네. 그런가 하면 손과 발을 태우는 지옥도 있고, 혀를 날름거리는 뱀한테 칭칭 감겨 있는 지옥도 있고, 온몸의 껍질을 벗기는 지옥도 있네. 이런 지옥이 천 개 만 개…."

"스승님, 이제 그만 보여 주시면 안 되겠습니까? 저는 더 이상 지옥을 보고 싶지 않습니다. 지금까지 본 것으로 충분합니다."

"중생의 죄업이 한량없기 때문에 지옥의 종류도 한량이 없네."

"저는 그 한량없는 지옥을 다 볼 힘이 없습니다. 여기서 끝내게 해 주십시오."

"정 그렇다면 여기서 끝내세. 이제 가장 낮은 단계의 세계

를 봤으니 이번에는 두 번째 단계의 세계를 보도록 하세."

"제 청을 들어주셔서 고맙습니다."

"그럼 휴식을 취하도록 하게. 자네가 충분히 휴식을 취하고 나면 내가 다시 자네한테로 오겠네."

스승은 미소를 지으며 나를 바라보다가 떠나갔다. 미소를 짓고 있었지만 스승의 얼굴도 지쳐 보였다. 지옥을 안내하는 일은 스승에게도 고통스러운 일이었음이 틀림없었다. 고통을 감내하면서도 지옥을 안내해 주신 스승께 감사함이 느껴졌다. 그래서 나는 지극한 마음을 담아 스승을 향해 감사의 합장을 올렸다.

창밖은 칙칙한 회색빛으로 드리워져 있다. 음울하고 스산하다. 나는 다시 시선을 돌려 내가 있는 공간을 둘러보았다. 공간 역시 칙칙한 회색빛이고 음울하고 스산했다. 가슴이 답답해진 나는 창 쪽으로 갔다. 밖으로 나가볼까, 하는 생각을 하며 창밖을 바라보던 나는 하마터면 비명을 지를 뻔했다. 창밖은 고름 같기도 하고 피 같기도 한 물컹한 액체가 늪을 이루고 있었다.

"내가 마지막 본 지옥의 참상이 남아 있어서 그런가. 왜

저런 게 보이지?"

창밖을 바라보던 나는 진저리를 치며 몸을 돌렸다. 어디를 둘러봐도 마음 붙일 데가 없었다. 가슴이 조여드는 것처럼 답답해서 숨이 쉬어지지 않았다.

"여기 있는 죄인들도 목숨이 다하면 죽게 될까?"

내 머릿속에 이런 의문이 스치고 지나갔다. 그러던 나는 고개를 저었다. 죽음은 육신을 가졌을 때만 가능한데 여기 있는 죄인들은 업식으로 구성되어있으므로 죽음이 있을 것 같지 않았다.

"여기 있는 죄인들도 살고 싶다는 욕망을 가질까?"

내 머릿속에서 다시 이런 의문이 들었다. 그러던 나는 머리를 끄덕였다. 틀림없이 그러리라는 생각이 들었다. 살고 싶다는 욕망, 존재하고 싶다는 욕망은 생명 안에 내재한 근원적 욕구다. 낮은 단계에 존재하는 생명일수록 그 욕망은 더욱 강하다. 여기 있는 죄인들은 업식으로 구성돼 있어 육신이 없음에도 불구하고 살고 싶다는 욕망을 가지고 있을 것이 틀림없어 보였다. 고통이 끝없이 반복되는 무간지옥에 있으면서도 살고 싶다는 욕망을 버리지 못한다고 생각하니 기가 막혔다.

"지옥에서 받는 갖가지 고통은 업식이 만든 환영이다. 그렇다면 내가 목격한 끔찍한 고통도 환영에 불과한 것일 수 있다."

나는 이 문제를 놓고 오랫동안 생각했다. 어떤 고통이든

고통 자체가 업식이 만든 환영에 불과한 것이라면 지옥에서 벌어지는 갖가지 고통도 결국 없는 것이 된다. 어쩌면 지옥 자체까지도 없는 것일 수 있다.

"하지만 여기 있는 죄인들은 너무도 끔찍하게 죄의 대가를 받고 있다. 그들이 받는 죄의 대가는 실재하는 형벌이다. 그것을 어떻게 없다고 할 수 있겠는가?"

나는 다시 깊은 고민 속으로 빠져들었다. 실재하지 않는데 실재하는 것처럼 받아들여지는 것, 이 모순을 어떻게 설명해야 하나?

"지옥에 계신 성자들은 죄인들한테 무엇을 가르치려 하시는 걸까? 무엇을 가르쳐줌으로써 죄인들을 지옥에서 해방시킬 수 있다고 믿고 계시는 걸까?"

나는 이 물음에 대한 답을 꼭 찾고 싶어졌다. 그 답은 내가 나아갈 방향을 열어 주는 열쇠와 같은 것이라고 생각되었다.

"자네가 나를 찾고 있는 것 같아 왔네."

스승이 미소를 지으며 다가왔다.

"감사합니다. 몇 가지 여쭤보고 싶은 게 있어서 스승님을 기다렸습니다."

"궁금한 게 있으면 물어보게."

"쉬운 것부터 여쭤보겠습니다. 스승님은 저보고 여기서 휴식을 취하라고 하셨는데 저는 전혀 휴식을 취할 수 없었습니다. 어떻게 여기서 휴식을 취할 수 있습니까?"

"휴식을 취할 수 없었던 것은 무엇 때문이었는가?"

"고통의 환영 때문이었습니다. 환영이 제 몸을 감고 있어서 도저히 휴식을 취할 수 없었습니다."

"그렇다면 내가 자네한테 묻겠네. 자네는 죄인들이 느끼는 고통을 그대로 느꼈다고 생각하는가?"

"아닙니다. 저는 죄인들이 느끼는 고통을 그대로 느끼게 될까 봐 눈을 감고 외면했습니다. 너무 끔찍해서 마주 볼 수조차 없었습니다."

"자네가 마주하지 못한 고통을 성자들은 죄인들과 똑같이 느끼고 계시네. 장구한 긴 시간 동안 말일세."

"장구한 긴 시간 동안 느끼고 계신다면 성자들도 죄인들과 똑같이 고통을 당하시는 겁니까?"

"죄인들의 고통을 그대로 느끼고는 계시지만 죄인들처럼 고통을 당하시지는 않으시네."

"그 일이 어떻게 가능합니까?"

"그게 바로 공부의 힘일세."

"스승님도 그렇습니까?"

"나는 성자들의 중간 정도에 머물러 있다고 보면 되네. 자네보다는 죄인들의 고통을 깊이 느끼지만 자네처럼 당하지는 않고 있네."

"무슨 말씀을 하시는지 어렴풋이 이해는 됩니다. 제 공부를 심화시켜서 스승님이 하신 말씀을 이해해 보겠습니다."

"그게 공부하는 사람이 취할 자셀세. 다음 질문이 있으면 해 보게."

"죄인들의 몸은 업식이기 때문에 죽지 않는다는 생각을 했습니다. 그렇다면 그들이 당하는 고통도 업식에서 오는 것이기 때문에 실재하지 않는 것일 수 있다는 생각이 들었습니다. 어쩌면 지옥까지도 말입니다."

"계속해 보게."

"하지만 지옥은 엄연히 형체를 갖추고 있고 죄인들이 당하는 고통 역시 너무도 생생해서 그것을 환영이라고만 말할 수는 없었습니다. 이 둘의 실체는 무엇입니까?"

"그것은 설명으로 알아지는 것이 아닐세. 공부를 깊이 해서 자네 스스로 알도록 하게. 자네가 전제한 말은 맞는 말일세."

"지옥의 고통도, 지옥 자체도 업식에서 오는 환영이라는 말 말입니까?"

"그렇네. 그것을 알기란 쉬운 일이 아닌데 자네 공부가 그만큼 깊어졌기 때문에 알아진 것일세."

"잠시 짐작을 해 본 것뿐입니다. 어려운 공부지만 열심히 해서 제 스스로 알도록 해 보겠습니다."

"그러게. 그것 역시 넘지 않으면 안 되는 공부의 과정이니 꼭 넘도록 하게."

"그러겠습니다. 그럼 한 가지만 더 여쭤보겠습니다. 성자들은 지옥에 있는 죄인들을 어떻게 구제하십니까? 지옥으로부터 벗어나게 하는 방법이 어떤 것입니까?"

"그건 내가 말하지 않았는가. 죄인들은 스스로 지은 죄를 참회함으로써 지옥의 고통에서 벗어날 수 있다고. 성자들은 그것을 돕고자 하심이네."

"성자들은 왜 그런 원을 세우시고 지옥에 와 계십니까?"

"그건 공부가 완성돼 가면 저절로 알아지네. 때가 되면 자네 스스로 머리를 끄덕일 때가 올 걸세."

"알겠습니다. 모든 답은 공부를 해 가면서 스스로 얻는 것이라는 걸 일깨워 주셔서 감사합니다."

나는 스승을 향해 공손히 합장했다. 진심에서 감사한 마음이 들었다.

7
인식의 빛 2
아귀계

나는 마음을 고요히 가라앉히고 스승과 호흡을 일치시키려 노력했다.

인식의 빛이 나를 비췄다고 느낀 순간, 한 세계가 열렸다.

"이제 자네는 두 번째로 낮은 단계에 도달했네. 이 세계가 어떤 세계인지는 자네도 알고 있을 걸세."
"네, 알고 있습니다. 지옥보다 한 단계 위의 세계는 아귀계입니다."
"그러네. 그럼 지금서부터 아귀계를 통찰해 보게."
스승의 명을 받은 나는 앞에 펼쳐진 세계를 바라보았다. 그러던 나는 진저리를 치며 몸을 떨었다. 크기를 가늠할 수 없는 큰 구렁이가 반쯤 똬리를 틀고 널브러져 있는데 그 몸엔 크고 작은 갖가지 벌레들이 매달려 구렁이 살을 파먹고 있었다. 구렁이는 죽은 듯이 널브러져 있다가 가끔 몸을 꿈틀거

리며 벌레들을 털어 내려 했다. 그렇게 함으로써 스스로 죽지 않았음을 증명했다. 진저리를 치며 구렁이를 바라보던 나는 또 한 번 경악을 금치 못했다. 처음엔 구렁이로 보였는데 다시 보니 구렁이가 아니고 황제 복장을 한 사람이었다.

"권력을 손아귀에 넣고 호의호식을 하다 죽은 황제네. 제 나라 백성뿐 아니라 다른 나라 백성들의 고혈까지 빨아먹다 죽은 자들이지. 지금 그 과보를 받고 있는 걸세."

"황제라면 언제쯤 살았던 누구입니까?"

"여긴 시간이나 공간개념이 없네. 그러므로 인간 세상에서 생각하는 나라나 시대는 존재하지 않네. 황제라 함은 그냥 권력의 상징을 말하네."

스승의 말을 듣고 펼쳐진 세계를 바라보던 나는 다시 한 번 진저리를 쳤다. 구렁이 옆에는 크고 작은 구렁이들이 끝없이 널브러져 있고 그 몸엔 똑같이 형체를 알 수 없는 갖가지 벌레들이 매달려 살을 파먹고 있었다.

"구렁이처럼 다른 생명을 옥죄어 피를 빨아 먹은 죄의 값을 받는 걸세."

"알겠습니다. 어떤 자들이 여기 와서 죗값을 받는지 알 것 같습니다."

말을 하는 내 머릿속엔 백성들의 고혈을 빨다 죽어 간 독재자의 모습이 휙휙 지나갔다. 가렴주구를 하다 죽어 간 권력

자들의 모습도.

"다른 세계로 가 보세."

스승이 눈길을 돌렸다.

"네."

나도 스승을 따라 눈길을 돌렸다.

"새로 펼쳐진 세계를 관찰하게."

스승의 말을 듣고 아래를 내려다보던 나는 너무 놀라 눈을 크게 떴다.

"저게 뭡니까?"

넓은 들판엔 대형 풍선 같기도 하고 산 같기도 한 둥그런 물체가 끝없이 널브러져 있었다.

"자세히 관찰하게. 그러면 저것들이 무엇인지 알게 될 걸세."

스승의 말을 들은 나는 주의 깊게 물체를 관찰했다. 그러던 나는 기겁을 하며 뒤로 물러섰다. 둥그렇게 보였던 물체 앞에는 사람 머리들이 하나씩 매달려 있고 머리 아래로는 실오라기 같이 가는 목이 둥그런 물체와 연결돼 있었다. 전체를 보니 둥그런 물체는 사람의 배였다.

"저건 사람 아닙니까?"

"그러네."

"사람이 어떻게 저런 기이한 모습을 하고 있습니까?"

"저 사람 목을 보게. 실오리 같이 가는 목이기 때문에 아무리 먹어도 저 배를 채울 수가 없네. 그래서 저 죄인은 늘 허기져 있지. 아무리 먹어도 배가 고픈 걸세. 그래서 먹을 궁리만 하네. 어떻게 하면 더 많이 먹을 수 있을까? 저 죄인의 머리는 오직 그 생각만으로 꽉 차 있네."

"끝없는 탐욕이 저 사람을 저렇게 만들었군요."

"아무리 채워도 채워지지 않는 게 탐욕일세. 그래서 저 죄인들은 어떻게 하든 다른 사람들 것을 빼앗아 자기 배를 채우려는 생각만 하고 살았네. 그 과보를 받은 걸세."

나는 펼쳐진 세계를 다시 바라보았다. 널브러져 있는 죄인들은 배가 고프다고 아우성을 치고 있었다. 실오리 같은 목으로 아무리 음식물을 삼킨다 해도 배를 채우는 일은 불가능해 보였다. 먹어도 먹어도 배가 차지 않는 것처럼, 가져도 가져도 만족할 줄 모르는 결핍 속에 사는 거, 그것이 탐욕이다. 크게는 세계를 상대로 한 기업이나 금융 사냥꾼들의 업이 거기에 해당할 것 같고, 작게는 이익을 자신 쪽으로 끌어들이려 혈안이 되어 있는 사람들의 업이 거기에 해당할 것 같았다.

"다시 장소를 옮겨 보세."

스승의 음성이 들려왔다.

"네."

나는 스승을 따라 다시 시선을 돌렸다. 새롭게 열린 세계,

바싹 마른 초라한 사람이 깡통을 들고 구걸하고 있다. 아무리 구슬픈 소리로 동정을 구해도 아무도 귀를 기울여 주지 않았다. 깡통을 든 사람은 정처 없이 떠돌다가 마침내 지쳐 쓰러졌다. 잠시 쓰러져 있던 사람은 다시 일어나 깡통을 들고 구슬프게 동정을 구했다. 쓰러졌다가 일어나고, 쓰러졌다가 일어나고 그 일을 아무리 반복해도 그에게 자비의 손길을 내미는 사람이 없었다. 아! 어떻게 하지. 나는 탄식하며 바라봤다. 그러던 나는 또 한 번 놀라며 몸을 움츠렸다. 똑같은 모습의 죄인들이 끝도 없이 이어져 있었다.

"저 죄인들은 인색함의 죄업을 받고 있는 걸세. 많은 재물을 가지고 있었지만 가난한 사람한테 눈길 한번 주지 않았던 사람들일세. 혼자 살려고 했기 때문에 아무도 살려 주는 사람이 없네."

스승의 말을 듣고 있던 나는 깜짝 놀라서 물었다.

"저건 뭡니까?"

구걸하는 죄인의 깡통 속에 음식물이 반쯤 차 있는데 구걸하는 죄인은 자신의 깡통 속에 있는 음식을 먹지 않고 다른 사람의 깡통 속에 있는 음식을 집어 들었다. 그러자 죄인 깡통 속에 있던 음식이 연기처럼 사라졌다. 똑같은 현상이 모든 죄인 사이에서 동시에 일어났다. 아주 짧은 찰나에.

"끝없이 반복해서 일어나는 현상일세."

"죄인의 깡통 속에 들었던 음식은 먹을 수 있는 음식입니까?"

"배고픔의 갈구가 만들어 낸 환영이네."

"만약 죄인이 자신의 깡통 속에 들었던 음식을 먹었다면 허기의 고통을 모면할 수 있었을까요?"

"그건 나도 모르겠네. 여긴 그런 일이 한 번도 일어난 적이 없으니까."

"저 많은 죄인 중에 남의 음식에 욕심을 부리지 않고 그냥 자신의 음식을 먹으려고 하는 죄인이 하나도 없다는 말입니까?"

"그러네. 그게 여기 있는 죄인들의 업이네."

"그렇다면 여기 있는 죄인들은 어떻게 그 업에서 벗어날 수 있습니까?"

"여기도 마찬가지네. 자신의 죄를 참회하는 길밖에 없네."

"여기도 저 죄인들을 구하려는 성자들이 와 계십니까?"

"와 계시네. 성자들은 죄인이 있는 곳이면 어디든 다 계시네."

"그런데 왜 죄인들을 구하지 못하십니까?"

"죄인들 각자는 당면한 고통이 너무 깊어 성자의 가르침을 듣지 못하네. 들을 여유가 없는 것일세."

"그럼 어떻게 해야 합니까?"

"악업의 과보를 벗기란 참으로 어렵네. 이제 다른 장소로 가 보세."

"저는 더 보고 싶지 않습니다. 지금까지 본 것으로 아귀계는 충분히 이해되었습니다."

"자네는 지금 아귀계의 초입에 와 있네. 탐욕의 업은 한량이 없어서 그것들이 빚어낸 세계도 한량이 없네."

"그렇다 해도 저는 더 이상은 보고 싶지 않습니다."

"그렇다면 할 수 없지. 세계를 관찰하는 일은 관찰자의 의지가 중요하니까."

"스승님의 지시를 다 따르지 못해 죄송합니다."

"나한테 죄송할 건 없네. 세계를 관찰하는 일은 자네 몫이니까."

"저는 지금 무엇을 해야 합니까?"

"휴식을 취하게. 충분히 휴식을 취한 후 나를 찾게."

여기서 말입니까? 여기서 어떻게 휴식을 취할 수 있습니까? 내가 이런 항의를 하려고 스승을 쳐다보자 스승은 내 마음을 알고 있는 듯 빙긋이 웃었다. 그 순간 휴식을 취하든 못 취하든 그 건 내 몫이라는 걸 알았다. 그래서 스승의 말을 받아들이겠다는 표정을 지으며 입을 다물었다.

칙칙한 붉은색이 주위를 가득 채우고 있다. 어디를 봐도 칙칙한 붉은색이다. 나는 마음을 안정시킬 수 없어 눈을 감았다. 그러자 벌레들한테 몸을 내맡기고 널브러져 있던 구렁이가 떠올랐다.

"그 구렁이는 남의 고혈을 빨아먹는 죄업이 얼마나 무서운 줄 알았을까?"

이런 생각에 잠겨 있던 나는 순간적으로 혼란이 느껴졌다. 알았을 것 같기도 하고 몰랐을 것 같기도 해서였다.

"인간들이 모여 사는 세상엔 항상 죄의 개념이 함께했다. 그리고 옳고 그름에 대한 개념도 함께했다. 아무리 파렴치한 독재자라 해도 개념 자체를 몰랐을 리는 없다. 알았지만 확실하게 알지 못했던 거다."

나는 일단 내 생각을 이렇게 정리하고 내가 목격한 죄인들의 모습을 다시 떠올렸다. 그러자 탐욕의 과보가 얼마나 끔찍한지 적나라하게 알아졌다. 스승은 나에게 더 많은 아귀계를 관찰하라 했으니 내가 목격하지 않은 아귀계도 한없이 많을 것이다. 거기서 갖가지 고통을 받고 있을 죄인들을 생각하니 가슴이 답답했다.

죄인들 곁에는 성자가 계신다고 하는데 성자를 곁에 두고도 가르침을 들을 수 없다니 안타까웠다. 죄인들이 당하고

있는 고통이 얼마나 극심하면 그럴 수밖에 없을까를 생각하니 더욱 안타까웠다. 탐욕은 무지와 이기심이 결합해서 빚은 욕망이다. 그렇다면 무지와 이기심을 버리면 탐욕도 버릴 수 있다. 그리고 탐욕을 버리면 죄인들이 받고 있는 갖가지 고통에서도 해방될 수 있다.

"답은 명확히 내려져 있다. 무지를 지혜로 바꾸고 이기심을 이타심으로 바꾸면 된다. 성자들이 죄인들에게 들려주고 싶은 말도 아마 그 말일 것이다."

하지만 무지를 지혜로 바꾸기란 지극히 어려운 일이다. 이기심을 이타심으로 바꾸는 일도 어렵기는 마찬가지다. 그러나 많은 사람은 무지에서 벗어나 지혜 쪽으로 다가가기 위해, 이기심에서 벗어나 이타심으로 다가가기 위해 노력하고 있다. 노력한다는 것은 실체를 알았다는 말과 같다. 무지에 머물러 있어서는 결코 행복할 수 없다는 실체를, 이기심에 머물러 있어서는 결코 행복할 수 없다는 실체를 알았기 때문에 그것으로부터 벗어나려는 노력을 하고 있다.

"죄인들한테 필요한 것은 실체 쪽으로 눈을 돌리게 하는 일이다. 무지에서 지혜 쪽으로, 이기심에서 이타심 쪽으로 눈을 돌리기만 하면 지금 당면한 고통에서 벗어날 수 있다. 눈을 돌리게 하는 거, 그 일이 아귀계에서 고통받고 있는 죄인들을 구제하는 길이다."

나는 고통받고 있는 죄인들을 외면할 수 없었다. 그러자 성자들이 왜 죄인 곁에 와 있는지도 흐릿하게나마 알아졌다.

"악도를 통찰하는 일에 어느 정도 여유를 찾은 것 같아 다행이네."

스승이 다가오며 미소를 지었다.

"그렇게 보이신다니 감사합니다."

나도 스승을 보며 미소를 지었다.

"탐욕은 물질만이 아닐세. 자네는 초입에 있는 아귀계만 보았기 때문에 물질을 탐한 죄인들의 죄업만 보았지만, 안으로 들어가면 권력을 탐한 죄인, 명예를 탐한 죄인, 심지어는 미(美)를 탐한 죄인들이 받는 죄업도 끝없이 펼쳐져 있네."

"벌을 받는 것은 죄인들인데 벌을 주는 쪽은 누굽니까?"

"벌을 주는 쪽이 있다니 그게 무슨 말인가?"

"죄인들한테 죄를 받게 하는 누군가가 있을 것 같아 여쭤 봤습니다."

"그런 건 없네. 모든 것은 죄인들의 가슴속에서 만들어진 업식의 환영이네. 그걸 이해 못 하는 사람들을 위해 죄를 주재하는 가상의 인물을 만들어 놓고 각각의 이름을 붙여 주었지.

하지만 실체는 업식의 환영일 뿐이네."

"좀 더 공부해서 스승님이 하신 말씀을 깨닫도록 해 보겠습니다."

"그러게. 최종 공부는 업식의 환영을 말끔히 걷어내는 것일세. 그것에 이르도록 정진하고 또 정진하게."

"그렇게 하겠습니다."

"자네는 성자들이 죄인 곁에 계시게 된 걸 미미하게나마 이해하고 있는 것 같던데 그 이해심을 심화시키도록 하게."

"네. 노력하겠습니다."

"아귀계를 통찰하는 것은 끝낸 것으로 하세. 마음의 준비가 되면 연락하게. 그럼 다음 과정의 여행을 안내하겠네."

스승은 늘 그러했듯 부드러운 미소를 남기고 떠나갔다. 나는 스승이 한 말, 최종 공부는 업식의 환영을 말끔히 걷어내는 것일세. 그것에 이르도록 정진하고 또 정진하게, 라는 말을 속으로 수없이 되뇌었다.

8
인식의 빛 3
축생계

새로운 세계를 통찰하는 일은 스승과 호흡을 일치시킴으로써 가능했다. 나는 다시 마음을 가라앉히고 정려에 들기 위해 노력했다. 그러면서 내 호흡이 스승의 호흡과 일치되기를 기다렸다.

인식의 빛이 나를 비췄다고 느낀 순간, 한 세계가 열렸다.

"새로운 세계를 통찰할 준비가 되었는가?"
스승이 다가와 미소를 지었다.
"네, 준비되었습니다."
"그럼 여행을 시작하도록 하세. 이번에 자네가 통찰할 세계가 어떤 세계인지 알고 있는가?"
"네, 알고 있습니다. 아귀계 위는 축생계입니다."
"그럼 축생계를 통찰하도록 하세."
"그러기 전에 한 가지 여쭤보고 싶은 게 있습니다. 축생계

를 통찰한다 함은 무엇을 통찰한다는 것입니까?"

"여기서의 통찰은 업식을 말함이네. 축생계에 떨어진 죄인들의 죄를 말함이네."

"알겠습니다. 그렇게 말씀해 주시니 명료해져서 좋습니다."

"자, 그럼 눈 앞에 펼쳐진 세계를 보게."

스승의 말을 듣고 나는 시선을 돌렸다. 내 앞엔 이름을 알 수 없는 동물들이 바싹 마른 채 이리저리 헤매고 다녔다. 자세히 보니 동물들은 털이 듬성듬성 빠져 있고, 몸엔 옴이 올라 진물이 줄줄 흐르고 있었다. 너무도 초라하고 볼품없는 모습이었다. 개 같은데 어떻게 저런 모습을 하고 있지? 혼자 중얼거리며 아래를 내려다보던 나는 입을 다물지 못했다. 수천 수만… 수를 헤아릴 수 없는 개들이 거의 비슷한 모습을 하고 헤매고 다녔다. 개들 주위에는 간혹 마을 사람이나 애들이 보였는데 그들은 한결같이 개를 피하거나 심하면 몽둥이와 돌로 때리기까지 했다.

"수행하는 구도자를 괴롭히거나 수행을 방해한 죄에 대한 벌을 받고 있는 죄인들일세."

스승이 나직이 말했다.

"죄인들한테 돌을 던지거나 몽둥이질을 하는 저 사람들은 누굽니까?"

"성직자들과 함께 수행했던 구도자들일세. 죄인들의 방해

로 수행을 못 했기 때문에 억울함을 저렇게 풀고 있네."

"그렇다면 저 사람들도 함께 죄업을 받는 게 아닙니까?"

"그렇다고 봐야지. 종교로 갈등을 빚을 때 저런 현상이 나타난다고 보면 되네. 진리를 체득하지 못한 자들이 자신과 다른 종교를 믿는 자들을 비방하고 헐뜯어 그들로 하여금 분노를 느끼게 하면 저런 현상이 벌어지네. 양쪽 다 죄의 과보를 받고 축생계에 머물러 있게 되네."

"인간 세상에서 가장 흔히 볼 수 있는 현상인데 그 과보는 참으로 무서운 것이군요."

"그렇다고 봐야지."

"우선 저부터 조심해야겠습니다. 그런데 저 죄인들은 언제쯤 과보에서 벗어날 수 있습니까?"

"여기도 마찬가지네. 죄인들 스스로가 자신이 지은 죄를 깊이 참회해야 하는데 여기서는 그 일이 더욱 어렵네. 종교적 신념은 모든 신념 중에서 가장 강하기 때문일세."

"종교 자체가 잘못된 것은 아니잖습니까? 많은 종교가 나름대로 역할을 하면서 인간의 정신을 계도해 왔으니까요?"

"종교인들을 다 죄인이라고는 하지 않았네. 진리를 체득하지 못한 자가 다른 사람이 믿는 종교를 비방하고 헐뜯는 걸 죄라고 했을 뿐이지."

"알겠습니다. 다시 생각해 보니 스승님이 하신 말씀이 무

엇인지 확실하게 알아집니다."

"그럼 다른 세계로 넘어가 보세."

"네."

나는 스승의 말에 화답하며 앞을 바라보았다. 그러던 나는 눈을 감고 고개를 돌렸다. 눈앞엔 낙타 노새 소 같은 형상을 한 동물들이 자신의 몸무게보다 수십 배나 되는 무거운 짐을 지고 힘겹게 걷고 있었다. 그런데 그 옆엔 험상궂게 생긴 사람이 채찍으로 동물의 등짝을 내리치며 고함을 질러댔다. 채찍을 맞은 동물들은 넘어질 듯 넘어질 듯 비실대다가 다시 걸었고, 그러면 옆에 있던 사람은 또 채찍으로 등짝을 내리치며 고함을 질렀다. 빨리 걸으라는 말 같았다. 참혹한 광경을 바라보던 나는 그 일이 끝없이 반복되고 있음을 알았다. 비틀대던 동물이 정신을 차려 걷기 시작하면 더 빨리 걸으라고 때리고 그러면 동물은 채찍에 못 이겨 비틀대다가 다시 일어나 걷기 시작하고⋯ 옆을 바라보니 거기에도 똑같은 광경이 벌어지고 있었다. 수천수만, 수를 헤아릴 수 없는 짐승들이 같은 고통을 반복해서 받고 있었다.

"저 짐승들은 성직자였고 채찍을 쥔 사람들은 그들에게 보시한 신자들이었네."

"성직자들이 무슨 죄를 지었기에 저런 과보를 받고 있습니까?"

"신도들이 낸 성금을 함부로 쓴 죗값을 받고 있네. 기름진 음식을 먹고 성전을 호화롭게 꾸미고 삿된 음행을 즐기고 유희에 빠져 공부를 게을리하는 성직자를 보면서 신도들은 심한 배신감을 느꼈지. 그러면서 종교를 부정해 자신 안에 있던 구도의 싹마저 잘라 버렸네."

"무서운 일이군요."

"무서운 일이지. 저 죄인들은 자신 안에 있는 구도의 싹을 말라서 죽게 한 죄와 남의 가슴에서 싹트던 구도의 싹을 잘라 버리게 한 죄를 동시에 졌네. 그러니 그 죗값이 어떠하겠는가?"

"너무나 끔찍합니다. 하지만 언젠가는 죄의 과보에서 벗어나야 하지 않습니까? 어떻게 하면 저들도 죄의 과보에서 벗어날 수 있습니까?"

"죄인들이 죄의 과보에서 벗어나는 유일한 길은 참회네. 스스로 지은 죄를 깊이 참회해야 죄업에서 벗어날 수 있네."

"여기도 저들을 구제하기 위한 성자들이 와 계십니까?"

"물론 와 계시지. 죄인들이 있는 곳엔 항상 성자들이 계신다고 하지 않았나."

"저들도 당면한 고통이 너무 커서 성자들의 가르침을 듣지 못하는군요."

"그렇지."

"안타깝고 두렵습니다."

내가 이렇게 말하자 스승도 공감하는 얼굴로 머리를 끄덕였다. 나는 다시 눈길을 돌렸다. 그러던 나는 눈을 크게 뜨며 펼쳐진 세계를 바라보았다. 넓은 들판엔 뿌연 안개 같은 것이 피어오르고 그 밑엔 시커먼 물체들이 끝없이 누워 있었다. 저게 뭐지? 나는 속으로 이렇게 생각하며 주의 깊게 살펴보았다. 그러던 나는 너무 놀라 입을 다물지 못했다. 검은 물체는 형체를 알 수 없는 짐승들이었고 뿌연 안개는 그들 입에서 뿜어져 나오는 입김이었다.

"저게 뭡니까? 저들은 왜 저런 입김을 뿜어내고 있는 것입니까?"

내가 놀라서 묻자

"저들은 소리를 낼 수가 없네. 그래서 답답해하며 소리를 지르는데 소리는 나오지 않고 저렇게 뿌연 입김만 뿜어져 나오는 걸세."

"왜 소리를 낼 수 없습니까? 그리고 저건 입김이라 할 수 없을 만큼 많이 뿜어져 나오는 게 아닙니까?"

"소리를 낼 수 없는 건 혀가 없기 때문이고 입김이 너무 많이 나오는 건 그만큼 답답하기 때문이네."

"혀가 없다니요. 어떻게 혀가 없을 수 있습니까?"

"삿된 교설로 수많은 사람을 무지의 구렁텅이로 끌고 간 자들이 받는 업볼세."

"삿된 교설이라 함은 무엇을 말하는 것입니까?"

"진리가 아닌 걸 진리인 것처럼 속여 많은 사람으로 하여금 지혜의 종자를 잃어버리게 한 걸 말하네."

"다른 사람으로 하여금 지혜의 종자를 잃어버리게 하다니요. 참으로 무서운 죄를 졌군요."

"그래서 아예 혀를 놀릴 수 없는 과보를 받고 있는 거네. 저들이 뿜어내는 입김은 답답함의 절규라고 보면 되네."

"스승님, 가슴이 답답해 숨을 쉴 수가 없습니다. 축생계를 관찰하는 일을 여기서 그만 끝내고 싶습니다."

내가 애원하는 얼굴로 말하자 스승은 나를 물끄러미 쳐다보다가 말했다.

"여긴 축생계의 초입이네. 초입에서 관찰을 멈추려고 하다니 한 번 더 생각해 보게."

"지금까지 본 것만으로도 축생계의 이해는 충분하다고 생각합니다. 더는 보고 싶지 않습니다."

"그렇다면 할 수 없지. 관찰자는 자네니까. 그럼 여기서 휴식을 취하도록 하게. 휴식이 끝나면 나를 부르게."

"고맙습니다. 제 청을 들어주셔서요."

나는 고마운 마음을 담아 스승을 향해 합장했다.

혼자 남은 나는 사면을 둘러보았다. 칙칙한 푸른색, 푸른색이라고 하기에는 너무나도 거무튀튀한 색이 사면을 에워싸고 있었다. 머릿속이 흐릿해지면서 가슴이 답답했다. 잠시 머물러 있기에도 고통스러운 공간이었다. 나는 고통을 참으며 내가 본 광경을 떠올려 봤다.

첫 번째 펼쳐진 세계에서는 수행자를 괴롭히거나 수행을 방해한 죄를 지은 죄인들을 보았다. 진리를 체득하지 못한 자들이 자신과 다른 종교를 믿는 사람을 비방하거나 헐뜯어서 분노를 일으키게 한 죄의 업을 받고 있었다. 그리고 두 번째 펼쳐진 세계에서는 성금을 함부로 탕진한 성직자와 그들을 보고 종교를 부정한 신자들이 받는 죄업이었다. 성금을 탕진한 성직자들은 자신 안에 있는 구도의 싹을 말려 죽인 죄와 타인 가슴속에서 싹트는 구도의 싹을 잘라 버리게 한 죄의 업을 함께 받고 있었다. 세 번째는 삿된 교설로 수많은 사람을 무지의 구렁텅이로 끌고 가 지혜의 종자를 잃게 한 죄의 과보를 받는 죄인들이었다.

여기서 공통된 것은 구도와 관련이 있다는 것이다. 구도를 잘못하거나 잘못하게 해서 스스로 지혜의 종자를 말려 죽이거나 타인으로 하여금 지혜의 종자를 잘라 버리게 한 죄를 지은 자들이 받게 되는 과보였다. 내가 머문 축생계는 초입에

불과하다니 더 깊이 들어가면 어떤 세계가 펼쳐질지는 모르지만, 아무튼 축생계는 지혜와 관련이 있음을 알 수 있었다.

지혜의 반대는 무지다. 지혜가 열리면 무지가 소멸되고 무지가 승하면 지혜가 소멸된다. 하루하루의 삶 속에서 지혜 쪽으로 나아가느냐 무지 쪽으로 나아가느냐에 따라 받는 과보가 갈린다. 일단 축생계에 떨어지면 다시 지혜의 빛을 만나기란 극히 어렵다. 성자들이 그들을 도우려 해도 받고 있는 고통이 극심해 성자들의 가르침을 받아들일 수 없다. 모든 죄인이 그러하듯 축생계도 마찬가지다. 아! 저들을 어떻게 하지? 나는 죄인들 모습 하나하나를 떠올리며 탄식했다. 가슴이 답답해진 나는 스승을 만났으면 좋겠다고 생각하며 창 쪽을 바라봤다.

"휴식은 취했는가?"
"휴식은 취하지 못했지만 축생계에 대한 정리는 그런대로 내려 봤습니다."
"자네의 생각을 듣고 싶네. 어서 말을 해 보게."
"축생계는 대체로 구도와 연결돼 있다는 사실입니다. 그건 평소의 제 생각과는 사뭇 달라서 저 자신도 놀랐습니다."
"자네의 생각이 다 맞는다고는 할 수 없지만 대체로는 맞

네. 축생의 과보는 지혜를 잃음으로써 받게 되네. 그러니 구도와 연결돼 있다고 말할 수 있지."

"그럼 틀린 부분은 어떤 것입니까?"

"틀렸다기보다는 부족하다고 하는 편이 낫겠구먼. 부족한 부분은 분노와 증오 탐욕 같은 감정도 지혜의 종자를 말리기 때문에 축생계에 떨어지게 하네. 그런 감정은 구도의 과정에서만 생기는 것이 아니므로 축생계가 꼭 구도와 연결돼 있다고는 말할 수 없네."

"알겠습니다. 무슨 말씀인지. 지금까지 제가 통찰해 본 지옥계와 아귀계도 축생계 속에 녹아 있다는 말씀이군요."

"바로 그걸세. 지옥계 아귀계 축생계를 삼악도라 하는데 이 삼악도 안에는 서로 서로가 포섭돼 있네. 증오 탐욕 무지가 같이 녹아 있는 곳이 삼악돈데 그중에서 증오가 승하면 지옥계로, 탐욕이 승하면 아귀계로, 무지가 승하면 축생계로 나타나는 걸세."

"무슨 말씀인지 이해가 됩니다."

"삼악도를 돌아본 소감이 어떤지 말해 보게."

"삼악도를 돌아보고 나니 죄인들 곁에 왜 성자가 와 계시는지를 알 것 같습니다."

"그걸 알면 됐네. 지옥계 구석구석을 다 돌아보지 않아도 아귀계 구석구석을 다 돌아보지 않아도 축생계 구석구석을

다 돌아보지 않아도 지금 자네가 말한 그것만 알면 삼악도를 다 돈 거와 같아 소기의 목적을 달성한 것이 되네."

"그렇게 말씀해 주셔서 고맙습니다."

"고마운 건 오히려 날세. 꼭 알아야 할 걸 자네가 알았기 때문에 나도 소기의 목적을 달성한 것이 되기 때문일세."

"스승님과 저의 관계가 어떤 것인지 어렴풋이 알아지는 것 같습니다."

"우리의 관계는 우리들의 원래 자리로 복귀하면 자연히 알아지게 되네. 그동안 남은 여행을 마저 하도록 하세. 삼악도 여행을 마쳤으니 네 번째 단계의 여행을 하도록 하세. 네 번째 단계가 어디인지는 자네도 알고 있겠지?"

"네, 알고 있습니다. 거기는 아수라계입니다."

"아수라계를 통찰할 준비가 되면 나한테 연락하게. 그럼 내가 오겠네."

"감사합니다."

나는 진심에서 감사함을 느끼며 스승을 향해 깊숙이 머리를 숙였다.

9

인식의 빛 4
아수라계

나는 아수라계를 통찰해야겠다고 생각하며 마음을 고요히 가라앉혔다. 스승과 호흡이 일치되기를 기다리면서.

인식의 빛이 나를 비췄다고 느낀 순간, 한 세계가 열렸다.

"지금서부터 나와 함께 아수라계를 통찰하도록 하세."
"네."
"자네 앞에 펼쳐진 세계를 보게."
스승의 말을 듣고 나는 내 앞에 펼쳐진 세계를 바라보았다. 내 앞엔 수많은 죄인이 머리에서, 입에서, 가슴에서 적의의 화염을 뿜어내고 있었다. 서로를 향해 적의의 화염을 뿜어내기 때문에 모두가 화염에 휩싸여 비명을 지르고 있었다. 말 그대로 아수라장이었다. 얼마간 그렇게 아수라장을 이루던 세계는 한순간 고요해지며 평화로움마저 느껴졌다. 내가 안도의 숨을 쉬고 있을 때 죄인들 머리와 입 그리고 가슴에서

또다시 화염이 뿜어져 나왔다. 그리고 적의에 가득 차서 서로 서로를 태우며 불바다를 만들었다. 나는 눈 앞에 펼쳐지는 현상을 보며 그 일이 끝없이 반복되고 있음을 알았다.

"저 죄인들을 자세히 관찰해 보게."

스승이 나직이 말했다. 스승의 말을 듣고 나는 죄인들 하나하나를 주의 깊게 살펴보았다. 모두가 높은 신분을 나타내는 복장을 하고 있었다. 나는 그자들이 정치지도자임을 알았다.

"저 죄인들은 전쟁을 일으킨 당사자들이네. 상대방에 대해 적의를 품고 전쟁을 일으켰기 때문에 머리와 입 가슴에서 화염이 뿜어져 나오네. 상대방을 죽이기 위해 적의를 품었지만 결국은 그 적의에 자신이 죽게 되네."

"나라를 불바다로 만든 자들이군요."

"그렇지. 작게는 나라와 나라가 되고 크게는 진영과 진영이 되고 더 크게는 세계를 전쟁의 불바다 속으로 끌고 들어간 자들이지."

"저자들이 아수라들입니까?"

"아수라의 사주를 받은 인간들이네."

"아수라는 어떤 존재이기에 저렇게 온 세상을 적의의 불바다로 만듭니까?"

"아수라는 천상에 머물러 있는 불화의 신이네. 불화의 신

이기 때문에 혼란과 파괴를 조성하지. 아수라들은 천상에서뿐 아니라 인간계로 내려와 서로서로 적의를 품고 전쟁을 하도록 부추기네. 인간들이 건설해 놓은 걸 파괴하기 위함이지."

"그렇다면 아수라라는 존재는 왜 있게 되었습니까?"

"우주가 품고 있는 비밀이지. 현상계는 건설과 파괴가 공존해야만 유지되는 법이니까."

"스승님 말씀을 조금은 알 듯합니다. 그렇다면 아수라가 존재하는 천상계는 어딥니까?"

"육욕천(六欲天)의 두 번째 단계쯤이라고 보면 되네."

"인간은 모두 아수라의 사수를 받게 되어 있습니까?"

"모든 인간이 적의를 가지고 있지만 아수라의 사수를 받을 만큼 강한 건 아니네. 인간 중에서도 적개심이 강한 자가, 그중에서도 파괴할 수 있는 능력을 갖춘 자가 아수라의 사수를 받게 되지."

"그래서 저기 있는 죄인들이 거의 정치지도자들이군요."

"그러네. 군대를 동원해 전쟁을 일으킬 수 있는 자들은 그들밖에 없으니까."

"알겠습니다."

"그럼 다음 세계를 보도록 하세."

스승이 다른 세계로 눈길을 돌렸다. 나도 스승을 따라 눈

길을 돌렸다. 그러던 나는 입을 크게 벌리고 다물지 못했다. 구름을 뚫고 올라간 무수한 빌딩 속에 과학자들이 빽빽이 박혀 열심히 컴퓨터를 들여다보며 뭔가를 연구하고 있었다. 내용은 알 수 없지만 과학자들이 첨단무기를 만들고 있음이 느껴졌다.

"저들이 연구하는 건 첨단무기가 아닙니까?"

"인간의 머리로는 상상할 수 없는 가공할 무기를 개발하고 있는 자들일세."

"그렇다면 저들이 아수라들입니까?"

"아수라들이라고 봐야겠지. 개중에는 인간들도 포함돼 있긴 하지만."

"그러니까 아수라들이 인간계를 점령하고 있는 거군요."

"그렇게 말할 수 있지. 저들이 연구하는 건 인간계를 파괴하고도 남을 가공할 살상 무기들이니까."

"저들은 어떻게 인간의 머리로는 상상도 할 수 없는 그런 무기들을 만들어 낼 수 있습니까?"

"저들은 우주 에너지를 쓸 줄 알기 때문이네. 우주 안에 가득 차 있는 에너지 중 일부를 조작해 살생 무기를 만들고 있네."

나는 기가 막혔다. 저 좋은 두뇌를 살상 무기를 만드는 데 쓰다니, 그게 아수라의 업이라 생각하니 더욱 기가 막혔다.

저들은 저 업에서 벗어날 수 없는 걸까? 인간의 두뇌로는 도저히 생각할 수 없는 가공할 무기를 만들 수 있다면 인간들의 두뇌보다는 훨씬 더 우수하다. 그 우수한 두뇌를 세상을 살리는 일에, 평화를 만드는 일에 쓰면 좋으련만… 안타까웠다.

"인간은 아수라의 굴레에서 벗어날 수 없는 것입니까?"

"인간의 가슴속에 강한 적개심이 있는 한 아수라의 굴레에서 벗어날 수 없네."

"적개심이 강한 자들 때문에 모든 인간이 전쟁의 위협 속에 있다는 건 너무도 부당합니다."

"그게 인간계의 한계네. 그 얘기는 인간계를 통찰할 때 하기로 하고 저쪽으로 시선을 돌려보게. 저쪽으로."

스승이 가리키는 쪽으로 눈길을 돌렸다. 그러던 나는 멍하니 아래를 내려다보았다. 내가 인간 세상에서 보았던 대통령이라는 이름의, 수상이라는 이름의, 주석이라는 이름의, 기업의 회장들이라는 이름의 죄인들이 집채만 한 배를 끌어안고 숨을 몰아쉬고 있었다. 목숨이 경각에 달린 자들처럼 어깨를 들썩이며 숨을 몰아쉬고 있는데 숨을 쉬는 일 자체가 너무도 고통스러워 보였다. 그리고 그 옆엔 그들과 흡사한 자들이 돈다발을 세느라 여념이 없었다. 세고 나면 또 돈다발이 쌓이고, 세고 나면 또 돈다발이 쌓이고… 지쳐서 조금이라도 쉬려고 하면 어디선가 철퇴가 날아와 불룩한 배를 내리쳤다. 그러

면 죄인들은 비명을 지르며 꼬꾸라지다가 다시 돈다발을 세기 시작했다.

"내가 설명을 하지 않아도 짐작이 가겠지?"

"네, 짐작이 갑니다. 저들은 권력자들과 손을 잡고 무기를 팔아먹은 자들입니다."

"맞네. 바로 그자들이네."

"저들은 언제쯤 저 죄업에서 벗어날 수 있습니까?"

"기약이 없네. 스스로 적개심을 버리지 않는 한."

"저들이 적개심을 버리는 일이 가능하겠습니까?"

"그래서 내가 기약이 없다고 하지 않았나."

"안타깝습니다. 저자들은 어쩌다 아수라의 사수에 걸려들었을까요?"

"그 안타까움이 바로 성자들의 마음일세. 성자들이 저 죄인들을 일깨워 주려고 애쓰는 건 바로 그런 안타까움 때문이네."

"여기도 성자들이 와 계십니까?"

"물론 와 계시지. 하지만 저들을 교화하기란 참으로 어렵네. 저들은 무지와 탐욕 증오심에 교활함까지 가지고 있으니까."

"아수라계는 교활함이 더 첨가됐군요."

"그렇지. 자, 그럼 다음 세계로 넘어 가 보세."

"스승님, 이것으로 끝내게 해 주시면 안 되겠습니까? 아수라계는 지금 본 것만으로도 충분합니다. 그래서 더 이상의 세계는 보고 싶지 않습니다."

"자네는 늘 초입에서 멈추려고 하는구먼."

"초입에서 본 것만으로도 그 세계가 어떤 세계인지를 알 수 있는데 굳이 더 봐야 할 이유가 없지 않습니까?"

"그렇다면 할 수 없지. 관찰자는 자네니 자네의 의견을 존중할 수밖에."

"감사합니다. 스승님."

나는 진심에서 감사함을 담아 고개를 숙였다.

"그럼 휴식을 취하게. 자네가 통찰할 세계는 이제 인간계만 남았네. 인간계는 자네도 익숙할 테니 인간계를 통찰할 마음이 생기면 나한테 연락을 하게."

"그러겠습니다."

나는 다시 한 번 고개를 숙이며 감사함을 전했다.

사방은 붉은 주황색으로 불타오르고 있었다. 내 자신이 흡사 화염 속에 싸여 있는 것 같았다. 나는 안정을 취할 수 없어 주위를 두리번거렸지만, 시야에 들어오는 것은 일렁이는

붉은 주황색뿐이었다.

"적의, 적개심이 파괴의 악신 아수라를 불러들인다."

나는 이 말을 깊이 음미하며 내 내면을 통찰했다.

오랜 시간 동안 고요 속에 잠겨서.

천상계의 낮은 단계에는 선신과 악신이 공존해 있다.

선신이 창조와 건설을 주관한다면 악신은 혼란과 파괴를 주관한다.

그 둘의 공조가 현상계를 유지하는 조건이라니, 오묘하지 않은가?

10

인식의 빛 5

인간계 I

드디어 인간계를 통찰하는 여정에 이르렀다. 내가 오랫동안 머물렀고 나와 가장 익숙한 세계다. 그런데도 인간계를 조명하려니 갈피가 잡히지 않았다. 그래서 다시 마음을 고요히 가라앉히고 스승과 호흡을 일치시키는 노력을 했다. 스승의 도움을 받기 위해서였다.

인식의 빛이 나를 비췄다고 느껴진 순간, 한 세계가 열렸다.

그때 부드러운 스승의 음성이 들렸다.
"이제 마지막 여행을 할 차례네. 인간계는 자네에게 익숙하니 잘 마무리를 짓도록 하세."
"저도 그러고 싶습니다."
"우선 인간계에 대한 설명을 해 보게. 자네가 알고 있는 대로."
"인간계는 완전히 행복하지도 완전히 불행하지도 않은

세계입니다. 참고 견디면 살 만한 세계가 인간계입니다."

"대체로는 맞는 말일세. 인간계는 현상계의 중심부, 인간의 몸으로 치면 배꼽 부위에 해당하네. 배꼽이 신체의 중심에 해당하듯이 인간계도 현상계 내에서 그와 같네."

"지금 하신 말씀을 조금 더 보완해서 설명해 주십시오."

"인간의 배꼽은 탯줄이 있던 자리가 아닌가? 생명의 근원과 연결된 자리지. 그래서 인간계에는 모든 생명이 공존해 있네. 위로는 성자로부터 아래로는 삼악도의 죄인까지. 그리고 사람 동물 식물 무생물이 한데 어우러져 공존하는 세계가 인간계네."

"그렇다면 한 가지 여쭤보고 싶은 게 있습니다. 스승님이 말씀하신 현상계는 우주 내에서 어디까지를 말씀하시는 겁니까?"

"거기에 대해서는 나도 확실히 알지 못하네. 우주 내에는 한없이 많은 은하, 은하군, 은하단이 있으므로 현상계의 범위가 어디까지인지는 알 수가 없네. 우리가 말하는 현상계란 태양계가 속한 은하를 말하는 것이라고 보고 있네."

"태양계가 속해 있는 은하에도 수천억 개의 별이 있다고 하는데 그 별들이 다 현상계 안에 들어오는 것입니까?"

"대체로 그렇다고 보네. 하지만 거기에 대해서도 확실히 알지는 못하네. 우주 안에 산재해 있는 현상계를 다 알려면

붓다가 돼야만 가능하네. 그 이전에는 자신이 몸담고 있는 세계밖에 모르네. 내가 아는 세계는 창조의 기능을 발휘할 수 있는 바로 아래 자리네. 우리가 공부를 계속해야 하는 이유가 여기에 있네."

"스승님의 말씀이 진실하게 느껴져서 좋습니다."

나는 스승을 향해 공손히 합장했다. 믿고 의지할 수 있는 스승이 옆에 있다는 사실이 한없이 고마웠다.

"자, 그럼 인간계를 통찰하도록 하세. 가능한 조망권을 넓혀서 멀리 보세."

"네."

나는 스승의 지시에 따라 내 시야를 확대했다. 그러던 나는 깜짝 놀랐다. 지금까지 보아 왔던 지옥 아귀 축생 아수라가 조망권 안으로 다 들어왔다.

"뭘 그리 놀라나? 아까 내가 말을 했을 텐데."

"말씀하시긴 했지만 삼악도와 아수라계가 인간계 안에 다 들어와 있다는 게 너무도 놀랍습니다."

"삼악도와 아수라계도 인간계 안에 들어와 있지만, 성자의 세계 역시 인간계 안에 들어와 있네. 비로자나부처님이 쏘아 올린 인식의 빛으로 성자의 세계를 볼 수 있지만 내가 안내할 수 있는 세계는 한정되어 있네. 그건 내 공부가 거기까지밖에 미치지 못하기 때문일세."

"거기가 어딥니까?"

"창조의 자리네. 최고의 성자들이 모여 있는 세계지. 흔히 신들이 거주하는 세계라고 하네."

"스승님도 그 세계에 계십니까?"

"나는 그보다 한 단계 아래 자리에 있네. 그래서 내가 자네를 안내할 수 있는 성자의 세계는 창조의 자리, 최고의 성자들이 머물러 있는 세계까지네. 나는 그 세계를 모르지만 비로자나부처님이 쏘아 올린 인식의 빛을 빌려 볼 수는 있네."

"비로자나부처님이 쏘아 올린 인식의 빛을 빌리면 자신이 머물러 있는 자리보다 한 단계 위의 자리까지는 볼 수 있는 거군요."

"그렇지. 하지만 속속들이는 볼 수가 없네. 윤곽만 볼 수 있는 걸세."

"한 가지만 더 여쭤보겠습니다. 최고의 성자들이 모여 있는 세계, 신의 세계라고 불리는 그 세계보다 더 높은 세계도 있습니까?"

"있지. 그 세계가 바로 바로자나불의 세계, 진여의 세계네. 하지만 그 세계는 우리의 사랑으로는 볼 수도 없고 이해할 수도 없네."

"그렇다면 비로자나불은 대체 우리와 어떤 연관이 있습니까? 교감할 수도, 인식할 수도 없다면 말입니다."

"그분의 자비심이 우리와의 통로를 만들고 있네. 우린 그분의 자비심에 힘입어 교감을 할 수 있는 걸세."

"이해가 되는 듯하지만 이해가 되지 않습니다."

"이해가 되지 않는 부분을 억지로 이해하려고 하지 말게. 물속의 물고기가 땅 위의 사람을 이해할 수 있겠나? 차원이 다르다는 것은 이렇게 세계 자체가 완전히 다르다는 얘길세."

"차원이 다른 세계는 넘나들 수 있는 것입니까? 영원히 넘나들 수 없는 것입니까?"

"공부를 하는 자네가 나한테 그런 질문을 하다니. 공부란 무엇인가? 차원의 벽을 허물기 위함이 아닌가?"

"죄송합니다. 너무 아득하게 느껴져서 잠시 판단을 잘못했습니다."

"자, 그럼 인간계를 통찰해 보세. 인간계란 인간의 신체 부위로 말한다면 어디에 해당한다고 했는가?"

"배꼽 부위에 해당한다고 했습니다."

"배꼽이 신체 부위의 중심이듯 인간계는 현상계의 중심에 해당한다고 했네. 그 말을 염두에 두고 통찰하게."

"그러겠습니다."

은하의 별만큼 많은 무수한 생명이 모여 사람 몸을 형성했다. 그리고 각각의 생명은 유기적 관계를 맺고 각각의 부위에

서 맡은 역할을 했다. 은하의 별들도 유기적 관계를 맺고 각각의 자리에서 맡은 역할을 하고 있을 것이다. 사람 몸을 형성하고 있는 무수한 생명은 태어나 잠시 머물며 맡은 역할을 하다 쇠퇴해서 죽는다. 사람 몸을 형성하고 있는 무수한 생명이 그러하듯 무수한 생명이 모여 형성된 사람도 태어나서 잠시 머물며 맡은 역할을 하다 쇠퇴해서 죽는다. 그건 은하를 이루고 있는 별들도 마찬가지일 거라고 생각되었다.

사람은 물질인 몸과 비물질인 정신으로 구성돼 있다. 그건 은하를 형성하고 있는 무수한 별들도 마찬가지리라. 이 둘은 하나인 듯하면서도 하나가 아니고 하나가 아니면서도 하나다. 무수한 별이 모여 은하를 이루듯, 무수한 생명으로 구성된 몸도 하나의 은하와 같은 거대한 생명의 유기체다. 그래서 생명 하나하나는 스스로 우주를 드러내는 존재임을 알고 자기 자신에 대해 강한 자부심과 함께 깊은 집착에 빠져 있다.

지상에는 같은 부류의 생명들이 집단으로 모여 공동체 생활을 하고 있다. 지상에는 그런 집단이 무수히 많고 집단끼리는 대립과 경쟁을 반복하고 있다. 생명 하나하나가 서로 대립하고 경쟁하듯 집단끼리도 그랬다. 그래서 지상에는 대립과 경쟁이 끝없이 이어지고 그것이 지상의 생명을 유지하는 힘이 되었다.

지상의 생명을 유지하는 힘은 또 있다. 그건 식욕과 성욕이다. 식욕은 각각의 생명을 존재하게 하는 근원적인 욕망이고 성욕은 각각의 생명을 존속시키는 근원적 욕망이다. 지상의 생명은 이 두 욕망에 의해 존재하고 존속하고 있다. 인간도 마찬가지다. 지상의 생명 중에서 영적으로 가장 발달한 생명은 단연 인간이다. 그래서 인간은 지상의 생명을 마음대로 부릴 수 있는 주인처럼 행사했다. 그러다 보니 자신의 욕망에 따라 다른 생명을 죽이기도 하고 파멸시키기도 했다. 그런 인간의 무지는 스스로의 존재를 불안정하게 하는 오류를 범하고 있다. 모든 생명은 유기적으로 연결돼서 영향을 주고받으며 존재한다. 그런데 심술궂은 인간이 끼어들어 자연적으로 형성된 유기적 관계를 해체시키기 때문에 결국 인간도 설 자리를 잃고 파멸할 수밖에 없다. 안타까운 일이다.

인간은 욕망에 의해 순간순간 작용한다. 욕망 안에는 끝없는 업식이 녹아 있기 때문에 욕망의 작용은 결국 업식의 작용이다. 매 순간 업식의 작용이 개인의 삶이고, 함께 존재하는 생명들이 동시에 만들어 가는 업식이 현실 세계다. 그리고 그렇게 흘러가는 것이 역사다. 서로서로의 업식이 영향을 주고받으며 새로운 업식을 만들고 그 업식이 끝없이 그물코를 만들어 가는 것, 이것을 연기작용이라고 한다. 우주 안에 펼쳐진 현상계는 연기작용에 의해 만들어진 거대한 그물, 인드

라망이다. 그리고 그 인드라망은 우주 안에 존재하는 모든 생명체가 함께 만들어 가는 대 드라마다. 그 드라마 안에는 주연도 없고, 조연도 없고, 단역도 없다. 굳이 말을 한다면 모두가 평등하게 주연으로 참여하고 있다.

"꽤 깊게 인간계를 통찰하고 있군."

스승의 음성이 들려왔다.

"인간계에서는 그 안에 존재하는 일체 생명이 유기적 관계를 맺고 평등하게 참여하고 있다는 게 알아집니다. 그래서 모두가 주인공이고 모두가 주연으로 연기를 하고 있습니다."

"맞는 말일세. 그런데도 사람들은 끝없이 주인공으로 살려고 하네. 이 욕망이 인간계의 함정일세."

"실체를 바로 보지 못하는 그 욕망은 어떻게 해서 생겨난 것입니까?"

"분별하는 마음이지. 분별하는 마음 안에는 재물욕, 권력욕, 명예욕, 소유욕 등이 녹아 있고 그 욕망이 끝없이 분별하는 마음을 재생산시키고 있네. 주인공이 되고 싶은 욕망, 주연으로 활약하고 싶은 욕망도 그래서 생겨난 것일세."

"실재하지 않는 걸 실재하는 것처럼 착각하면서 끝없이 욕망을 키워가는 것이 인간계 안에 내재한 생명의 업인 것 같습니다."

"그렇다고 봐야지. 그게 바로 인간계의 숙업인 무지일세."

"그 무지가 결국 지옥 아귀 축생 아수라계까지 만들어 가고 있군요."

"바로 그걸세. 그럼 지금서부터 인간의 무지가 만들어 가는 숙업을 통찰해 보세. 삼악도나 아수라계까지는 안 떨어졌지만 인간계 안에서 받는 숙업도 만만치 않네. 자, 시선을 돌려 인간들이 받는 고통을 통찰해 보게."

나는 스승의 말을 듣고 내 앞에 펼쳐진 세계를 바라보았다.

추레한 모습의 남자가 선술집 나무 의자에 앉아 혼자 술을 마시고 있다. 그는 주모를 향해 뭔가 열심히 말을 걸지만 주모는 들은 체도 하지 않고 채소를 다듬고 있었다. 그러자 남자는 분노로 뻘겋게 얼굴이 달아오르더니 술판을 뒤집어엎고 난동을 부렸다. 화가 잔뜩 난 주모가 악담을 퍼부으며 어딘가로 전화를 걸자 잠시 후 그의 아내인 듯한 여인이 후줄근한 모습으로 나타났다. 아내는 주모한테 술값을 주고 남편을 끌고 가려 했고 남편은 안 가겠다고 뻗대면서도 아내한테 끌려갔다. 얼마큼 가던 아내는 끌고 가던 남편을 팽개쳐 놓고 혼자 휭하니 가 버렸다. 혼자 남은 남편은 아내를 향해 고래고래 고함을 치며 삿대질을 했다.

"저 사람은 수행자인 친구를 두고 있었는데, 친구가 대중들 앞에서 법문을 하면 항상 이죽거리면서 법문하는 걸 방해

했네. 그러면서 친구가 하는 법문 내용을 부정했지. 진리라는 게 어디 있느냐고 떠들어대면서. 그 과보를 지금 받는 걸세. 저 사람이 무슨 말을 해도 아무도 그가 한 말을 믿지 않네. 믿지 않을 뿐 아니라 귀담아들으려 하지도 않네. 그러다 보니 모든 사람한테 버림을 받게 되었고 가족한테까지 버림을 받아 외톨이가 되고 말았지. 죽어서는 무주 고혼으로 영계를 떠돌고, 살아서는 모든 사람으로부터 버림을 받아 고독지옥에서 헤매고 있는 걸세."

"다른 사람이 지혜를 얻지 못하도록 방해를 했으니 과보를 받는 건 당연하겠지요."

"그러네. 그럼 비슷한 경우를 또 한 번 보도록 하세. 저 아래를 보게."

스승의 말을 들은 나는 내 앞에 펼쳐진 광경을 바라보았다. 큰 저택 앞엔 호화로운 살림살이가 나뒹굴고 그 주위로 사람들이 웅숭그리고 있었다. 한눈에 봐도 살던 집에서 쫓겨나 오갈 데가 없는 가족들임이 알아졌다. 나는 딱하다는 생각을 하며 그들을 다시 바라보았다. 그러던 나는 나뭇등걸에 앉아 넋을 놓고 있는 남자를 발견했다. 가족을 데리고 아무 데도 갈 데가 없는 가장이었다.

"저 사람은 높은 벼슬자리에 있을 때 종교를 탄압한 과보를 받고 있는 걸세. 수행자들을 사원에서 쫓아내고 경전과 사

원을 몽땅 불태웠기 때문에 살던 집에서 쫓겨나고 다니던 직장에서 쫓겨나고 하던 사업을 다른 사람에게 빼앗기고 빈털터리가 되는 과보를 계속해서 받는 걸세. 뿐만 아니라 때로는 미치광이가 돼서 날뛰기도 하고 사리 분별을 못 해 다른 사람의 조롱거리가 되기도 하지. 세세생생 몸을 받을 때마다 그런 과보를 받으니 얼마나 괴롭겠나?"

"기가 막히는군요."

"그렇다고 할 수 있지. 한 번만 더 보세."

스승은 이렇게 말하며 눈길을 돌렸다. 나도 스승을 따라 눈길을 돌렸다. 그러던 나는 눈을 크게 뜨며 아래를 내려다보았다. 병원으로 보이는 큰 건물 안에 흰 가운을 입은 의사가 서 있고 그 주위로 사람들이 빽빽이 둘러서 있었다. 사람들은 고함을 치며 의사를 힐난했고 의사는 죄인처럼 고개를 푹 숙이고 있었다.

"의사가 잘못을 저질렀습니까?"

"그러네. 저 의사는 배운 대로 의료행위를 하지만 환자는 병이 더 악화되거나 그렇지 않으면 새로운 병이 생기게 되네. 그러니 환자 가족으로부터 비난을 받거나 주위로부터 신망을 잃게 되는 건 당연한 일이지. 진리를 훼손한 죄업을 받고 있는 걸세."

"진리를 훼손했다는 게 뭘 말하는 겁니까?

"경전의 가르침을 잘못 해석해서 잘못 전달한 걸 말하네."

"그러니까 결과적으로 다른 사람한테 진리를 잘못 알게 한 거군요."

"그렇지. 그래서 저 사람은 학생을 가르쳐도 잘못 가르쳤다고 비난을 받고, 업무를 처리해도 잘못했다고 비난을 받고, 거래를 해도 잘못했다고 비난을 받게 되네. 세세생생 몸을 받을 때마다 그러니 얼마나 괴롭겠나?"

"형벌치곤 너무 과한 거 같습니다."

"진리란 가장 근원적이고 가장 옳은 것이네. 가장 바르고 가장 진실한 것이지. 그런 진리를 왜곡해서 다른 사람으로 하여금 잘못 받아들이게 했다면 그 죄업이 얼마나 크겠나?"

"그렇긴 합니다만."

"인간계에서 자네한테 보여 준 건 진리와 관계된 것들이었네. 그건 인간계뿐 아니라 삼악도나 아수라계를 통찰할 때도 마찬가지였네. 진리란 우주 근원의 본래 자리네. 그러므로 우주에 몸담고 살아가는 모든 생명은 여기에 근접하면 할수록 자유와 평화를 얻게 되네. 반대로 우주 근원과 멀어지면 멀어질수록 혼돈과 고통을 겪게 되지. 그래서 진리를 체득하는 것이 모든 생명에게 주어진 첫 번째 관문일세. 그것을 아는 게 지혜고 그것을 모르는 게 무지네. 인간계에는 이 양면이 공존해 있으므로 지혜 쪽으로 나아가면 해탈의 세계로 향

하게 되고 무지 쪽으로 나아가면 삼악도와 아수라계에 떨어지게 되지. 삼악도나 아수라계에 떨어지지 않더라도 무지가 자신의 삶 안에 깊숙이 들어오면 삼악도와 아수라계의 죄인들이 받는 고통과 비슷한 고통을 겪으면서 살게 되는 걸세."

"인간계에서 살고 있는 많은 사람은 그 양극에 이르지 않고 평범하게 살고 있지 않습니까? 기쁨과 행복 고통을 적당히 누리면서 말입니다."

"업에는 세 종류가 있네. 악업과 선업 그리고 무기업. 악업은 삼악도나 아수라계에 떨어지는 업이고 선업은 해탈의 세계로 나아가는 업이네. 무기업은 그 중간으로 인간들이 가장 많이 짓는 업일세. 잘못을 저지르지만 악업에까진 이르지 않고, 선업을 짓지만 해탈의 세계로 나아가지 못하는 업을 무기업이라 하네. 그런 생명들이 모여 있는 곳이 인간계일세. 자네가 처음 설명한 대로 크게 행복하지도 않지만 크게 불행하지도 않은, 고통을 참으면 살 만한 곳이 인간계네. 그래서 인간계에 사는 사람들은 끝없이 그 안에서 윤회를 계속하고 있다네. 특별히 무엇을 더 추구하려고도 하지 않으면서 말일세. 그러나 지혜에 눈을 뜬 많은 선지식은 인간의 삶에 회의를 느끼고 지루해하지. 그래서 그곳으로부터 벗어나려고 수행의 길에 들어서는 걸세."

"인간계에도 많은 성자가 와 계시겠지요?"

"물론이지. 인간계에 와 계신 성자들은 죄인을 구제하기 위해서가 아니라 평범한 사람들한테 지혜를 일깨워 발보리심을 시키기 위해서네. 발보리심이란 깨달음을 향해 나아가는 마음을 내게 하는 걸 말하지. 스스로 무지에서 벗어나 지혜 쪽으로 나아가고자 하는 마음을 내는 게 발보리심이네."

"그건 저도 알고 있습니다."

"물론 알고 있겠지. 자네와 함께할 수 있어서 고맙네."

"그건 제가 스승님께 드릴 말씀입니다."

"인간계는 자네도 익숙한 세계니 좀 더 통찰해 보게. 그런 후 나를 부르게. 그러면 인간계 안에 내재해 있는 천상계를 안내해 주겠네."

"네. 그러겠습니다."

나는 스승을 향해 공손히 합장했다.

사면이 부드러운 노란색이다. 밝고 투명하진 않지만 안정감을 느낄 만큼 안온한 색이다. 스승과 함께 몇 단계의 세계를 여행하면서 이렇게 안정감을 느껴 보기는 처음이다. 역시 인간계는 생명이 머무를 수 있을 만큼 성숙되어 있었다. 나는 오랜만에 휴식에 잠기면서 스승이 들려줬던 말을 떠올렸다.

"인간계는 현상계의 중심부, 인간의 몸으로 치면 배꼽 부위에 해당하네. 배꼽이 신체의 중심에 해당하듯이 인간계도 현상계 내에서 그와 같네. 인간의 배꼽은 탯줄이 있던 자리가 아닌가? 생명의 근원과 연결된 자리지. 그래서 인간계에는 모든 생명이 공존해 있네. 위로는 성자로부터 아래로는 삼악도의 죄인까지. 그리고 사람 동물 식물 무생물이 한데 어우러져 공존하는 세계가 인간계네."

스승이 했던 말을 떠올리자 인간계에 대한 이해가 깊어졌다. 인간계에는 모든 생명이 공존해 있다. 위로는 성자로부터 아래로는 삼악도의 죄인들까지. 스펙트럼이 이보다 넓은 세계도 없을 것이다. 인간계는 사악함으로 가득 차 있는 듯하지만, 우정과 사랑 휴머니즘이 아름답게 꽃피는 무대이기도 하다. 자신 안에 내재해 있는 창조력을 발휘해 갖가지 예술작품을 만들어 내기도 한다. 인간 하나하나는 우주를 구성하는 별과 같은 구조로 되어 있다. 그래서 스스로 세상의 주인공이라는 자부심을 가지고 있다. 이 자부심이 자아를 발현시키는 동력을 만들어 낸다. 인간계에서 사는 사람들은 자아의식, 자기애에 빠져 있다. 이것이 이기심을 불러오고 갈등의 구조를 만든다. 주인공이 되고자 하는 욕망도 여기에서 싹이 튼다.

인간계를 이끌어 가는 동력은 욕망이다. 그리고 욕망은 무지에서 발현된다. 그러므로 인간계를 지배하는 힘은 무지다.

무지의 지배를 받는 한 인간은 결코 행복할 수 없다. 이 사실을 일깨워 주기 위해 성자들이 등장한다. 성직자의 모습으로, 교육자의 모습으로, 예술가의 모습으로, 사상가의 모습으로, 과학자의 모습으로, 그리고 평범한 이웃집 아주머니나 아저씨의 모습으로…. 다행히 인간은 해탈의 세계로 나아갈 수 있는 힘을 반쯤 가지고 있으므로 그분들의 가르침을 받아들일 수 있다. 당면한 고통도 삼악도의 죄인들만큼 극심하지 않기 때문에 그분들의 가르침에 귀 기울일 수 있는 여유가 있다.

이렇게 정리를 해 가자 인간계가 어떤 세계인지 깊이 이해되었다. 인간계는 현상계를 대변할 만큼의 모든 구성요소를 갖추고 있다. 그래서 충분히 재미를 느낄 수 있고 보람도 느낄 수 있다. 야심도 가질 만하고 많지는 않지만 성공의 도취감에 빠져들 수도 있다. 그런데도 인간계에서는 완전히 행복할 수가 없다. 마음의 평화나 자유를 느끼기도 쉽지 않다. 늘 불안감 속에서 초조해하고 있다. 그리고 결핍의 고통 속에서 더 많은 것을 채우려고 허둥댄다. 인간계는 무지와 지혜가 공존해 있다곤 하지만 지혜 쪽보다는 무지 쪽의 지배를 더 받기 때문이다. 그래서 모두가 손에 잡히지 않는 욕망을 찾아 헤매고 있다.

나는 인간계를 떠날 때의 내 모습을 다시 떠올려 봤다. 육신을 벗고 업식의 세계로 들어갈 때 내 앞에는 내가 인간계에

서 윤회하며 살았던 각각의 모습이 나타났다. 나는 담담함 속에서 그 모습들을 지켜봤다. 부귀영화를 누린 삶도 있었고 많은 사람 위에 군림한 삶도 있었다. 물론 초라한 삶도 있었다. 나는 그 모든 것을 지켜보면서 다시는 그런 유의 삶을 반복하고 싶지 않다는 생각을 강하게 했다. 반복한다는 사실이 몹시 지루하게 느껴졌다.

"인간계 여행은 끝난 것 같은데… 스승은 언제 오시지?"

나는 이런 생각을 하며 창밖을 바라보았다. 창밖은 엷은 노을 같은 노르스름한 색으로 펼쳐져 있었다. 안온하고 따뜻하게 느껴졌다. 안온함과 따뜻함, 그게 인간계에 사는 사람들의 마음임을 알았다.

"여행을 마친 소감이 어떤가?"

스승이 부드러운 미소를 지으며 다가왔다.

"인간계 여행을 마치면서 확실히 안 게 있습니다."

"말해 보게. 그게 뭔지."

"지옥계를 돌 때도, 아귀계를 돌 때도, 축생계를 돌 때도, 아수라계를 돌 때도 그 세계를 드러내는 색깔이 있었습니다. 그때는 몰랐는데 인간계까지 돌고 나니 그 색깔이 그 안에

있는 사람들의 마음임을 알았습니다."

"인간계까지 돌고 나서 알았다니 흥미로운 일이군. 그래 인간계에 있는 사람들의 마음은 어떤 색이던가?"

"황금빛으로 빛나진 않지만 부드러운 노란색이었습니다. 그 색을 보면서 인간계 안에 사는 사람들의 마음이 안온하고 따뜻하다는 걸 알았습니다. 그 마음이 인간계에 사는 사람들의 보편적인 마음인 거 같습니다."

"그렇다고 볼 수 있지. 이제 자네와 할 마지막 여행은 인간계 안에 들어와 있는 천상계를 통찰하는 일일세. 비로자나 부처님이 쏘아 올린 인식의 빛으로 천상계를 통찰할 수 있네. 지금까지 했던 대로 마음을 고요히 가라앉히고 나와 호흡을 일치시키도록 하게."

"그러겠습니다."

나는 마음을 고요히 가라앉히고 정려에 들기 위해 노력했다. 스승과 호흡이 일치되는 시간이 오기를 기다리면서.

인식의 빛이 나를 비췄다고 느껴지는 순간.

"인간계 안에 들어와 있는 천상계를 통찰하도록 하세."
스승이 부드럽게 말했다.
"네."

"시선을 멀리 두고 위를 바라보게."

나는 스승이 시키는 대로 넓게 펼쳐진 허공을 응시했다. 허공은 밝은 초록빛으로 바뀌면서 끝없이 확장되었다. 아! 아름답다. 내 입에서 이런 감탄이 절로 나왔다. 허공을 바라보면 바라볼수록 마음이 평화로워졌다. 깊이를 측량할 수 없는 초록색에서 끝없이 광채가 뿜어져 나왔다.

"자네한테도 친근한 세계일 텐데."

"그렇습니다. 스승님과 인식의 여행을 떠나기 전에 잠시 머물렀던 세곕니다."

"그렇기도 하지만 저 세계는 자네의 고향과 같네. 몸을 받고 인간계로 나가기 전에 늘 머물렀던 세계지."

"그건 전혀 모르던 얘긴데 제가 그랬습니까?"

"그러네. 가끔 저 세계에서 일탈해 다른 세계로 갈 때도 있지만 대부분 그랬네."

"저는 왜 그걸 모르고 있었습니까?"

"몸을 받을 때나 몸을 벗을 때는 대개 과거의 기억을 잊어버리게 되지. 고도의 수련을 닦은 사람을 빼고는 말일세."

"알겠습니다. 한 가지 여쭤보고 싶은 게 있는데 답을 해 주시겠습니까?"

"물어보게."

"스승님은 가끔 제가 저 세계에서 일탈할 때가 있었다고

하셨는데 그때가 언제였습니까?"

"권력의 자리에 머물러 있을 때였지. 권력은 검은 업식을 만들게 되네. 그러기 때문에 저 세계로 돌아올 수 없게 되네."

"무슨 말씀을 하시는지 이해가 됩니다. 그럼 스승님이 제게 들려주고 싶은 말씀을 해 주십시오."

"그러지. 저 세계는 인간의 체위로 본다면 어디에 해당한다고 할 수 있겠나?"

"가슴에 해당합니다."

"가슴은 인간애, 휴머니즘이 자리하는 세계지. 이기심에서 벗어나 이타심으로 옮겨 앉는 자리기 때문에 저 세계가 천상계에 해당하네. 저 세계에 계신 영적 스승들은 인간계로 와서 이기심에 절어 있는 사람들에게 이타심의 숭고함을 가르치려 백방으로 노력하신다네."

"저 세계에 계신 영적 스승들은 성자들이십니까?"

"성자들은 아니시네. 영적 스승들이지."

"알겠습니다."

"저 세계는 수련의 깊이에 따라 세 단계로 나눠지네. 수련이라 함은 지혜의 연마와 자비의 연마를 말하는 것일세. 첫 번째 자리에서는 자신 안에 싹튼 인간애를 크게 증장시키는 노력을 하게 되고 두 번째 자리에서는 증장시킨 인간애를 안정시키는 노력을 하게 되네. 흔들림 없이 굳건히 뿌리내리게

하는 자리지. 그리고 세 번째 자리에서는 굳건히 뿌리내린 인간애를 막힘없이 평등하게 쓰려고 노력하게 되네."

"저 세계의 이름은 무엇입니까? 초록빛으로 빛나는 저 아름다운 세계의 이름 말입니다."

"스승들이 머무는 세계라고 부르지. 스승의 세계네."

"그렇군요."

"저 세계에 관한 통찰은 여행을 마친 후에 하세. 자네가 몸담게 될 곳이니까."

"알겠습니다."

"그럼 이번에는 비로자나부처님이 쏘아 올린 인식의 빛을 빌려 자네가 모르는 세계를 바라보도록 하게. 지금 자네가 보게 될 세계는 현상세계를 이끌어 갈 종교, 철학, 사상, 이념, 과학, 예술 등이 창조되는 고도의 지적 세계네. 지혜가 응집된 영적 세계지. 그럼 호흡을 조절해서 나와 일치시키도록 하게."

스승의 명을 받은 나는 마음을 고요히 가라앉히고 스승과 호흡이 일치하기를 기다렸다.

인식의 빛이 나를 비췄다고 느껴진 순간.

스승과의 여행이 시작되었다. 내 앞엔 푸른 허공이 펼쳐졌다. 푸른색은 찬란한 빛을 발산시키고 있어 푸른색 자체가

거대한 빛 덩어리로 느껴졌다. 황홀하고 아름다웠다.

"어떤가? 저 세계를 본 소감이."

"황홀하고 아름다워 어떤 말로도 표현할 수가 없습니다."

"저 세계는 지상에서 가장 존경받았던 종교지도자, 철학자, 학자, 사상가, 과학자, 예술가, 정치지도자, 사회운동가 등 각 분야에서 최고의 영향을 미쳤던 현자들이 와서 수련하는 세계네. 저 세계는 지상에서 온 현자들뿐 아니라 다른 현상계에서 온 현자들도 수없이 많네."

"현자라 함은 어떤 분들을 말씀하시는 건가요?"

"이기심의 잔재가 사라지고 이타심으로 자신을 불태우는 분들을 말하네. 회향의 세계지. 자신이 얻은 지혜를 일체 생명을 위해 남김없이 되돌려 주려는 서원을 세운 분들이 현자네."

"저 황홀하게 아름다운 푸른빛이 현자들의 마음이군요."

"그러네. 현자들의 지혜라고도 할 수 있지."

"저분들은 어떤 방법으로 회향을 하십니까?"

"웅변을 통해서 하지. 그래서 인간의 신체 부위로는 목에 해당하네."

"웅변이라니요?"

"웅변과 같은 거대한 울림으로 사람들을 일깨운다는 말일세."

"저 세계에 계신 분들은 어떤 수련을 하고 계십니까?"

"인류를 진화시킬 방법을 모색하고 계시네. 진화 안에는 물질적인 진화와 정신적인 진화가 함께 포함돼 있네."

"인류를 진화시킬 방법을 모색하신다면 저기 계신 분들은 지상에서 온 분들입니까?"

"지상에서 가장 존경받았던 분들이 와 계시네. 다른 현상계에 계셨던 분들도 무수히 와 계시지만 경계가 달라 나는 알지 못하네."

"그럼 스승님이 머무시는 세계도 저 세곕니까?"

"그러네. 저 세계에서 가장 낮은 단계에 있네."

"저 세계도 수련의 깊이에 따라 단계가 나누어집니까?"

"그렇다네. 인류를 진화시키기 위한 방법을 스스로 찾는 단계, 자신이 찾은 방법을 연마해서 실제로 힘을 기르는 단계, 기른 힘을 자유자재로 쓰는 단계, 이렇게 세 단계로 나눠진다네."

스승의 말을 들은 나는, 스승은 어떤 회향의 방법을 택하셨습니까? 하고 물으려다 입을 다물었다. 그 질문을 지금 여기서 해서는 안 된다는 생각이 들어서였다.

"저 세계는 아름다운 음악과 신묘한 향내로 가득 차 있다네. 마음이 열락으로 가득 차 있으므로 모두가 미소를 지으며 서로를 바라보지. 그러다 다른 사람의 수련이 깊어지면 자신의

수련이 깊어진 것처럼 기뻐한다네."

"어떤 마음인지 알 수 있을 것 같습니다."

"저 세계에 대한 이해는 자네의 공부가 심화되면 될수록 더 깊이 알게 되네. 이제 인간계 안에 들어와 있는 마지막 천상계, 성자의 세계를 여행하도록 하세."

스승은 나를 향해 미소를 지었다. 다시 나와 호흡을 일치하도록 노력하게, 하는 당부를 하는 얼굴로.

나는 스승과 호흡이 일치되기를 기다리며 조용히 마음을 가라앉혔다.

인식의 빛이 내 몸을 감쌌다고 느껴지는 순간.

"조용히 고개를 들어 펼쳐진 세계를 바라보게."

나는 고개를 들어 앞에 펼쳐진 세계를 바라보았다. 빛으로 가득한 남색의 세계가 펼쳐져 있었다. 푸른색이 겹겹이 포개진 듯한 남색은 입자 하나하나가 투명한 빛을 방출해 남색 자체가 거대한 빛의 덩어리로 느껴졌다.

"저 세계가 성자들이 머무는 세계네."

"저 세계의 아름다움을 도저히 설명할 수 없습니다. 제가 성자들의 마음을 헤아릴 수 없어 그런 것 같습니다."

"그렇게 생각되면 그렇게 생각하게."

"성자라는 말은 많이 들었지만 어떤 분을 일러 성자라고 하는지는 확실히 알지 못합니다. 어떤 분들을 일러 성자라 합니까?"

"나도 비로자나부처님이 쏘아 올린 인식의 빛을 통해 보고 있으므로 저 세계의 외형만 볼 수 있네. 저 세계에 계신 성자들은 일단 구도의 과정을 끝마친 분이라고 할 수 있네. 한량없는 세월 동안 계속해 온 구도의 과정을 통해 지혜와 자비를 걸림 없이 쓸 수 있게 되신 분이지. 그래서 우주 근원과 소통할 수 있네. 우주 근원과 걸림 없이 소통할 수 있다는 것은 우주 에너지를 자유자재로 쓸 수 있다는 말과 같네. 그래서 뜻하는 일은 무엇이든 이룰 수 있네. 창조의 기능을 갖추시고 원하는 세계를 마음대로 만들 수 있네."

"지옥 아귀 축생 아수라 인간계에 계신 성자들은 저 세계에서 오신 분들입니까?"

"그러네. 저 세계에서 오신 분들이네. 저 세계에 계신 성자들은 자신들의 공부를 마쳤기 때문에 다른 사람의 공부를 도우려는 일념으로 가득 차 계시네. 하지만 죄인들은 자신의 죄업에 가려 그분들의 도움을 받아들이지 못하네. 성자가 옆에 와 계셔도 가르침을 받아들이지 못한다니 얼마나 안타까운 일인가? 그게 중생들의 숙업이지. 무지가 만들어 낸 숙업이네."

"중생 안에 내재해 있는 무지는 참으로 안타까운 것이군요."

"스승이나 현자는 인류를 구원하려는 원을 세우고 계시지만, 성자들은 일체 생명을 구원하려는 원을 세우시네. 창조 능력을 지닌 성자들이 머무는 세계는 인간의 신체 부위로 치면 미간 백호에 해당하네."

"우주에 편재해 있는 현상계도 크게 보면 인간의 신체 부위처럼 구분 지어져 있다고 하는데 미간 백호는 우주 현상계 내에서 어디에 해당합니까?"

"비로자나불의 세계 바로 아래 단계네. 인간의 신체 부위로 말하면 비로자나불의 세계는 정수리에 해당하고 성자의 세계는 미간 백호에 해당되네."

"비로자나불의 세계를 한 번 더 설명해 주십시오."

"인간의 신체 부위대로 설명하려다 보니 비로자나불의 세계를 정수리라고 했지만 실은 붓다의 세계는 정수리를 벗어난 세계네. 말로는 설명할 수 없는 세계지."

"비로자나불의 세계는 차원 자체가 다르므로 헤아림으로는 알 수 없다고 하셨는데, 성자들이 머무는 세계도 저로서는 그와 같다는 생각이 듭니다."

"자네가 정확히 말했네. 그렇게 알고 있으면 되네."

"스승님의 덕으로 멀리서나마 볼 수 있어서 기쁩니다."

"이렇게 해서 우리의 여행은 끝났네. 자네가 머물 자리로 돌아가기 전에 인간계를 한 번 더 통찰해 보게. 인간계에서 만났던 사람 중에 꼭 보고 싶은 사람이 있다면 마음속으로 염원하게. 그러면 볼 수 있네. 그 사람이 인간계에 있다면 말일세. 이건 긴 여행을 끝낸 자네한테 주는 특별 선물이네."

스승이 나를 보며 빙긋이 웃었다. 한없이 부드러운 미소였다.

11

인식의 빛 6
인간계 Ⅱ

사람들이 살고 있다. 각각의 모습을 한 사람들이 각각의 방법으로.

사람들이 가장 원하는 것은 돈이다. 가장 원하는 것임에도 불구하고 사람들은 돈의 속성을 잘 모른다. 돈은 돈으로서의 생명을 지니고 있다. 무슨 일이든 할 수 있는 생명력이다. 그러므로 사람들은 돈이 돈으로서의 생명력을 최대한 발휘하도록 도와주어야 한다. 그건 생명을 살려 내는 데 쓰이도록 돕는 것이다. 돈은 생명을 살려 내는 데 쓰임으로써 스스로의 생명도 살려낸다. 함께 공생하는 것이다. 함께 공생하면 서로가 방출하는 힘에 의해 복이 만들어진다. 이 원리를 사람들은 모른다. 모르고 욕망의 도구로 돈을 사용한다. 그 결과 파멸의 구렁텅이로 떨어지면서 복도 소멸시킨다. 복이 소멸된 자리는 박복함이 남는다. 무지가 박복함을 끌고 가려니 그 고통이 얼마나 자심하겠는가! 인간계의 단면이다.

사람들이 가장 원하는 것은 권력이다. 가장 원하는 것임에도 불구하고 사람들은 권력의 속성을 잘 모른다. 권력의 속성은 힘이다. 무소불위의 막강한 힘을 지니는 게 권력이다. 무소불위의 힘을 지니고 있으므로 일체를 죽이기도 하고 일체를 살려 내기도 한다. 권력으로 일체를 살려 내면 칭송을 받는다. 그 위업이 크면 역사적 인물이 되어 장구한 세월 동안 칭송을 받는다. 하지만 그런 경우는 희귀하다. 대개 권력의 힘에 휘둘려 자신을 죽이고 남을 죽인다. 결국 권력마저 죽인다. 그 결과 남는 것은 비난이다. 심하면 저주까지 받는다. 비난과 저주의 대상이 됐을 때 그 사람의 삶은 처참하다. 죽음과 맞먹는 고통일 것이다. 권력은 사용자의 지혜에 따라 갈라진다. 통찰력과 혜안을 겸비한 지혜로운 권력자, 인간 세상에서 찾기가 어렵다. 그래서 인간 세상은 권력을 쫓는 무지한 자들이 벌이는 활극 무대다. 상처받은 피투성이의 패자들만 득실거린다. 인간계의 단면이다.

사람들이 가장 원하는 것은 명예다. 가장 원하는 것임에도 사람들은 명예의 속성을 바로 알지 못한다. 명예는 존엄과 일치된다. 존엄을 지키면서 자신의 역량을 발휘해 다른 생명에 이득을 줄 때 명예가 따른다. 정신적으로도 그렇고 물질적

으로도 그렇다. 그런데 사람들은 본질은 망각한 채 명예만을 쫓는다. 그래서 대부분의 명예는 허명으로 가득하다. 속이 빈 강정 같다. 심한 경우 도색만 그럴듯한 가짜도 수두룩하다. 향기 없는 꽃, 가화(假花), 많은 사람은 그런 자들을 보며 씁쓸해한다. 하지만 명예에 취해 있으면 자신을 바라보는 타인의 시선에 두려움을 느끼지 못한다. 부끄러움도 느끼지 못한다. 슬픈 일이다. 이 역시 인간계의 한 단면이다.

조그만 계집아이가 유치원 버스에 오른다. 엄마는 행복한 미소를 지으며 손을 흔든다. 버스가 시야에서 멀어지자 엄마는 몸을 돌린다. 아파트 안은 깔끔하게 정돈돼 있다. 식탁 위에 빈 그릇들이 놓여 있고 거실에 장난감과 옷가지가 널려 있긴 하지만 집안은 주부의 손길이 늘 머물러 있음을 보여 준다. 남편은 출근하고 아이들은 학교와 유치원에 가고 엄마는 텔레비전 화면에 가끔 눈길을 보내며 부지런히 집안일을 한다. 평범하면서도 행복한 가정이다.

출근 시간인 듯 거리는 사람들로 붐빈다. 모두가 자신의 일터를 향해 분주히 걸음을 옮긴다. 하루의 일상을 시작할 수

있다는 것은 오늘 하루도 별일 없이 굴러가고 있다는 얘기다. 다행한 일이다. 도심엔 빌딩이 빽빽이 들어차 있고 사람들은 빨려들듯 빌딩 속으로 들어간다. 하루의 업무가 시작되면 거대한 욕망도 함께 움직인다. 허공 가득 전파가 날아다니고 빌딩과 공장도 날아다닌다. 거대한 돈뭉치도 날아다닌다. 보고 있지만 보이지 않는, 잡고 있지만 잡히지 않는, 실상이지만 허상인 각각의 욕망들이 허공 가득 떠 있다. 사람들은 그 일을 몰입해서 즐긴다. 싫증 내지도 않고 지치지도 않으면서. 지상의 삶은 그렇게 흘러간다.

  사람이 필요로 하는 물건은 다 모여 있다. 여기에 나오면 각자 필요한 걸 언제나 구할 수 있다. 그래서 항상 붐빈다. 흥정도 오가고 웃음과 농담도 오가고 욕설도 오간다. 각자 이득을 자신 쪽으로 끌어들이려 신경전을 벌인다. 치열한 삶의 현장이다. 그래서 모두 살아남으려 안간힘을 쓴다. 고달프고 힘들어 보이는데 사람들은 그 자체를 즐기고 있다. 세상은 그런 거라고 생각하며, 삶은 그런 거라고 생각하며. 자신이 알고 있는 세상 밖에 세상이 있다는 걸 생각하려고도 하지 않고 알려고도 하지 않는다. 그래서 늘 그 자리에서 맴돈다. 싫증 내지도 않고 지치지도 않고…. 신기하기까지 하다.

유치원, 초등학교, 중고등학교, 대학교, 대학원, 박사과정, 연구 과정…. 지상에는 교육이 방대하게 이루어지고 있다. 더 나은 삶을 향하여 함께 노력하고 함께 공을 들인다. 더 나은 삶에 대한 이해는 천차만별이다. 천차만별인 채로 더 나은 삶을 향해 나아가고 있다. 그래도 교육이라는 제도가 있다는 것은 희망이다. 무지를 지혜로 돌리는 장치니까.

사기꾼은 사기꾼끼리 모여 서로 사기 칠 일을 도모한다. 도둑놈은 도둑놈들끼리 모여 서로 더 많은 걸 도둑질할 일을 도모한다. 탕아들도 있고, 쾌락에 빠진 자들도 있고, 사치를 삶의 목표로 여기는 자들도 있고, 놀고 즐기는 일을 행복으로 여기는 자들도 있다. 무리, 무리들, 그들은 무리를 지어 미망 속을 떠돌고 있다. 미망 속을 떠돌고 있음에도 자신들이 미망 속을 헤매고 있음을 모른다. 검은 걸 희게 만드는 일, 어둠을 밝음으로 바꾸는 일, 미망 속을 빠져나오는 일은 그런 일 만큼이나 아득하다. 하지만 미망이 무엇인지조차 모르니 어떻게 미망 속에서 빠져나올 수 있겠는가?

가난, 외로움, 누명, 몸의 불편, 병고 등이 생존 자체를 옥죄고 있다. 대개는 스스로 지은 업의 대가를 받는데 당사자들은 그 사실을 모른다. 모르기 때문에 빠져 있는 늪에서 헤어날

길을 찾지 못한다. 아니 찾으려는 생각조차 하지 못한다. 늪이 깊으면 깊을수록 더욱 그렇다. 어떻게 저 사람들을 구할 수 있을까? 보는 것만으로도 가슴이 답답하다.

수많은 병원엔 환자들이 가득하다. 수많은 감옥엔 죄수들이 가득하다. 바깥세상과 단절된 채 갇혀 있다. 그들의 꿈은 단 하나, 세상 밖으로 나가 세상 사람들과 어울려 사는 것이다. 세상 사람들과 어울려 사는 일이 마지막 희망이 된 사람들, 그런 사람들이 병원 병실에, 감옥 감방에 가득 차 있다. 아비규환 같은 세상으로 나아가 거기에 있는 사람들과 어울려 사는 것이 소원인 사람들, 바라보는 것만으로도 가슴이 쓰리다.

명랑한 웃음소리가 들려왔다. 청량한 바람 소리 같다. 나는 시선을 돌려 소리 나는 쪽을 바라보았다. 공항 한쪽에 남녀 대학생들이 모여 웃으며 얘기들을 나누고 있었다. 대학생들은 무리를 지어 있고 그들 앞엔 학교를 표시하는 팻말이 서 있었다. 대학생 연합회에서 봉사활동을 떠나고 있음을 알았다.

학생들 앞엔 대표자들이 모여 마지막 점검을 하고 있었다. 그들은 자료집을 들여다보며 꼼꼼히 체크해 나갔다. 담당

자가 설명하면 다른 학생은 경청했고 그러다 궁금한 게 있으면 서로 질문했다. 가끔은 한 문제를 놓고 집중적으로 토론하기도 했는데 고개를 들고 토론하는 학생들 눈이 반짝였다.

"등록되어 있지 않은 사람 중에 체류자가 생기면 어떻게 하지요?"

"그동안 해 왔던 대로 천막을 치고 머물게 해야지요."

"그 방법밖엔 없어요. 불편하긴 해도요."

"봉사자들이 있으니까 그 일은 큰 문제가 없을 거예요. 우리 마지막 점검을 하죠. 안과팀은 다 체크가 됐나요?"

리더인 듯한 여성이 안과 팀장을 보며 물었다.

"네, 다 체크했습니다."

"치과팀은요?"

"저희도 다 체크 했습니다."

"내과팀은요?"

"저희도 다 체크 했습니다."

"피부과 비뇨기과팀은요?"

"저희도 다 체크 했습니다."

"마지막으로 부인과팀은요?"

"저희도 체크 완료했습니다."

"처음엔 안과만 나갔는데 점점 늘어나 올해 5개 과가 떠나게 됐어요. 다른 과는 경험이 있어 마음이 놓이는데 이비인

후과가 걱정이에요. 처음이라서요."

리더가 이비인후과 팀장을 보며 말했다.

"최선을 다하겠습니다. 부족한 점은 내년에 보완하고요."

팀장인 남학생이 활기찬 목소리로 답했다. 그러자 각 과의 팀장들은 주의할 점과 보완할 점을 자유롭게 말했다. 대표자들의 말을 들으면서 나는 각 대학 의과대학 학생들이 아프리카로 의료봉사를 나가고 있음을 알았다. 진지하면서도 밝은 얼굴, 학생들은 자유롭게 자신들의 생각을 얘기했다. 미소를 지으며 학생들을 바라보던 내 시선이 안과 팀장 얼굴에 고정되었다. 머리를 뒤로 묶고 하얀 모자를 쓰고 있는 여학생은 미소를 지은 채 동료들의 얘기를 듣고 있었다. 동그스름한 얼굴, 깨끗한 피부, 사려 깊은 눈빛, 저 눈빛… 어머니! 내 입에서 나온 말이었다. 그 순간 가슴이 쿵 하고 내려앉는 충격이 느껴졌다. 나는 만감이 교차하는 심정으로 그 여학생을 바라보고 또 바라봤다. 나의 어머니는 총명한 의대생으로 환생해 있었다. 안도감이 느껴졌다. 그건 어머니가 원하던 삶이었음을 나는 잘 알고 있어서다.

어머니는 학교에 다니지 못했다. 하지만 스스로 독학을 해 어느 지식인 못지않은 지식을 지니고 있었다. 사회생활을 해 보지도 않았고 어떤 직위에 올라본 일도 없지만 사려 깊은 성품으로 가족과 주위 사람들로부터 항상 존경을 받았다. 내

가슴속에 각인된 어머니의 모습이었다.

"만나고 싶은 사람을 만났는가?"
"네."
"만난 소감을 말해 보게."
"원하는 삶을 살아 볼 수 있는 환생이 고맙게 느껴집니다."
"환생을 지루해하던 자네가 고맙다고 생각하니 이상한 일이군."

스승은 이렇게 말하며 장난스러운 표정을 지었다. 처음 보는 표정이었다.

"환생이 지루하지만은 않다는 것을 오늘 다시 알았습니다."
"그렇다면 이번 여행에서 꽤 큰 소득을 얻었구먼."
"그렇습니다. 환생한 어머니의 모습을 본 것만으로도 저에겐 소득이 큰 여행이었습니다."
"우리의 여행은 여기서 대단원의 막을 내리게 됐네. 자네를 원래 있었던 세계로 안내하는 것으로 내 임무도 끝나게 되네. 지금까지 했던 여행을 마음속에 새기면서 자네 가슴에 떠오르는 생각을 정리하게. 생각의 정리가 끝나면 내가 자네가

머물 세계로 데려가 주겠네."

스승은 따뜻한 시선으로 나를 바라보다 말했다. 스승의 시선으로 봐 이별이 가까워져 오고 있음이 느껴졌다. 이별과 만남이 이어지는 이 세계도 알 수 없는 질서에 의해 유지되고 있음을 알았다. 오랫동안 함께 했던 스승과의 이별은 허전함을 몰고 왔다.

12

귀환

나는 커다란 나무 밑에 앉아 있었다. 나문데도 집처럼 편안하고 아늑했다. 사방이 트여 있지만 노출돼 있다는 생각이 전혀 들지 않았다. 신기했다. 나는 안정감을 느끼며 주위를 살펴보았다. 끝없이 펼쳐진 들판에 꽃들이 무리 지어 피어 있었다. 멀리 있는 꽃들도 관심을 가지고 바라보면 가까이 있는 것처럼 꽃잎의 모양과 색, 꽃술이 환히 보였다. 꽃들만 그런 것이 아니었다. 작은 풀들도 큰 나무도 다 그랬다. 나는 내가 머물러 있는 공간이 관심을 가지면 서로 소통할 수 있음을 알았다. 관심을 가지면 서로 소통할 수 있다는 말은 관심을 가지지 않으면 서로 소통할 수 없다는 말과 같다.

"관심을 가진다는 건 애정을 기울인다는 말이다. 다른 생명에 애정을 기울이는 것은 자비심이 없으면 할 수 없다. 자비심을 심화시켜 나가는 것, 이 일이 내가 여기서 할 수행의 명제다."

이렇게 정리하자 나름대로 공부할 방향이 세워졌다. 자비

심을 심화시킨다는 말은 아득한 과거부터 해 왔고, 수행할 때는 늘 그 명제를 중심에 두고 있었다. 그런데 여기서 다시 그 일을 수행의 중심축으로 삼아야 하는 것이다.

나는 나무 밑에 정좌하고 스승과 함께했던 여행을 떠올렸다. 지옥계를 떠올리자 지옥에서 고통받는 죄인들의 모습이 되살아났다. 나는 저들 속으로 들어가 저들과 고통을 함께할 수 있는가? 자신을 향해 이런 질문을 던지던 나는 진저리를 치며 고개를 저었다. 그렇게 할 수 없었다. 그럼 아귀계는? 아귀계에서 고통받는 죄인들의 모습을 떠올리던 나는 다시 진저리를 치며 고개를 저었다. 아귀계 역시 그렇게 할 수가 없었다. 축생계, 아수라계도 마찬가지였다.

이렇게 차례로 악도를 떠올려 보던 나는 내 안에 자리하고 있는 자비심이 얼마나 미미한가를 알 수 있었다. 그리고 성자와 나 사이의 거리가 얼마나 아득한가도 알 수 있었다. 수없는 생 동안 자비심을 심화시키는 노력을 해 왔지만 내 안에 자비심은 고통받는 생명들을 외면하는 것에 머물러 있었다. 스스로 자신의 실체를 바라보고 있을 때 스승이 했던 말이 귓가에서 맴돌았다.

"성자들은 죄인과 함께하고 계시지만 고통이 성자들을 침범하지 못하네. 지옥계에 계셔도, 축생계에 계셔도, 아수라계에 계셔도 악도의 고통이 성자들을 괴롭히지 못하네. 깊은

연민으로 악도에서 죄인들과 함께 계셔도 말일세."
 스승의 말은 나에게 많은 걸 일깨워 주었다. 법력(法力)은 불에 넣어도 타지 않고 돌로 쳐부수어도 깨지지 않고 물에 넣어도 떠내려가지 않는다. 그리고 오물 속에 넣어도 더럽혀지지 않는다. 법력에서 법(法)은 진리를 드러내는 말이고 력(力)은 힘을 드러내는 말이다. 그러니까 법력은 성자들 속에 녹아 있는 힘을 말함이다. 이 힘의 차이, 그게 수행력의 차이다. 구도자가 수행을 통해 힘을 얻으려 함은 바로 법력을 얻으려 함이다. 이렇게 생각을 정리해 가던 나는 내가 의지하고 있는 큰 나무가 유유자적함을 지닌 도력 높은 수행자 같다는 생각이 들었다. 그런 생각이 들자 내가 왜 이 나무 밑에 앉게 되었는지가 알아졌다.
 "앉은 자리가 편안한가?"
 나는 고개를 들고 앞에 서 계신 분을 바라보았다. 그러던 나는 너무도 눈이 부셔 손을 들어 얼른 눈을 가렸다.
 "네. 편안합니다."
 나는 이렇게 말하며 두 손을 모아 합장하고 공경의 예를 올렸다. 나를 지도해 줄 새로운 스승임이 알아졌다.
 "악도의 여행을 마친 것으로 알고 있는데 소감을 말해 보게."
 "이번 여행을 통해 제 안에 축적된 힘이 너무 없음을 알았

습니다."

"그 사실을 안 후의 생각은?"

"자비심을 연마하는 공부를 다시 해야 한다는 걸 알았습니다."

"방향은 맞네. 그 공부를 하기 위해 많은 수행자가 여기와 있네."

"어디에 그런 수행자들이 와 있습니까? 제 눈에는 안 보이는데요."

"차차 보게 될 걸세. 서로의 필요에 의해서. 그보다 여행 얘기를 마저 하세. 이번 여행을 통해 자네 머리에 떠오른 생각을 차례로 말해 보게."

"죄의 과보는 참으로 무섭다는 걸 알았습니다. 탐하는 욕망과 시기하고 질투하고 분노하는 마음과 어리석음이 만들어 내는 허상이 악도를 만들어 내고 있음을 뼈저리게 느꼈습니다."

"다음은?"

"지혜를 완성해 가는 공부와 자비를 완성해 가는 공부를 더 치열하게 해야겠다고 생각했습니다."

"이유는?"

"악도의 죄인들을 두고는 열락에 들 수 없음을 분명히 알았기 때문입니다."

"좀 더 보완해서 설명해 보게."

"모든 죄인 가까이엔 성자들이 와 계셨습니다. 악도의 죄인들을 두고는 열반에 드실 수 없으므로 성자들은 죄인들을 구제하는 일을 멈추지 못하고 계셨습니다."

"지금 자네의 서원은?"

"여기서 공부를 마치면 인간계로 가려고 합니다. 거기 가서 사람들의 지혜를 일깨워 주는 일을 하려고 합니다."

"인간계 내에서 어떤 부류의 사람들을 제도하려 하는가?"

"인간계를 둘러보면서 천인들이 부처님께 드렸던 권청을 떠올렸습니다. 대각을 이루신 부처님이 자신이 깨달은 세계를 인간들이 도저히 알 수 없음을 알고 침묵하시려 하자 천인들은 다음과 같이 부처님께 법을 설하시도록 청을 드렸습니다. '인간들은 세 부류의 연꽃과 같습니다. 한 부류는 물 위로 꽃대를 쑥 올린 연꽃 같아서 그냥 두어도 스스로 꽃을 피울 수 있는 부류고, 또 한 부류는 물속 깊이 가라앉아 있는 연꽃 같아서 물 위로 끌어올려 꽃을 피우게 하기가 몹시 힘든 부류고, 그리고 또 한 부류는 물 위에 찰랑찰랑 떠 있는 연꽃 같아서 조금만 끌어올려 주면 꽃을 피울 수 있는 부류입니다. 첫 번째와 두 번째는 그 수가 많지 않지만 세 번째는 그 수가 많으니 그들을 위해 부디 법을 설해 주십시오.'라며 권청을 드렸습니다. 저도 이번에 인간계를 둘러보며 똑같은

생각을 했습니다. 인간계 안에 들어와 있는 악도와 천상계는 그 영토가 넓지 않지만 그 중간에 해당하는 사람들이 사는 세계는 아주 넓었습니다. 그들을 위해 제가 할 수 있는 모든 역량을 발휘해 보려 합니다."

"알겠네. 여기 머물러 있으면서 자네가 할 일을 깊이 사유해 보게. 그런 후 나를 찾으면 내가 다시 자네 곁으로 오겠네."

"감사합니다. 한 가지 여쭤보겠는데 먼저 저를 지도하시셨던 스승님은 어디 계십니까?"

"그 스승님은 현자들과 함께 공부하고 계시네. 자신의 공부를 하고 계시지."

"감사하다는 말씀을 제대로 전하지 못해 죄송한 마음이 듭니다."

"자네가 그런 마음을 먹고 있으면 그 마음은 이미 스승의 가슴에 전해졌네. 여기는 이타심을 증장시키는 수련을 하는 곳이네. 보살심을 심화시키는 곳이지. 치열하게 공부하지 않으면 이 단계를 벗어나기가 어렵네. 자네의 공부가 깊어지기를 바라네."

스승은 이렇게 말하고 떠나갔다. 먼저 스승처럼 따뜻한 미소나 시선도 보내지 않았다. 나는 새로 맞은 스승에게서 엄격함을 느꼈다. 엄격함은 엄숙한 마음과 일치할 것이고 나는 여기서 그런 마음으로 공부해야 함을 알았다.

감미로운 바람이 분다고 느껴지는 순간 향 내음이 밀려왔다. 향 내음은 물결처럼 밀려와 내 몸을 통과한 후 그대로 밀려갔다. 흡사 여과지를 빠져나와 흘러가는 물결 같았다. 나는 감동에 젖어 앞을 바라보다가 눈을 크게 떴다. 나무와 풀, 꽃들이 무지갯빛을 띠며 한들거렸다. 삽시간에 일어난 일이었다. 어떻게 저런 일이 일어날 수 있지?

"우리 인사를 나눌까요? 저는 수행자님을 지키는 나뭅니다."

부드러운 음성이 들려왔다.

"감사합니다. 저를 지켜주셔서요."

나는 고개를 들며 인사했다. 내 앞에는 나무라고 느껴지는 분이 웃으며 서 있었다. 그의 머리는, 머리뿐 아니라 몸 전체가 무지개색을 띠고 있었다.

"제 이름은 무숩니다. 무수는 지혜의 나무라는 뜻입니다."

무수가 미소를 짓고 있었다.

"저는 이름이 없는데요. 여기서 뭐라고 불러야 할지 아직 이름을 짓지 못했어요."

"당신은 이타심을 증장시키는 수련을 하고 있으니 증장이

라고 하세요."

무수가 환하게 웃으며 내 이름을 지어 주었다.

"좋아요. 마음에 꼭 들어요. 그런데 제가 이타심을 증장시키는 수련을 한다는 걸 어떻게 아셨어요?"

"여기는 그 공부를 하기 위한 수행자들이 모이는 곳이니까 저절로 알게 되죠."

무수가 다시 한 번 환하게 웃었다. 환하게 웃고 있는 무수를 보고 있노라니 마음이 평화로워졌다. 오랜 기간 수련을 한 노승과 마주하고 있는 기분이었다.

"무수 님과 함께할 수 있어서 기뻐요. 제 공부가 증장될 수 있도록 도와주세요."

"그게 제가 할 일입니다. 증장 님이 여기서 수련을 마치고 떠나면 제 지혜도 그만큼 커지는 것이니까요."

"이제 천상계가 확실히 이해되어요. 상대방의 공부를 도움으로써 자신의 공부를 향상시키는 데가 천상계예요. 스승님과 저와의 관계도 그랬다는 걸 이제 알겠어요."

"천상계를 바로 이해했습니다. 천상계는 상보 작용을 통해 향상해 갑니다. 서로 도움을 줌으로써 함께 진화해 가는 거죠. 그게 상극 작용을 하는 악도와 다른 점입니다."

"무수 님은 나이가 얼마나 되세요?"

"증장 님 나이와 비슷할 겁니다."

"제 나이하고요? 제 나이가 얼만데요?"

"증장 님이 맞춰 보십시오."

"제 나이가 얼마나 됐죠? 너무 아득해서 잘 모르겠는데요."

"하하하. 제 나이도 증장 님처럼 아득해서 잘 모릅니다."

무수의 웃음소리를 듣는 순간 억겁의 세월이 껍질을 벗듯 획획 지나갔다. 현상계가 생기고 그 어디쯤에서 우리도 생겨났을 테니까 우리의 나이를 안다는 것은 불가능했다. 무수와 나는 큰 소리로 함께 웃었다.

"무수 님 곁에서 수행한 분이 많이 있었는가요?"

"많이 있었지요. 증장 님이 알 만한 분도 있었습니다."

"제가 알 만한 분도 있었다고요? 그걸 무수 님이 어떻게 아세요?"

"향기로 압니다. 함께 산 공간이 같으면 향기가 같습니다."

"저와 향기가 같은 분이 누군데요?"

"임금을 성군으로 만들려는 노력을 했다고 하더군요. 여기서 꽤 오랜 세월 수련을 했습니다."

"임금을 성군으로 만들려고 했다면 그분은 율곡 선생님이신데요. 율곡 선생님이 여기서 수련을 하셨다고요?"

"네."

"그분은 여기서 어떤 수련을 했는데요?"

"전에 인간 세상에 있을 때는 임금이 성군이 돼서 백성을

다스리게 하려 애썼는데, 다음 인간 세상에 가면 백성이 성인이 돼서 스스로 자신들이 사는 세상을 다스리게 하겠다고 했습니다. 지금도 그 일을 하기 위해 수련을 계속하고 있을 겁니다."

"어디서 수련을 하고 계시는가요?"

"설법지지요. 현자들이 모여 공부하는 곳입니다."

"거기에 율곡 선생님도 계시는군요."

"증장 님의 공부가 깊어지면 그분을 만날 수도 있습니다. 그럼 새로 열린 세계에 잘 적응하시기를 바랍니다."

무수가 환한 웃음을 지으며 작별 인사를 하려 했다.

"아 잠깐. 지금 무수 님이 변해 있어요. 처음 저와 인사를 나눌 때는 온몸이 무지갯빛을 띠고 있었는데요."

"저기 들판을 바라보십시오. 들판에 있는 나무, 풀, 꽃들도 무지개색을 거두고 있지 않습니까?"

"그러네요. 아까는 모두 무지개색을 띠고 있었는데요."

"여기는 가끔 향기가 바람을 만들어 불어옵니다. 그러면 모두 무지개색을 띠게 되지요. 무지개색은 색의 근원이기 때문에 향기 바람이 불어오면 모두 자신 안에 있는 색을 다 드러내게 되지요. 그러다 바람이 잦아들면 자신이 가지고 있는 고유색만 드러내게 됩니다."

"그렇다면 사람들은 어떻게 되는가요? 향기의 바람을 투과

시킨 사람들은요?"

"증장 님도 체험하셨을 텐데… 가만히 기억을 떠올려 보십시오. 그러면 알게 될 겁니다."

"너무 갑작스러운 변화에 어리둥절해 있었던 기억밖에 안 납니다. 무수 님이 갑자기 나타나서 더 그랬고요."

내가 무수를 보며 웃자

"조금 늦게 나타날 걸 그랬군요. 하하하. 향기로운 바람을 맞으면 나무와 풀, 꽃들은 정화됩니다. 그래서 순간적으로 자신 안에 있는 색을 다 드러내지요. 그러다 바람이 잦으면 자신의 고유색만 드러내게 됩니다. 이 이치를 잘 생각해 보면 증장 님이 궁금해하는 문제가 풀릴 겁니다."

무수는 내가 풀어야 할 숙제를 넘겨주고 떠나갔다. 그가 떠나간 곳이 내 등 뒤에 서 있는 나무라고 생각하니 그와 함께하고 있는 것 같아 든든했다. 좋은 친구가 곁에서 나를 지켜 주고 있다는 느낌이 들었다.

율곡 선생은 임금을 성인으로 만들어서 백성을 다스리게 하려 했다. 성인이 다스리는 나라에 사는 백성이 편안할 수 있기 때문이었다. 그런데 다시 인간 세상으로 가면 백성을 성

인으로 만들어서 스스로 자신들이 사는 세상을 다스리게 하려 한다고 했다. 성인의 주체가 임금에서 백성으로 옮겨 간 것이다. 과연 그럴 수 있을까? 나는 혼자 고개를 갸웃했다.

　인간 세상에는 많은 종류의 음료수가 있다. 부드러운 찻잎을 잘 덖어 깊은 계곡에서 흐르는 맑은 물로 끓인 차. 같은 찻잎도 차를 만드는 사람의 기능과 방법에 따라 천차만별의 맛을 낸다. 그만큼 인간 세상에는 차를 만드는 사람과 즐기는 사람이 다양하게 많다는 얘기다. 그 사람들은 자신들이 선호하는 차가 아니면 마시려고 하지 않는다. 마신다고 해도 행복해하지 않는다. 자신이 즐기는 차를 가장 좋은 차라고 생각하고 있기 때문이다.

　똑같은 논리로 이 세상에는 음료로 사용할 수 있는 많은 종류의 잎과 열매 과일 혹은 나무껍질이 있다. 이들로 만든 음료는 그 수를 헤아릴 수 없다. 다양한 방법으로 수없는 음료를 만들 수 있기 때문이다. 이렇게 다양한 재료로 다양한 방법을 통해 다양한 음료를 만든다는 것은 그것을 만드는 사람과 즐기는 사람이 그만큼 많다는 얘기다.

　똑같은 논리로 이 세상에는 음료로 사용할 수 있는 수 없이 많은 종류의 술이 있다. 사용하는 재료와 만드는 방법에 따라 다양한 맛의 술이 만들어진다. 이렇게 다양한 술이 만들어진다는 것은 그것을 만드는 사람과 그것을 즐기는 사람이

그만큼 다양하게 많다는 얘기다. 이런 예로 음료수를 설명하려면 한이 없을 것이다. 그렇다면 어떤 음료를 가장 좋은 음료라고 할 수 있을까? 막걸리를 즐겨 마시는 사람한테 깊은 계곡에서 흐르는 맑은 물로 끓인 차를 준다면 좋아하며 마실까?

 악인으로 사는 것보다는 선인으로 살 때 행복감을 느낀다. 그 행복감의 차이는 말로 설명할 수 없을 만큼 크다. 무지하게 살 때보다는 지혜롭게 살 때 행복감을 느낀다. 그 행복감의 차이는 말로 설명할 수 없을 만큼 크다. 이기심으로 살 때보다는 이타심으로 살 때 행복감을 느낀다. 그 행복감의 차이는 말로 설명할 수 없을 만큼 크다. 그럼에도 불구하고 많은 사람은 악인으로 사는 걸, 무지인 채로 사는 걸, 이기심을 쫓아 사는 걸 즐기고 있다. 그것에 익숙하게 길들어 있기 때문이다. 익숙하게 길들어 있는 걸 바꾼다는 건 불가능에 가까운 일이다. 바꾸려는 생각조차 하지 않기 때문에 더욱 그렇다. 그런데 백성을 성인으로 바꿀 수 있을까? 사바세계가 성인에 의해 다스려지는 정토가 되게 할 수 있을까?

 부정적인 생각을 이어가던 나는 율곡 선생의 서원이 얼마나 큰가에 놀랐다. 서원은 하루아침에 이루어지지 않는다. 오랜 세월 수련을 통해 지혜를 증장시켜야만 이루어질 수 있다. 그리고 서원을 실천에 옮기려면 또 아득히 긴 세월 동안 지혜

와 자비를 연마해 가야 한다. 그래야만 서원을 실천에 옮길 수 있는 능력이 길러진다. 군주가 만인 위에서 권력을 휘두를 때, 그 군주를 향해 성군이 되어 백성을 다스려야 한다고 주청할 수 있는 사람은 율곡 선생밖에 없었다. 그러던 율곡 선생은 이제 백성을 성인으로 만들어 스스로 자신들이 사는 세상을 정토로 만들어 가게 하려고 한다. 그리고 그 일을 실천에 옮기기 위해 현자들이 모여 수련을 쌓는 설법지에서 수련을 계속하고 있다고 했다. 무수의 말이니 맞을 것이다. 그리고 무수는 내 공부가 깊어지면 율곡 선생을 만날 수 있다고 했다. 그러고 싶었다. 꼭 만나서 그분의 얘기를 직접 듣고 싶었다. 구체적인 희망이 생기자 내 몸에서도 힘이 솟는 것 같았다. 내가 미소를 지으며 수련에 들어갈 자세를 취하자 투명한 막이 나를 에워싸고 있음이 느껴졌다. 무수가 발산한 향기의 막이었다.

13

자비심의 연마

이타심의 심화 I

깊은 선정에 들어있는 나 자신을 바라본다.
어떤 난관에 부딪혀도 수행자의 끈을 놓지 않고 살아왔던 세월들이 물결처럼 흘러간다.
그럴 수 있었던 힘은 부처님에 대한 믿음, 그분의 가르침에 대한 믿음, 함께 수행해 가는 스승과 도반에 대한 믿음이었다.
삼보에 대한 믿음이 나를 여기에 이르게 했다.
나는 이제 나 자신의 문제로 고통을 당하지는 않는다.
고통의 실체를 볼 수 있는 혜안이 열렸고 미혹에 끌려가지 않을 힘이 생겼다.
내 마음은 청정해져 있다.
내 안에 굳건하게 세워진 서원은 이타심을 증장시켜 걸림

없이 보살행을 실천하는 일이다.

그러기 위해서는 일체 생명을 평등하게 보는 평등심을 길러야 한다.

평등심이 길러지지 않으면 자비행이 이루어지지 않는다.

평등심과 자비행은 같은 거리에 놓여 있다.

오랜 수련을 통해 내 안에 청정심이 길러졌기 때문에 자비행을 실천할 바탕은 마련되었다.

이제 내가 할 수련은 일체 생명을 평등하게 보는 평등관을 얻는 일이다.

일체 생명을 평등하게 보는 평등관, 악도에 떨어져 있는 죄인들까지 똑같은 마음으로 자비심을 베풀 수 있는 마음, 이 마음이 평등관의 증득이다. 어떻게 그 일을 가능하게 할 수 있을까? 비로자나부처님이 발사한 인식의 빛을 빌려 스승은 나에게 지옥 아귀 축생 아수라 인간계를 보게 했다. 긴 여행을 끝낸 지금 나는 악도에 떨어져 있는 죄인들을 구제할 마음이 내 안에 자리하고 있지 않음을 알았다. 그들이 당하고 있는 고통 속으로 들어가고 싶지 않아서이다. 이 말은 내 안에 자비심이 완성되지 않았다는 말이고, 평등관이 성립되지 않았다는 말이다. 이타심을 증장시킨다는 말은 내 안에 비어 있는 자비심을 채운다는 말이다. 그러기 위해 나는 다시 부처님

에 대한 믿음, 부처님의 가르침에 대한 믿음, 스승과 도반에 대한 믿음을 굳건히 하는 수행을 해야 한다. 한순간도 방일하지 않고 지속적으로 치열하게. 삼보에 대한 귀의는 무시 이래로 해 왔던 수행이지만 다시 한번 귀의의 끈을 다잡고 정진하기로 마음을 먹었다. 삼보에 대한 믿음이 수행의 근간이라는 확신이 들어서였다.

무수가 뿜어내는 향기에 감싸여 고요히 정려에 들었다. 마음이 투명해지자 내 앞에 세계가 드러났다. 바다가 드러나고 높고 낮은 산이 끝없이 드러났다. 넓은 들이 드러나고 그 사이로 흐르는 강이 드러났다. 그리고 그 안에 사는 생명들이 모습을 드러냈다. 흡사 멀티비전에 비친 영상이 바뀌고 있는 것 같았다. 그러다 잠시 후 모든 형상이 스러지고 인간군상이 모습을 드러내기 시작했다. 피부색도 다르고 얼굴 모습도 다르고 사는 방식도 다 다른 인간들. 인간계가 내 앞에 펼쳐지고 있었다.

나는 내 앞에 펼쳐진 인간 군상을 바라보았다. 그러다가 가끔 미소를 짓기도 하고 상을 찡그리기도 했다. 심할 때는 눈을 감고 고개를 돌리기도 했다. 나는 내가 비천한 것, 천박한 것을 싫어하고 있음을 알았다. 내가 싫어하는 비천하거나 천박한 건 신분이 아니라 성정이었다. 어찌 되었든 싫어한다는

것은 가까이 다가가지 않으려는 마음이고 그건 소통을 막는 견고한 벽이다.

"이 벽을 깨지 않으면 나는 앞으로 나가지 못한다."

그러면 어떻게 벽을 깰 수 있을까? 그건 두말할 것도 없이 정견을 갖는 것이다. 바로 보는 힘이다. 바로 봄으로써 편견에서 벗어날 수 있다. 싫어하는 마음, 가까이하지 않으려는 마음은 편견이다. 편견이 내 안에 자리하고 있는 한 나는 평등하게 생명을 대할 수 없다. 진정한 의미의 자비심을 쓸 수가 없다. 이론으로는 알고 있는데, 자비심을 증득하기 위해 부단히 노력했는데, 그럼에도 불구하고 내 안에는 정견이 자리 잡고 있지 못하다. 나는 안타까움에 젖어 들며 나 자신을 다시 직시했다. 그러던 나는 크게 고개를 끄덕였다. 이기심, 이기심의 뿌리가 완전히 뽑히지 않았음이 알아졌다. 이기심은 자신을 놓지 못하는 마음이다. 자신에 대한 사랑을 저버리지 못하는 마음이다. 이 마음이 있는 한 이기심은 뿌리가 뽑히지 않는다.

나는 고요히 정려에 든 채 이기심을 직시했다. 뽑힌 줄 알았는데, 뽑혔다고 믿었는데 이기심은 여전히 내 안에 깊게 뿌리내리고 있었다. 스스로를 속이는 힘, 이기심은 교묘하게 나 자신을 속이고 있었다.

"내 안에 깊게 뿌리내려져 있는 이기심을 뽑아내려면 부

처님의 힘을 빌리는 길밖에 없다. 생명의 시작과 맞닿아 있으므로 완전한 해탈, 완전한 열반에 이르지 않고는 이기심의 뿌리를 뽑는 일은 불가능하다."

이타심을 증장시키는 일은 이기심의 뿌리를 뽑아내는 일이다. 지금까지 수없이 반복해 왔던 수행을 나는 또다시 시작해야만 했다.

"지금 나에겐 부처님의 힘을 빌리는 일이 절실하다. 지금까지도 부처님의 가피로 정진을 이어왔지만 대 전환을 맞이하기 위해선 부처님의 힘을 빌리는 길밖에 없다. 우주의 근원, 생명의 근원, 비로자나부처님의 힘을 빌려야 한다. 그래야만 생명의 시작과 함께 뿌리내리기 시작한 이기심을 뽑아낼 수 있다."

이렇게 생각을 모아 가던 나는 비로자나부처님을 대신하고 있는 보현보살에 매달리기로 했다. 보현보살의 대행에 의지해 수행을 이어 가기로 결정했다. 보현보살은 문수의 지혜, 즉 비로자나부처님의 지혜를 행으로 실천하는 부처님이시다. 보현보살의 힘을 빌려 내 안에 아득히 뿌리내리고 있는 이기심을 뽑아내야 한다. 보현보살의 다라니를 독송하는 방법을 통해 그 일을 마무리 짓자.

아단지 단다바지 단다바제 단다구사례 단다수다례 수다례 수다라바지 못다바선네 살바다라니아바다니 살바바사아바다니 수아바다니 싱가바릭사니 싱가녈가다니 아승기 싱가바가지 제례아타싱가도랴아라제바라제 살바싱가지삼마지가란지 살바달마수바리찰제 살바살타루다교사락아로가지 싱아비기리지제

"자아는 소멸시키는 것이 아니라 쓰는 것이다."
보현보살이 한 손을 머리 위에 얹으며 조용히 말했다.
"부처님이시여, 그 말씀을 한 번만 더 해 주십시오."
"자아는 소멸시키는 것이 아니라 쓰는 것이다."
"부처님이시여, 한 번만 더 그 말씀을 해 주십시오."
"자아는 소멸시키는 것이 아니라 쓰는 것이다."
"알겠습니다. 이제야 그 말씀을 이해했습니다."
머리 위에 얹혀 있는 보현보살의 다섯 손가락 사이로 백색 광명이 분출했다. 분출한 백색 광명이 허공을 가득 채웠다고 느껴지는 순간 머리 위의 손도 백색 광명도 서서히 사라졌다.

아!!!

감동이 가슴속을 꽉 채웠다.

"삼매에서 깨어나십시오. 서서히, 서서히요."

무수의 목소리가 아득히 들렸다.

"…."

"조용히 눈을 뜨고 저를 보십시오."

무수의 부드러운 소리가 가까이서 들렸다.

나는 천천히 눈을 뜨며 앞을 바라보았다. 무수가 미소를 지으며 나를 보고 있었다.

"…."

"충분히 휴식을 취하십시오. 제가 편안하게 휴식을 취할 수 있도록 공간을 만들어 드리겠습니다."

무수가 부드러운 목소리로 말했다. 내가 주위를 두리번거리자 향기의 장막이 드리워졌다. 밖과 차단된 편안한 공간, 흡사 넓은 방이 만들어진 듯했다. 내가 안정을 찾자 무수가 모습을 감췄다. 향기의 장막에서 신묘한 향내가 뿜어져 나왔다. 내가 향내 위에 살포시 떠 있는 것 같았다.

자아는 소멸시키는 것이 아니라 쓰는 것이다.

내 가슴에서 이 말이 울려 나왔다.
'나'라는 자아가 의식됨에도 전혀 거추장스럽지 않았다. 장애로 느껴지지 않았다. 편안했다.

이타심의 심화 II

끝없는 갈구.
얻은 자와 못 얻은 자들이 뒤엉켜 있다.
성취한 자와 성취하지 못한 자들이 뒤엉켜 있다.
얻은 자는 더 큰 것을 얻기 위해 무리 속에서 나오지 못한다.
성취한 자는 더 큰 것을 성취하기 위해 무리 속에서 나오지 못한다.
무리는 아수라장을 이루고 엉켜 있는 무리는 비명을 지른다.

얻은 자의 손에 들려 있던 것이 스러진다.

성취한 자의 손에 들려 있던 것이 스러진다.

얻은 자는 손에 쥐고 있는 것을 잃지 않으려 발버둥 치지만 소용없다.

성취한 자는 손에 쥐고 있는 것을 잃지 않으려 발버둥 치지만 소용없다.

젊음은 스러지고 노인으로 모습이 바뀐다.

노인은 병자의 모습으로 바뀌며 신음한다.

죽음의 그림자가 드리워진다.

불안감과 두려움에서 죽음의 그림자를 밀쳐 내려 애쓴다.

밀쳐 내려 밀쳐 내려 애쓰지만 죽음의 그림자는 가까이 더 가까이 다가온다.

공포에 전율한다.

어디로 끌려가는 건가?

행방을 알고 싶지만 알 수 없다.

어떻게 되는 것인가?

죽음 뒤에 펼쳐질 세계에 대해서도 알 수가 없다.

이별의 시간이 다가왔다.

자신의 것이라 생각했던 모든 것을 놓고 떠나가야 한다.

인연 맺었던 사람, 명예, 권력, 재물, 소유했던 물건들… 그를 유혹했던 달콤한 것들이 이젠 그의 것이 아니다.

홀로, 빈손으로 죽음의 터널 속으로 빨려 들어가는 그에게 남은 것은 두려움의 공포뿐이다.

얻으려는 발버둥, 잃지 않으려는 발버둥, 살려는 발버둥, 죽지 않으려는 발버둥, 모두가 고통스럽다고 아우성을 친다. 그럼에도 그 일을 포기하려 하지 않는다. 포기하지 않으려고 하는 것이 아니라 즐기고 탐닉하고 있다. 신기하고 기이하다.

고통은 힘든 일임에도 그걸 즐기고 탐닉하고 있으니…. 왜일까?

그 답은 무지다. 그것밖에 모르기 때문에 그 굴레에서 벗어나지 못하는 것이다. 그것밖에 모르기 때문에 그 굴레에서 벗어나려는 마음조차 내지 못하는 것이다. 우물 안의 개구리 예가 이를 설명하는 적절한 비유다.

중생을 결박하고 있는 굴레는 분명 고통스러운 것이다. 얻었다는 달콤한 기쁨에 빠지지만, 성취했다는 달콤한 만족감에 도취되지만 그건 잠시, 모든 것은 그로부터 떠나간다. 떠나가지 않는다 해도 죽음이 떠나가게 한다.

그러면 어떻게 해야 하나? 그건 고통을 바로 이해하는 일이다. 인생 안에 드리워진 갖가지 고통을 바로 이해하고 그것으로부터 벗어나려는 결단을 내려야 한다. 그것이 붓다께서 최초로 설한 고(苦) 집(集) 멸(滅) 도(道), 사성제다.

세상의 온갖 미혹의 상태는 모두 아집에서 나온다. 그러므로 아집을 없앤다면 미혹의 상태는 사라진다.

마음이 어리석은 사람은 자아에 집착하고 무지에 가려서 오직 불합리한 사고방식을 따라 활동해 간다. 그런 까닭에 그들의 마음은 번뇌에 짓눌려 미래의 윤회를 불러오게 되는 것이다.

먼저 그 마음에서 주관 객관이 생기고, 그것에 이어 눈 귀 코 혀 몸 뜻 같은 여러 감각기관의 작용이 일어난다. 다시 그것으로부터 대상과의 접촉이 생기고 그로 말미암아 감수 작용이 나타난다. 감수 작용에서 애욕이 일어나고 그것 때문에 집착이 강해진다.

이렇게 하여 우리의 생존이 영위되고 색(色) 수(受) 상(想) 행(行) 식(識)의 오온(五蘊)이 발생한다. 이윽고 오온은 쇠미해져서 마침내 소멸한다. 이런 쇠미, 소멸로부터 격렬한 고뇌가 일어난다. 그리고 모든 슬픔과 괴로움과 근심이 집중해 생기게 되는 것이다.

나는 세상의 모습을 관찰하다 십이인연을 순차적으로 이해하며 들어갔다. 그러면서 인간을 이끌어 가는 근본 무지에 다시 집중하게 되었다. 무지로 인해 인생이 연쇄적으로 전개

되며 전개되었던 모든 것은 마침내 사멸하게 된다. 이 과정에서 인간은 슬픔과 고뇌에서 벗어날 수 없게 된다. 이 모든 것은 결국 마음의 작용이다. 삼계 역시 마음 작용 때문에 전개되며 십이인연도 마음 작용 때문에 이루어진 것이다.

나는 경이로움에 젖어 들며 자신을 직시했다. 그동안 내가 해왔던 모든 수행, 모든 깨달음은 마음 작용 안에 귀결되었다. 일체가 마음 작용임을 안 것으로 수행의 대단원이 명쾌하게 정리되었다.

"삼계가 마음 작용 안에 있음을 분명히 알았다. 삼계는 마음 작용이 빚어내는 끝없는 무대고 생명 가진 모든 것은 그 안에 등장하는 연기자다. 연기자가 방출하는 마음이 연극의 내용이며 삼계의 현상이다."

"바로 보셨습니다. 삼계는 마음 작용이 빚어내는 끝없는 무대고 생명 가진 모든 것은 그 안에 등장하는 연기자입니다. 연기자가 방출하는 마음이 연극의 내용이고 삼계의 현상이지요."

"무수가 그걸 어떻게 아셨습니까? 제가 마음속으로 생각하고 있던 것을요."

"우린 한 무대 위에 오른 연기자들입니다. 그러므로 서로의 마음을 알 수 있지요."

"무수도 나와 같은 연기자라는 말입니까?"

"그렇습니다. 인간이 무생물이라고 생각하는 모든 존재도 같은 무대 위에 올라 있는 연기자들입니다. 별들까지도요."

"별들까지도요?"

"그렇지요. 하지만 우리와 같은 무대에 오른 별들은 우리가 현상계라고 생각하는 그 안의 별들일 겁니다. 우리가 현상계라고 생각하는 그 밖에도 무수한 세계의 별들이 있을 테니까요."

"현상계 안에 같이 존재한다는 것은 그 현상계와 깊은 인연이 있어서인 것 같습니다. 저는 지구라는 별에서 살았고 지구라는 별 안에서도 한반도라는 공간에서 수생을 살았던 걸 보면 말입니다."

"그렇지요. 그럼으로써 그 현상계의 고유한 특성을 드러내게 되는 것이지요. 전문가 집단의 형성 같은 것이라고 할까요?"

무수가 이렇게 말하며 빙긋이 웃었다.

"전문가 집단의 형성이라는 말을 들으니 정말 그런 것 같군요. 지구는 지구만의 특성을 지니고 있고 그 특성을 지니고 있기 때문에 우주 안의 한 행성으로서 존재가치를 드러내고

있으니 말입니다."

"그렇다고 볼 수 있지요. 지구 얘기가 나와서 말인데 여기 있는 스승들은 지구를 걱정스러운 눈으로 바라보고 계십니다. 지구가 아름다운 별로 고유한 자리를 지키며 존재할 수 있을까, 하는 염려지요."

"여기 계신 많은 스승이 지구를 염려하신다니 놀라운 일이군요. 왜 그런 마음을 가지게 되었지요?"

"아수라들의 세력이 너무 강해져 있기 때문입니다. 아수라 영역에 들어 있는 많은 정치지도자가 지구를 이끌어 가기 때문이지요. 특히 강대국의 정치지도자들이요. 그들은 이미 지구를 수백 번 파괴할 무기를 만들어 놨음에도 불구하고 계속 가공할 무기를 만들어 내면서 지구 안의 생명을 위협합니다."

"그 말씀엔 저도 전적으로 공감합니다. 있지도 않은 가상의 적을 만들어서 가공할 무기를 만들 명분을 쌓고 있으니까요. 지구 안에 이미 만들어진 무기만 해도 지구를 수백 번 파괴할 수 있다고 하는데, 그런 무기를 안고 있는 지구라는 별이 온전하게 유지될 수 있을까요?"

"여기 계신 스승들이 염려하는 것이 바로 그 점입니다. 스승들뿐 아니라 현자들 성자들도 다 같지요."

"지구가 어떻게 하다 그런 별이 되고 말았을까요?"

"정치지도자들의 탐욕과 무지가 아수라들을 불러들인 거죠."

"아수라들을 불러들이다니요. 어떻게요?"

"현상계는 마음이 펼친 무대입니다. 그 안에 있는 생명들은 각자 마음을 가지고 연기를 하지요. 우리 마음 안에는 모든 것이 다 들어있으므로 길들여진 숙업에 따라 각각의 형상이 드러나게 됩니다. 아수라도 그렇게 해서 생겨나게 된 것이지요. 아수라는 지능이 뛰어나기 때문에 인간계를 침범할 수 있고, 자신들의 영역을 넓히려는 욕망에 이끌려 같은 무리를 끝없이 만들어 가고 있습니다. 특히 영향력이 큰 정치지도자들을 자신들의 영역으로 끌어들이려고 애쓰지요. 지금 지구가 그런 상황에 놓여 있습니다."

"무수의 말에 저도 공감합니다. 그게 지금 지구가 놓여 있는 상황입니다."

"지구는 오랫동안 진화를 거듭해 온 고급별입니다. 그래서 천상계의 영역을 포섭하고 있지요. 하지만 지구는 인간계이기 때문에 악도도 포섭하고 있습니다. 그래서 아수라의 침공을 받게 되는 것이지요."

"아수라는 왜 지구를 침공해 자신들의 영역을 넓히려 하는가요?"

"그게 아수라의 속성입니다. 아수라는 평화로운 상태로

안정되어 있는 걸 못 견뎌합니다. 평화를 깨뜨려 혼란을 만드는 게 아수라의 숙업이지요."

"그러니까 아수라장을 만드는 게 그들의 본업이군요."

"그렇지요. 그래서 아수라장이 되면 지구 안에 있는 생명들은 지구 안에서 더 이상 살 수 없게 됩니다. 아수라 이상의 생명들은 더욱 그렇지요."

"그러면 그들은 어떻게 됩니까?"

"지구를 떠나 다른 별로 이동을 해야 하는데 그 일이 쉽지 않습니다. 지구 안에서 벌어지는 난민들을 떠올리면 쉽게 이해될 것입니다."

"이해가 됩니다. 지구 안에 있는 어떤 나라도 난민을 기쁘게 받아들이지 않으니까요."

"별들의 세계도 마찬가지입니다. 안정된 영역에 외부의 침입자들이 오는 걸 환영하지 않습니다. 천상계는 영역의 개념이 완전히 다르므로 외부에서 생명이 유입돼도 문제 될 게 없지만 천상계 이하의 별은 영역의 개념이 뚜렷합니다. 그래서 외부인의 유입을 꺼리게 되지요."

"그러니까 지구인 중에는 천상계에 올 사람보다는 천상계 이하로 갈 사람들이 많다는 얘기군요."

"정확히 보셨습니다. 그래서 문제인 거죠."

"그런데 무수 님은 여기에 계시면서 지구의 사정을 어떻

게 그리 잘 아시는가요?"

"저는 무수, 지혜의 나무가 아닙니까? 하하하."

무수가 유쾌하게 웃었다. 나는 무수의 웃음소리를 들으면서 무수와의 대화가 끝났음을 알았다. 그래서 나도 무수를 향해 미소를 지으며 마음으로 작별 인사를 했다.

이타심의 심화 Ⅲ

과거 현재 미래를 삼세라 한다.

중생은 삼세에 속하며 몸과 마음을 지니고 있다.

중생의 몸과 마음은 숙업에 말미암고 숙업은 마음에 말미암는다.

삼세 세간이 모두 마음에 말미암는다.

나는 나 자신을 향해 질문했다.

너는 마음을 잘 닦아 왔는가?

그렇다. 마음을 닦는 일이 아득한 과거부터 지금까지 해 온 수행이었다.

네가 가진 것을 남에게 주는 일에 망설임이 없는가?

꼭 주어야 할 사람한테는 망설임 없이 줄 수 있다.

주는 일에 차별이 있는가?

어느 정도는 차별을 일으키게 된다.

그 말은 무슨 말인가?

멀고 가까움에 약간의 끄달림이 있다는 말이다.

너는 행동함에 있어 인륜 도덕에 어긋남이 없는가?

크게 어긋나지 않는다.

그 말을 설명한다면?

남에게 피해를 주지 않는다는 뜻이다.

그럼 너 자신한테는 피해를 줄 수 있다는 말인가?

파장을 일으켜 약간의 갈등적 요소는 만드는 것 같다.

너는 인욕에 있어 걸림이 없는가?

크게는 걸림이 없다.

작게는 걸림이 있다는 말인가?

그렇다. 인욕은 가장 넘기 어려운 벽으로 그 일을 수행으로 삼지 않으면 실패할 확률이 가장 높다.

지금도 실패하고 있는가?

실패는 하지 않는다. 고통의 파동을 느낄 때는 있지만.

장애 없이 정진에 임하고 있는가?

그렇다. 나태심이 고개를 들기도 하지만 여일하게 정진의 밧줄을 잡고 있다.

정진을 포기하고 싶은 생각이 들 때는 없는가?

없다. 그것만은 자신 있게 말할 수 있다.

삼매를 자유로이 왕래할 수 있는가?

깊이의 한계는 있지만 삼매에 드는 일은 용이하다.

지혜의 깊이는 어느 정도라고 할 수 있는가?

인간계의 스승은 될 수 있다고 생각한다.

스승의 일을 함에 있어 과오를 저지르지 않을 수 있는가?

완전한 가르침을 주진 못하지만 과오를 저지르지 않을 수는 있다.

그런 자신감은 어디서 오는가?

나는 과오를 저지르지 않을 만큼 청정심과 평등심을 유지하기 때문이다.

"여기서의 수련은 이제 마치신 것 같습니다."

무수가 밝은 얼굴로 말했다.

"제 내면의 소리를 듣고 있었군요."

"듣고 있었습니다."

"내면을 직시하면서 아직 부족함이 많다는 걸 알았습니다."

"스승의 자리에선 부족함이 남아 있습니다."

"이제 저는 어떻게 해야 합니까?"

"스승님이 오실 겁니다. 스승님의 안내를 받으면 됩니다."

"제가 여기 머물렀던 시간이 얼마나 됩니까? 꽤 긴 시간이었던 것 같은데요."

"여긴 시간이 없습니다. 각자가 쓰는 시간이 다 다르니까요."

"각자가 쓰는 시간이 다르다는 게 무슨 뜻입니까?"

"공부를 마치는 시간이 다르다는 뜻입니다. 여기는 공부를 얼마 만에 마치는가, 하는 기준만 있습니다."

"그럼 제 공부 기간은 어땠습니까?"

"다른 수행자보다 짧았다는 말을 듣고 싶군요."

"우쭐대고 싶은 욕망이 남아 있다는 걸 저도 이 순간에 알았습니다."

하하하. 무수와 나는 함께 유쾌하게 웃었다.

무수와 함께했던 시간은 행복했다. 향기가 바람을 일으켜 생명을 정화하는 세계, 그때마다 생명 하나하나는 무지개색을 띠며 자신을 완전하게 드러냈다. 무수는 향기의 장막을 쳐서 안온한 공간을 만들어 주었고 나는 그 안에서 공부의 한

과정을 마쳤다.

  나의 공부를 도운 공덕으로 무수의 공부도 깊어졌을까? 내가 이런 의문에 잠기며 무수를 바라보자 무수가 몸을 흔들어 향기를 일으켰다. 나는 화답하는 무수를 보며 미소를 지었다. 헤어지고 싶지 않은 도반 무수, 고마웠어요.

14

평등심의 연마
연꽃관

"여기가 어딥니까?"

나는 스승을 보며 물었다. 자리 이동을 했다고 느꼈는데 내 앞에는 완전히 새로운 광경이 펼쳐져 있었다.

"인간계로 치면 대학 같은 곳이지. 스승의 자격을 갖추기 위해 자신을 마지막으로 연마하는 곳이네."

"어떻게 연마를 합니까?"

"자신의 부족한 점을 보완해 완성에 이르게 하는 것이 여기서 하는 수련일세. 여기에 온 스승들은 오랜 기간에 걸쳐 인격적인 수련을 해 왔기 때문에 청정한 마음으로 평등하게 사물을 보는 혜안을 갖추고 있네. 말하자면 스스로 지혜의 빛을 발할 수 있는 경지까지 왔다는 말일세. 하지만 그건 어디까지나 스승의 세계에서의 얘길세. 현자의 세계나 성자의 세계에 이르려면 아직도 아득하다는 걸 스스로 알고 있지. 그래서 겸손한 마음으로 진실하게 자신의 부족한 부분을 연마해 나가네."

"여기서도 스승님의 도움을 받고 있습니까?"

"도움을 필요로 하면 언제든 스승이 와서 도움을 주네. 스승뿐 아니라 도반들의 도움도 받을 수 있지. 여기는 인간계에서 온 스승들만 모여 있는 곳일세. 그래서 서로를 잘 알고 있네. 어떤 도움을 받을 수 있는지 어떤 도움을 줄 수 있는지를 말일세."

"인간계라면 지구의 인간계를 말하는 것입니까?"

"그러네. 스승의 자리까지는 같은 별에서 온 사람들만 교류가 가능하네. 심성이나 지혜가 우주로까지 퍼져 있지 못하기 때문일세."

"지금 하신 말씀이 무슨 뜻인지 어느 정도는 이해가 됩니다."

"여기까지 오기 위해 많은 어려움을 겪었으니 충분히 휴식을 취한 뒤 필요한 공부를 하게. 공부를 하다 내가 필요하면 언제든 내가 자네 곁으로 오겠네."

"감사합니다."

"공부 장소가 바뀌었으니 우선 주변 환경부터 익히도록 하게. 그러면서 충분한 휴식을 취하게."

스승은 이렇게 당부하고 떠나려 했다.

"아, 스승님! 한 가지만 더 여쭤보고 싶은 게 있습니다. 여기 있는 스승들은 다 무슨 공부를 하고 있습니까?"

"공부의 종류는 너무 다양해 한마디로 말할 수 없네. 인간 세상에서 스승의 역할을 하는 사람들을 떠올리면 내 말이 이해될 걸세. 공부의 종류는 다양하지만 그것을 쓰는 방법은 다 같네. 그건 청정한 마음으로 평등하게 쓰는 것일세. 청정한 마음과 평등한 마음은 스승이 갖추어야 할 기본자세이기 때문이네."

"알겠습니다. 이제 모든 게 이해가 됩니다."

나는 감사한 마음을 담아 합장했다. 그러자 스승은 잠시 나를 바라보다가 떠나갔다. 엄숙한 모습인 건 처음과 같았다.

스승은 나에게 휴식을 취하면서 주변 환경을 익히라고 했다. 그래서 우선 긴장을 풀어야겠다고 생각하며 등을 뒤로 젖혔다. 그러자 안락의자 같은 것이 내 등을 편안히 받쳐 주었다. 딱딱한 형태의 의자가 없는데 신기했다. 나는 등을 뒤로 젖히고 앞을 응시했다. 둥그런 곡선 지붕을 한 건물들이 호수 주위로 넓게 배치돼 있었다. 건물 하나하나는 투명한 초록빛을 뿜어내고 있는데, 초록빛을 뿜어내는 보석들이 호수 주위를 에워싸고 있는 것 같았다. 황홀하도록 아름다웠다.

"저렇게 아름다운 초록빛을 뿜어내는 보석은 이름이 뭘까?"

내가 이런 생각에 잠기며 호수 주위를 둘러보고 있을 때 "저건 어쩌면 스승들이 뿜어내는 지혜의 빛일지도 몰라." 하는 말이 내 입에서 나왔다.

스승들이 뿜어내는 지혜의 빛, 나는 내가 한 말을 음미하며 호수 주위를 바라보았다. 정말 그럴 거라는 생각이 들었다. 오랜 기간 인격을 연마해 온 스승들은 스스로 아름다운 지혜의 빛을 뿜어내는 보석 같은 존재들이 되어 있음이 틀림없었다. 그것을 알아차리자 나도 그 대열에 끼어 같은 공간에 머물러 있다는 게 감격스러웠다.

스승들이 모여서 스스로를 연마하는 건물은 넓은 방으로 되어 있는 듯 방마다 창문이 나 있었다. 그런데 창문은 모두 부드러운 곡선으로 되어 있었다. 그리고 보니 여긴 직선으로 각이 져 있는 것이 눈에 띄지 않았다. 내가 몸담고 있는 방도 모서리가 없는 둥그스름한 원형이었다.

나는 다시 고개를 돌려 주위 경관을 둘러보았다. 스승이 말한 대로 여긴 정말 잘 가꾸어진 대학 캠퍼스 같았다. 지상의 대학과 다르다면 고층 건물이 없다는 거였다. 부드러운 곡선 지붕을 머리에 인 건물들이 호수 주위로 끝없이 늘어서 있었다. 건물들이 호수를 감싸고 있는 것 같기도 하고 호수가 건물을 감싸고 있는 것 같기도 했다.

호수 가득 떠 있는 연꽃은 높은 꽃대를 쑥 올리고 꽃잎을

활짝 피우고 있었다. 꽃잎 하나하나에선 투명한 빛이 뿜어져 나오고 투명한 빛은 신비한 향기를 발산하고 있었다. 빛이 향기를 발산하다니…. 스승들의 지혜에도 향기가 배어 있을까? 이런 의문이 내 가슴을 스쳐 가는 순간

"저 연꽃이 여기서 공부하는 스승들의 모습일 거야." 하는 말이 내 입에서 나왔다.

그런 말을 하고 나니 정말 그럴 거라는 확신이 들었다. 나는 환희심에 젖어 다시 연꽃을 바라보았다. 꽃잎에서도 잎에서도 투명한 빛이 뿜어져 나오기 때문에 연꽃 자체가 눈부신 보석 같았다.

"저 연꽃 같은 모습을 갖춘 분을 스승이라고 할 거야. 지혜가 빛나고 그 지혜가 향기를 품고 있어 주위를 정화하고 기쁨에 젖게 하는 분, 그런 분을 스승이라고 부를 거야."

나는 자문자답하면서 스승의 정의를 내 나름대로 내렸다. 우아하게 아름다우며 향기로운 지혜를 뿜어내는 분, 그래서 사람들의 지혜를 일깨워 주고 심성을 정화시키는 분, 사람들은 그런 분을 스승으로 추앙하며 따른다. 그 생각을 하자 연꽃이 가득 피어 있는 호수를 에워싸고 수련장이 마련돼 있는 것과 그 안에서 마지막 불꽃을 태우고 있는 스승들의 모습이 이해되었다.

지금부터 어떤 수련을 할 것인가를 생각하던 나는 스승이 들려준 말을 떠올렸다. '자신의 부족한 부분을 보완해 완성에 이르게 하는 것이 여기서 하는 수련일세.' 스승의 말을 떠올리던 나는 〈연꽃관〉을 하기로 결정했다. 가장 완전한 모습을 갖춘 성스럽고도 아름다운 연꽃을 관하면서 나의 부족한 부분을 완성해 가기로 한 것이다. 마음의 결정을 내린 나는 연꽃을 관하기 위한 기본자세를 취했다. 마음을 편안히 하고 호흡을 조절하면서 정려에 들기 위해 노력했다. 그러자 오래지 않아 심신이 고요해지며 정려에 들 수 있었다.

나는 고요해진 마음으로 눈앞에 펼쳐져 있는 연못을 바라보았다. 긴 꽃대를 쑥 올리고 활짝 피어 있는 연꽃이 끝없이 펼쳐져 있었다. 내 모습이 성스러우면서도 아름다운, 아름다우면서도 성스러운 연꽃과 같았으면 좋겠다는 생각이 들었다. 그런 생각을 하며 연못을 바라보고 있는데 꽃송이를 받치고 있는 푸른 잎이 빨려들 듯 확 눈에 들어왔다. 호수 위에는 밤하늘을 가득 메운 별들처럼 수많은 연잎이 물 위에 떠 있다.

부드럽게 펼쳐진 넓은 연잎 위로 투명하고 밝은 초록빛이 고요히 뿜어져 나오고 있었다. 나는 그 빛에 매료되어 모든

생각을 정지하고 가만히 바라보았다. 그러자 연잎이 발산하는 초록빛이 수천수만 갈래의 빛살로 쪼개지면서 그 빛살 하나하나에서 동시에 연잎이 피어났다. 경이로우면서도 장엄한 광경이었다. 한 자루의 초가 수천수만 자루의 초에 불을 밝히듯, 한 분의 보살이 수천수만 중생의 혜안을 동시에 열어 주듯 빛살 하나하나가 그렇게 연잎을 피우고 있었다.

나는 다시 연잎을 받치고 있는 잎자루를 관했다. 뿌리에서 길게 뻗어 있는 잎자루는 겉엔 작은 가시가 촘촘히 박혀 있고 속은 비어 있었다. 비어 있는 부분은 뿌리의 비어 있는 부분과 연결돼 있었다. 허공의 잎과 물속의 뿌리를 연결하는 소통의 통로였다. 나는 마음을 고요히 하고 수면 위로 쑥 올라와 넓은 잎을 받치고 있는 잎자루를 바라보았다. 넓은 잎에 가려 잎자루가 있다는 사실조차 눈에 띄지 않지만, 잎자루는 묵묵히 잎을 떠받치는 소임을 다하고 있었다. 나는 겸양의 미덕을 지니고 있는 잎자루를 미소를 지으며 바라보았다. 그러던 나는 잎자루에서도 투명하고 밝은 초록빛이 발산되고 있음을 알았다. 잎자루가 발산하는 초록빛에 도취하여 하염없이 잎자루를 바라보았다. 그러자 어느 순간부터 잎자루에서 발산하는 초록빛이 수천수만 갈래의 빛살로 쪼개지면서 그 빛살 하나하나에 긴 대롱 모양의 잎자루가 생겨났다. 장엄했다. 한 자루의 초가 수천수만 자루의 초에 불을 밝히듯,

한 분의 보살이 수천수만 중생의 혜안을 동시에 열어 주듯 빛살 하나하나에서 긴 대롱 모양의 잎자루가 생겨났다.

나는 다시 잎자루를 떠받치는 뿌리를 관했다. 뿌리는 물 속에 잠겨 있어서 그 존재감을 전혀 드러내지 못하고 있었다. 그런데도 뿌리는 검은 흙 속에 몸을 잠그고 묵묵히 잎자루와 잎과 꽃대를 떠받치고 있었다. 떠받치고 있을 뿐 아니라 그들이 존재할 수 있게 열심히 영양분을 모으고 수분을 빨아들이고 있었다. 검은 흙 속에 몸을 숨기고 묵묵히 생명을 꽃피우는 뿌리, 나도 저 뿌리 같은 존재가 되고 싶다. 아무도 가까이 와 주지 않고 아무도 눈여겨봐 주지 않고 아무도 찬탄하지 않지만 검은 흙 속에 몸을 숨기고 가장 아름답고 성스러운 꽃을 피워내는 뿌리, 나는 공경의 마음을 담아 뿌리를 물끄러미 바라보았다. 그러자 어느 순간부터 뿌리에서도 초록빛이 발산되고 있음이 보였다. 잎자루와 잎과 꽃대와 똑같은 투명하고 밝은 초록빛이 끝없이 발산되고 있었다. 그리고 그 빛은 수천수만 갈래의 빛살로 쪼개졌고, 쪼개진 수천수만 개의 빛살에도 똑같이 뿌리가 달려 있었다. 나는 감탄하며 빛살에 매달려 있는 뿌리를 바라보았다. 그 뿌리 하나하나에서도 잎자루와 꽃대가 올라와 있고 그 잎자루와 꽃대는 하나같이 잎과 꽃을 떠받치고 있었다. 모두가 하나의 생명이었다. 한 자루의 초가 수천수만 자루의 초에 불을 밝히듯, 한 분의 보살이 수천수만

중생의 혜안을 동시에 열어 주듯 모두가 하나의 생명 안에 들어 있었다.

나는 다시 뿌리가 몸을 잠그고 있는 검은 진흙을 관했다. 검은 진흙은 수천수만 개의 뿌리를 감싸 안고 그 뿌리가 잎자루와 잎과 꽃대와 꽃을 피울 수 있도록 돕고 있었다. 아무도 좋아하지 않을 검은 진흙이지만 진흙은 자신이 해야 할 역할을 묵묵히 하고 있었다. 스스로 꽃이 되려 하지 않고 다른 생명이 꽃으로 피어나도록 돕는 진흙의 숭고함을 떠올리던 나는 나도 저런 진흙이 되고 싶다, 하는 생각이 들었다. 그런 생각을 하며 진흙을 바라보는 순간 검은 진흙이 밝고 투명한 초록빛을 끝없이 발산했다. 그리고 그 빛은 수천수만 갈래의 빛살로 쪼개지더니 뿌리 잎자루 잎 꽃대와 꽃을 온전히 갖춘 수천수만 개의 연꽃으로 바뀌면서 호수를 가득 덮었다. 거룩하고 장엄했다. 한 자루의 초가 수천수만 자루의 초에 불을 밝히듯, 한 분의 보살이 수천수만 중생의 혜안을 동시에 열어 주듯 진흙은 그렇게 연꽃을 피워내고 있었다.

깊은 감동에 젖어 든 나는 진흙과 뿌리, 잎자루와 연잎, 그리고 꽃대와 연꽃을 차례로 관했다. 그리고 다시 연꽃과 꽃대, 연잎과 잎자루, 그리고 뿌리와 진흙을 차례로 관했다. 그러던 나는 모두가 하나의 생명 안에 녹아 있음을 알았다. 하나의 생명으로 존재하기 위해 서로 다른 역할을 하고 있음을

알았다. 그런 생각을 하자 오랫동안 내 안에 남아 있던 비천함이나 천박함에 대한 혐오감이 안개가 걷히듯 걷혔다. 관념의 뿌리가 뽑혀서 날아간 것이다. 청정심과 평등심의 완전한 회복, 나는 비로소 보살로서의 자격을 갖추었음을 자각했다.

"지금 심정이 어떤가?"
"수평을 이루고 있어 흔들림이 없습니다."
"정녕 흔들림이 없는가?"
"그렇습니다."
"지금부터 자네가 할 일을 말해 보게."
"세상에 이로움을 주는 일이라면 무엇이든 하겠습니다."
"그 일을 함에 있어 차별심을 일으키지 않을 수 있는가?"
"이제 제 안에는 차별심이란 없습니다. 평등한 마음으로 사람과 사물을 대할 수 있습니다."
"이제 자네는 자비심을 쓸 수 있는 보살이 되었네. 보살로서의 자격을 갖추었네. 자네가 하는 일은 모두 다른 생명을 이롭게 할 수 있네. 세상 사람들로부터 존경을 받는 스승의 자리에 우뚝 서게 된 것이네."
"스승님의 인가를 받고 나니 감개무량합니다."

"그렇겠지. 여기까지 온 전 과정을 떠올려 본다면."

"이제 저는 어떤 일을 해야 합니까?"

"자네가 선 자리는 종착점인 동시에 출발점일세. 앞으로의 일은 나중에 생각하기로 하고 지금은 휴식을 취하도록 하게. 충분히 휴식을 취한 후에 다시 얘기하세. 휴식을 취할 수 있는 자격을 얻은 자네를 축하하네."

스승은 나를 향해 빙긋이 미소를 짓고는 모습을 감췄다. 엄숙함만 보여 주던 스승의 얼굴에서 미소를 보자 나도 마음이 편안해지면서 깊은 휴식을 취하고 싶어졌다.

15

심연(深淵)속의 생명

인연

넓은 호수 위에 바람이 일렁인다. 바람을 타고 청아한 음악 소리가 들려온다. 보석으로 만든 악기에서 울려 퍼지는 것 같은 맑고 청아한 소리, 말로는 소리를 표현할 수가 없다. 나는 온몸으로 소리를 받아들이며 황홀경에 빠져들었다. 그냥 이대로 모든 게 멈춰 있었으면 좋겠다는 생각이 들었다. 기쁨의 극치, 극락이라는 말이 왜 생겨났는지를 알 수 있었다. 이보다 더 좋은 게 있을 수 있을까? 기쁨의 삼매에 잠겨 들자 의식이 서서히 멈춰지면서 고요한 평화가 왔다.

"처음 보는 수행자신데 우리 인사를 나눌까요?"

어디선가 아득하게 소리가 들려왔다.

"휴식을 취하시는 것 같은데 너무 오래 휴식을 취하면 저처럼 현실 세계로 돌아가지 못하게 됩니다. 하하하"

좀 더 가깝게 소리가 들렸다. 나는 웃음소리에 이끌려 의식을 회복했다.

"휴식을 방해해서 미안합니다. 이제 의식이 드는 것 같군

요."

나는 고개를 들고 앞에 선 사람을 바라보았다. 활기가 넘치는 유쾌한 모습이었다.

"누구신가요?"

내가 묻자

"소몰이꾼이라고 불러 주십시오."

"소몰이꾼이라니 그게 무슨 말씀이세요?"

나는 의아한 얼굴로 물었다. 소몰이꾼이라는 용어가 생소해서였다.

"소몰이꾼은 말 그대로 소를 모는 사람입니다. 넓은 초원이 있는 지역에는 소몰이꾼이라는 직업이 있습니다."

"저도 얘기는 들었습니다. 제가 살았던 곳은 좁은 지역이라 그런 직업을 가진 사람을 보진 못했지만요."

"가까이서 보지 못했던 사람을 만나셨는데 저에 대해 궁금한 게 없습니까?"

"그러고 보니 궁금한 게 많네요. 괜찮으시다면 선생님 얘기를 들려주십시오."

"그러지요. 여기 있는 분들은 모두 고귀한 친구, 도반들이니까요."

소몰이꾼은 유쾌하게 웃고 나서 자신의 얘기를 들려주었다.

소몰이꾼이 오랫동안 살았던 지역은 아메리카 대륙, 그는 수생 동안 거기서 소몰이꾼을 했다. 수생이란 환생을 거듭해서라는 얘기다. 소몰이꾼이 몬 소의 숫자는 백 마리에서 삼백 마리 정도. 소몰이꾼은 자신이 몬 소의 숫자가 얼마인지는 별로 중요하지 않았다고 했다. 그건 한 마리 소에 정성을 들이면 다른 모든 소도 따라오기 때문이다. 그는 한 마리의 소를 어떻게 몰았는가를 자세히 설명했다. 그가 소를 대할 때면 좋은 친구를 대하듯 유쾌하게 대했다. 그러면 소도 유쾌한 마음으로 자신을 따랐다. 서로의 만남이 유쾌해지면 행복한 마음이 교류되고 상대가 원하는 것을 들어주고 싶은 마음이 생기게 된다. 소몰이꾼은 소가 풀을 먹고 싶은지 물을 먹고 싶은지 어슬렁거리며 걷고 싶은지 친구들과 장난을 치고 싶은지를 알게 된다. 그러면 소몰이꾼은 소가 하고 싶은 일을 잘 하도록 배려해 준다. 소 역시 소몰이꾼이 힘이 드는지 외로움을 느끼는지 심심해서 휘파람이나 노래를 부르고 싶어 하는지를 알고 있다. 그러면 소도 주인이 풀밭에 벌렁 드러누워 하늘을 쳐다보며 노래나 휘파람을 불 수 있도록 옆에서 얌전하게 놀아 준다. 이렇게 서로 교감이 이루어지면 소몰이꾼은 소의 두 귀를 잡고 자신의 이마를 소 이마에 대고 후—욱하고 입으로 바람을 분다. 그러면 소도 휘-잉하며 입으로 바람을 분다.

소몰이꾼은 소들 사이사이를 돌며 이 일을 반복한다. 그러다 지치면 풀밭에 드러누워 하늘을 쳐다보며 휘파람을 불기도 하고 노래를 부르기도 한다. 그러면 소들은 옆에서 얌전하게 놀면서 주인이 휴식을 취하도록 도와준다. 이 일은 매일매일 반복되는 소몰이꾼과 소의 일과다.

이렇게 평화로운 시간이 흐르다 보면 소들이 한꺼번에 팔려나가는 때가 온다. 그러면 소몰이꾼은 소에게 후 — 욱하고 바람을 불어넣는 대신 이렇게 말해 준다.

"너는 소야. 그래서 어쩔 수 없이 네 몸을 사람한테 줘야 해. 그때 분한 마음이나 억울한 마음을 가지면 안 돼. 그러면 사람 몸에도 분한 마음이나 억울한 마음이 쌓이니까. 그럼 너는 몸을 주면서도 죄를 짓게 되는 거야. 몸을 내주고도 죄를 짓지 않으려면 이렇게 생각해야 해. 내 고기를 먹은 사람들이 훌륭한 사람이 돼서 좋은 일을 많이 했으면 좋겠다. 내 가죽으로 된 옷이나 신을 신은 사람들이 훌륭한 사람이 돼서 좋은 곳을 다니면서 좋은 일을 많이 했으면 좋겠다. 네가 그렇게 마음을 먹으면 너도 훌륭한 사람이 좋은 공덕을 쌓은 것과 똑같은 공덕을 쌓게 돼. 그러면 너도 나중에 사람으로 태어나서 남한테 강제로 잡아먹히지 않게 되는 거야. 그리고 사람처럼 훌륭한 일도 하게 되고. 내가 하는 말 잘 알아들었지? 내가 한 말을 꼭 기억하고 있다가 마지막 순간에 나를 기억하면서

내가 한 말도 기억해 줘. 너한테 하는 나의 간절한 부탁이야."

처음에는 멀뚱히 쳐다보기만 하지만 반복해서 하면 그 말의 의미를 알아듣는다. 그건 소몰이꾼과 소가 오랫동안 신뢰를 쌓아 왔기 때문이다. 소몰이꾼은 수생 동안 그 일을 반복하면서 소몰이꾼 일을 했다. 그러다 어느 생애인가부터 인간들이 모여 사는 사회 속으로 나와 가난한 사람, 배우지 못한 사람들을 상대로 그들이 어떻게 하면 부유한 환경에서 공부를 많이 한 사람과 똑같이 존경받는 사람으로 살 수 있는가를 가르쳤다. 그때 자신이 가르쳐 준 가난한 사람, 배우지 못한 사람들은 자신이 소몰이꾼으로 있을 때 돌보던 소들이 사람으로 환생한 것이라고 믿고 있었다.

"지금 말한 내용은 불교의 윤회 사상을 그대로 설명한 것인데 그 사상을 어디서 배우셨나요?"

"오래전에 인도에서 온 구루한테 배웠습니다. 그분은 저와 깊은 친교를 나눴는데 그분이 그런 사상을 알려 주더군요. 저는 그 후 소몰이꾼을 하면서 그분이 가르쳐 준 사상을 실천에 옮기며 살았습니다. 수생 동안요. 그러다 보니 어느 생애부터인가 인간 세상의 스승이 돼 있더군요. 많은 사람이 저를 존경하며 따랐습니다. 그러다 여기까지 오게 되었습니다."

소몰이꾼은 이렇게 말하고 나서 유쾌하게 웃었다.

"감동적인 얘기를 들었습니다. 선생님 얘기를 듣고 저도 공부가 많이 됐습니다. 선생님을 어떻게 호칭할까요? 여기엔 각자 이름이 없는가요? 여기로 옮겨 온 후 아무하고도 교류하지 않아서요."

"소몰이꾼으로 소개를 했으니 소몰이꾼으로 부르십시오. 여기선 모두 저를 그렇게 부릅니다."

"어감은 좀 이상하지만 그냥 소몰이꾼으로 부를게요. 소몰이꾼 님은 여기 오신 지 오래되었는가요?"

"오래되었습니다. 여기서 휴식을 취하다 보니 달콤함에 떨어져 다시 인간 세상으로 나가기 싫어지더군요. 그래서 건달처럼 여기서 머무르고 있습니다. 스승님은 그런 저를 보며 걱정을 많이 하십니다. 저러다 정말 건달바에 떨어지는 게 아닌가 하고요."

"건달바에 떨어지다니요?"

"선생님도 건달이라는 말은 들어 보셨을 텐데요. 건달바는 건달들이 모여 있는 세곕니다. 놀기 좋아하고 매이기 싫어하는 건달들이 사는 세계지요. 그 세계에 가면 모두 노래 부르고 춤추며 놀기만 한답니다. 저도 가 보지 않아 자세히는 모르지만요."

"설마 소몰이꾼 님이 거기로 가시겠어요. 업이 다른데요."

"그건 모르지요. 오랫동안 빈둥거리며 놀다 보면 그런 업

으로 바뀔지도요. 그런데 한 가지 부탁을 드려야겠습니다. 소몰이꾼 다음에 님 자는 빼시고 그냥 소몰이꾼으로 불러주십시오. 여기는 특별히 귀한 존재가 없으므로 굳이 높임말을 쓸 필요가 없습니다."

"제가 실수를 했습니다. 평등심을 잠시 잊고 있었습니다."

"저도 처음엔 그런 실수를 많이 했습니다. 그건 그렇고 선생님은 지구에서 무슨 일을 하셨습니까?"

"수없는 윤회를 하면서 수없이 많은 일을 했는데 마지막에는 글 쓰는 일을 했습니다. 저는 소설가로 있다가 여기로 왔습니다."

"여기는 예술가들이 모여 있는 지역입니다. 각종 예술가들이 모여 환생할 준비를 하고 있지요."

"여기가 예술가들이 모여 있는 지역이군요. 그럼 다른 지역에는 어떤 사람들이 모여 있는가요?"

"호수를 중심으로 전문가 집단이 형성돼 있습니다. 휴식할 수 있는 자격을 얻었다는 건 공부에서 풀려나 자유를 얻었다는 말과 같습니다. 여기에 있는 다양한 스승들과 교류를 할 수 있는 자유를 얻었으니 교류의 폭을 넓혀 가십시오."

소몰이꾼은 이렇게 말하고 떠나려 했다.

"저도 부탁드릴 게 있는데요. 앞으로 저를 부를 때는 얘기꾼이라고 해 주세요. 소설가는 얘기를 만드는 얘기꾼이니까요."

"얘기꾼, 좋습니다. 소몰이꾼보다는 얘기꾼이 듣기에 더 좋은데요. 하하하."

소몰이꾼은 유쾌하게 웃고 자리를 떴다. 유쾌한 웃음소리가 내 마음도 유쾌하게 해서 나도 모르게 유쾌한 표정이 지어졌다.

호수엔 연꽃이 가득 피어 있고 연꽃 위로 아름다운 음악이 울려 퍼지고 있었다. 연꽃 한 송이 한 송이가 연주자가 돼서 현묘한 오케스트라를 합주하고 있는 것 같았다. 나는 아름다운 소리에 도취해 천천히 연못가를 걸었다. 마음속이 행복감으로 가득 차올랐다. 속박에서 벗어난 해방감이라 할까? 긴장에서 풀려난 느슨함이라 할까? 아무튼 나는 처음 맛보는 자유를 만끽하며 걸음을 옮겼다. 그러던 나는 연못을 바라보며 깊은 생각에 잠겨 있는 한 남자를 발견하고 걸음을 멈췄다. 그의 표정이 하도 진지해서 나도 모르게 걸음이 멈춰졌다.

"저분은 무슨 생각을 저리 골똘히 하고 있을까?"

걸음을 멈추고 선 나는 남자를 바라보며 이런 생각을 했다. 그러던 나는 나 자신을 돌아다보며 깜짝 놀랐다. 깊은 생

각에 잠겨 있는 사람을 남자라고 느낀 순간 내가 여자로 보여서였다. 천상계로 온 이후 나 자신을 여자로 느낀 건 처음이었다. 내가 당황해하고 있을 때 그 남자가 고개를 돌렸다.
"나를 보고 있었군요."
남자가 자리에서 일어서며 말했다.
"여기를 지나다 선생님을 보는 순간 걸음이 멈춰졌어요."
나는 조심스럽게 말했다.
"강한 파동을 느끼고 있었는데… 당신을 만나게 되었군요."
남자가 상기된 얼굴로 걸어왔다.
"선생님은…?"
아득한 기억 속을 더듬던 나는 현기증을 느끼며 비틀거렸다.
"우리 저쪽에 앉아서 얘기합시다."
남자가 나를 부축하며 자리에 앉혔다. 강한 진동과 함께 가슴이 떨려 왔다.

개경에 원나라 복색을 한 사람들이 활보하고 있다. 고려가 원의 지배를 받고 있어서였다. 고려 후기에 접어들면서 고려는 원의 세력 안에 들게 되었다. 그래서 임금의 이름도

앞에 충(忠) 자를 넣어 충렬왕 충선왕 충숙왕 충혜왕 충목왕 충정왕 등으로 불렀다. 원에 충성을 바친다는 의미였다. 그 시기에 고려는 왕권을 유지하는 대신 왕들은 원의 공주와 결혼을 해야만 했다. 원의 부마국이 된 것이다. 원명 왕자는 고려 27대 충숙왕의 왕자다. 충숙왕은 원의 영왕 딸 복국 공주, 위왕 딸 조국 공주, 몽고인 경화 공주, 그리고 남양부원군 홍규의 딸 명덕 태후 등 네 명의 비를 두었다. 원명 왕자는 명덕 태후가 낳은 아들로 왕권서열에서 밀려나 있었다. 어느 해 가을, 복국 공주는 아버지인 원의 영왕에게 부탁해 고려에 국화꽃을 보내 달라고 했다. 그러자 영왕은 국화꽃 뿌리를 고려에 보냈고 이듬해 봄 땅에 심은 뿌리에서 국화가 자라났다. 복국 공주는 국화를 키우는 일에 정성을 쏟았고 가을이 되자 국화는 고고한 자태의 꽃을 활짝 피웠다. 국화가 만개하자 복국 공주는 크게 기뻐하며 음력 구월 구일 중양절에 황국으로 국화주를 담았다. 그리고 노래를 지어 불렀다.

구월 구일 애 아으 약이라 먹논 황화(黃花) 고지 안해 드니 새셔가만 하 얘라 아으 동동 다리

복국 공주는 자신이 지어 부른 노래가 고려 안에 널리 퍼져 많은 사람이 따라 부르게 하는 한편 국화도 재배면적을 늘

려 전국에 퍼지게 했다. 그리고 원나라 사람들이 하듯 중양절에 국화주를 담아 산신께 바치게 했다. 왕실에서도 일 년에 한 번 송악산 산신께 국화주를 공양했다. 산신께 국화주를 공양 올리는 사람을 국가에서 뽑았는데 가장 아름답고 총명한 선동(仙童)과 선녀(仙女)가 대표로 뽑혔다. 첫 번째 행사에서 뽑힌 선동이 원명 왕자였고 선녀가 소희였다. 원명 왕자는 이 행사를 주관하는 충숙왕의 정부인 복국 공주가 가장 예뻐하는 왕자였고 소희는 사람들이 칭송하는 대신의 딸이었다. 군졸의 보호 속에 송악산에 오른 두 사람은 왕실을 지키는 송악 산신께 새로 담은 국화주를 정성껏 올렸다. 고려 왕실을 지켜주는 송악 산신께 감사의 예를 올린 것이다.

의례가 끝난 후 두 사람 가슴엔 사랑의 불길이 타오르기 시작했다. 열일곱 살 소년과 열다섯 살 소녀 가슴에 지펴진 불길이었다. 가슴속에서 타오르기 시작한 불길은 소년과 소녀의 힘으로는 다스릴 수가 없었다. 그래서 두 사람은 그리움의 불길로 온몸을 태우고 있었다. 그러던 어느 날 원명 왕자가 궁 밖으로 나갔다. 그리고 소희 집으로 달려가 소희를 만났다. 소희는 눈물이 가득 고인 눈으로 원명 왕자를 쳐다봤다. 안타까운 사랑을 그렇게 표현하고 있었다. 소희 어머니는 후원에 있는 소희 방으로 두 사람을 들여보냈다. 집 안에 있는 사람들의 눈에 띄지 않게 하기 위해서였다.

그날 원명 왕자와 소희는 함께 있고 싶다는 간절한 마음을 서로에게 전했고 그러기 위해서는 아무도 없는 깊은 산으로 들어가는 길밖에 없다고 생각을 모았다. 왜냐하면 왕비인 복국 공주가 원명 왕자를 자신의 여동생 딸인 원나라 처녀와 혼인을 시키려고 이미 준비를 마쳤기 때문이었다. 복국 공주는 네 번째 비인 명덕 태후가 낳은 원명 왕자를 어렸을 적부터 유난히 사랑했다. 깨끗한 외모와 총명한 머리, 몽골인과는 전혀 다른 모습을 하고 있는 원명 왕자를 복국 공주는 보석처럼 아끼며 총애했다. 그래서 자신이 가장 사랑하는 원명 왕자를 동생의 딸과 혼인을 시켜야겠다고 오래전부터 마음을 먹고 있었다. 그리고 그 마음을 기회 있을 때마다 원명 왕자한테 전했다. 그래서 원명 왕자는 소희와 함께 있기 위해서는 아무 눈에도 띄지 않는 깊은 산으로 들어가는 길밖에 없다고 생각하고 그 결심을 소희한테 전했다. 그러자 소희도 원명 왕자와 함께 깊은 산으로 들어가겠다고 자신의 결심을 밝혔다.

궁으로 돌아온 원명 왕자는 평소 가깝게 지내는 태우 스님을 만나 자신의 계획을 말했다.

그리고 자신들이 머물 곳을 주선해 달라고 부탁했다. 태우 스님은 어머니 명덕 태후가 존경하는 스님으로 궁궐을 자주 드나들었다. 그래서 원명 왕자도 어려서부터 알고 있었다. 원명 왕자의 얘기를 듣고 난 태우 스님은 잠시 난감한 표정을

짓더니 이렇게 물었다.

"깊은 산엔 스님이 사는 절밖에 없습니다. 절로 들어가면 태후가 반드시 찾아낼 텐데 깊은 산으로 들어갈 결심을 하다니요."

"절 말고는 몸을 숨길 만한 곳이 정녕 없습니까?"

원명 왕자의 질문을 받은 태우 스님은 눈을 감고 앉아 깊은 생각에 잠겼다. 고려의 왕자들은 원나라 공주와 결혼을 한다. 특히 왕이 될 왕자는 더욱 그렇다. 아무리 고려가 힘이 없어 원의 지배하에 들어 있다곤 하지만 그 일만은 스님으로서도 받아들이기가 괴로웠다. 그런데 어려서부터 보아 온 원명 왕자마저 원의 처녀와 결혼을 하게 한다니, 어떻게 하든 그 일만은 막고 싶었다. 특히 왕자의 어머니인 명덕 태후가 그 일로 마음을 앓고 있지 않은가! 여기까지 생각을 모으던 스님은 눈을 뜨고 원명 왕자를 물끄러미 바라보았다.

"산속으로 들어가면 산 짐승과 비슷한 모습으로 살아야 할 텐데 괜찮으시겠습니까?"

"소희와 함께 살 수 있다면 어떤 고통도 다 감내할 수 있습니다."

"깊은 산속은 사람이 없습니다. 그래서 무척 외롭습니다. 깊은 산속은 식량이 없어 나무 열매나 풀뿌리를 캐 먹어야 합니다. 그래서 늘 허기지고 배가 고픕니다. 깊은 산속은 아파도

의원을 만나지 못합니다. 그래서 병이 들면 위험할 수가 있습니다. 그래도 괜찮으시겠습니까?"

"소희와 함께 살 수 있다면 그 모든 고통을 다 참고 견딜 수 있습니다. 소희를 볼 수 없는 고통에 비긴다면 그런 고통은 고통이라고도 할 수 없습니다."

원명 왕자의 말을 들은 태우 스님은 천천히 머리를 끄덕였다. 그럴 수도 있겠지. 혼자 원나라로 가서 마음에도 없는 이국 여자와 사는 것에 비하면…. 마음속으로 이렇게 중얼거리던 스님은 원명 왕자의 청을 들어주기로 결정했다. 소나기가 쏟아지면 일단 비를 피하는 길밖에 다른 도리가 없으니까.

"왕자님이 소희 낭자와 같이 없어지면 왕비께서 전국을 샅샅이 뒤져서라도 찾아낼 것입니다. 그러니 사람 눈에 띄지 않는 산속으로 들어가 몸을 피하는 길밖에 없을 것 같습니다. 그러다 형편을 봐서 제가 다른 곳으로 거처를 옮겨드리겠습니다."

"고맙습니다. 혹시 스님이 생각하시는 장소가 있습니까?"

"제 머리에 떠오르는 장소가 있긴 합니다만 그 장소는 왕자님께 말씀드리기조차 민망합니다."

"어딥니까? 어서 말씀을 해 주십시오."

"숯가마입니다. 숯을 굽는 가마가 있었는데 지금은 비어 있습니다. 지금 당장 집을 지을 수도 없고 집을 지을 수 있다

해도 집을 짓게 되면 다른 사람 눈에 띄게 돼서 위험합니다. 그래서 생각한 건데 굴보다는 아무래도 사람이 살던 숯가마가 나을 것 같아서요. 거긴 그래도 불을 땔 수 있는 아궁이도 있고 밥을 해 먹던 아궁이도 있으니까요."

"알겠습니다. 그리로 안내해 주십시오. 제가 소희한테 알리겠습니다."

"그렇게 하십시오. 준비가 되면 제가 안내해 드리겠습니다."

이렇게 해서 원명 왕자와 소희는 태우 스님의 안내를 받아 깊은 산속에 비어 있는 숯가마로 가게 됐다. 궁궐을 떠나던 날, 원명 왕자는 뜰에 피어 있는 황국의 뿌리를 캐서 몰래 가지고 나왔다. 소희와 인연을 맺어 준 소중한 꽃이기 때문이었다.

두 사람을 안내하기 전에 태우 스님은 혼자 숯가마를 다녀갔다. 혼자 와서 두 사람이 머무를 수 있게 청소도 대충 해 놓고 식량도 조금 준비해 놓았다. 그리고 밥을 해 먹을 수 있는 그릇도 최소한으로 마련해 놓았다.

숯가마에 온 원명 왕자와 소희는 행복한 미소를 지었다. 함께 있을 수만 있다면 지옥의 불구덩이도 마다하지 않을 두 사람이었기 때문에 아무 눈에도 띄지 않는 깊은 산속 숯가마가 더할 수 없이 아늑하게 느껴졌다. 더욱이 태우 스님이 미리 와서 손을 봐 놨으므로 폐가처럼 을씨년스럽지도 않았다.

이렇게 해서 두 사람의 산속 생활은 시작되었다. 태우 스님은 두 사람을 숯가마에 남겨 두고 떠나면서 이런 약속을 했다.

 "제가 여기에 오다 보면 반드시 사람 눈에 띄게 될 테니 당나무 밑에 있는 넓은 바위에 양식 자루를 갖다 놓겠습니다. 매달 보름날에 갖다 놓을 테니 저한테 긴히 전할 말이 있으면 그때 글을 남기십시오. 다음에 올 때는 글을 쓸 수 있는 지필묵을 준비해 오겠습니다. 그리고 일체 모든 것은 여기서 두 분이 자급자족하셔야 합니다. 제가 상항을 살피다가 하산을 하셔도 좋겠다는 판단이 서면 그때 두 분을 모시고 마을로 내려가겠습니다."

 이제 산속엔 두 사람만 남았다. 갈망하고 꿈꾸던 삶이 현실로 그들에게 주어졌다. 서로 눈을 쳐다보며 체온을 나눌 수 있는 달콤한 행복, 두 사람은 자신들이 몸담고 있는 숯가마가 화려한 궁궐보다 더 포근하게 느껴졌다. 그래서 원명 왕자는 자신이 궁궐에서 캐 온 국화를 숯가마 둘레에 심었다. 소희와의 인연을 맺어 준 것이 국화였기 때문에 자신들의 보금자리에 행복의 징표로 국화꽃을 심고 싶었다. 달콤한 시간이 흘러갔다. 이 세상에 우리보다 더 행복한 사람이 있을까? 두 사람은 서로의 얼굴을 보며 이렇게 속삭였다. 꿈속에서 며칠을 보내고 난 두 사람은 자신들이 처한 현실에 눈을 돌리게 되었다. 이미 초겨울로 접어든 산속은 숨을 쉴 때마다 하얀 입김

이 뿜어져 나왔다. 소희를 춥지 않게 해 주려면 나무를 해 와야 했다. 원명 왕자는 태우 스님이 준비해 둔 톱을 들고 산으로 갔다. 지게는 숯을 만들던 사람이 두고 가서 그걸 쓰기로 했다. 원명 왕자는 산을 돌며 삭정이를 주워 오고 소희는 태우 스님이 준비해 준 쌀로 밥을 지었다. 아직은 계곡물이 완전히 얼지 않았기에 위에 얼음을 깨면 물을 떠 올 수 있었다. 궁핍한 생활을 현실로 받아들인 두 사람은 며칠 지나지 않아 궁핍의 실체를 알게 되었다. 그건 가혹함이었다. 이제 그들 앞엔 가혹한 현실이 펼쳐져 있었다. 겨울로 깊이 빠져드는 산속 생활은 더욱 그랬다. 원명 왕자는 가혹한 현실에서 어떻게 하든 소희를 지켜 주려 애썼지만 가혹한 벽을 넘기란 너무도 어려웠다. 지금 원명 왕자가 소희를 위해 할 수 있는 일은 나무를 해 오는 일밖에 없었다. 가능한 많은 삭정이를 주워 와 방에 따뜻하게 불을 때 주고 밥을 해 먹게 하는 일이었다. 그래서 원명 왕자는 아침밥을 먹으면 산에 나무를 하러 갔다. 오랜 시간 산을 헤매야 삭정이를 많이 주울 수 있으므로 원명 왕자는 소희를 떼어 놓는 시간이 길 수밖에 없었다. 그런 왕자의 사정을 잘 알고 있는 소희는 처음엔 왕자에게 고마운 마음을 가졌지만 혼자 있는 시간이 길어지자 우울한 감정이 조금씩 자리 잡기 시작했다. 우울한 감정이 마음 안으로 스며들자 그만큼 행복한 감정이 밀려났다. 자신의 마음 안에서 일어

나는 일이지만 그건 소희로서도 어쩔 도리가 없었다.

얼마의 시간이 지나자 태우 스님이 두고 간 식량도 동이 났다. 원명 왕자는 밤하늘에 뜬 달을 보며 보름날을 가늠했다. 그러던 왕자는 오늘이 보름이라고 생각하고 계곡 아래로 내려가기로 했다. 태우 스님이 두고 간 식량을 가져오기 위해서였다.

"오늘이 보름이 틀림없으니 내가 가서 식량을 가져올게."

원명 왕자는 군불을 많이 때 놓고 소희한테 말했다.

"나도 같이 가면 안 돼요? 나도 아래로 내려가 보고 싶은데요."

"오늘은 너무 추워서 안 돼. 나 혼자 빨리 갔다 올게."

원명 왕자는 같이 가고 싶어 하는 소희를 떼어 놓고 부지런히 산 아래로 내려갔다. 산 아래로 내려간 원명 왕자는 어리둥절한 얼굴로 주위를 살폈다. 분명히 쌀자루가 놓여 있어야 할 바위에 아무것도 보이지 않아서였다.

"이 바위가 틀림없는데 스님이 아직 다녀가지 않으셨나?"

원명 왕자는 혼자 중얼거리며 바위 가까이 다가갔다. 그러던 왕자는 너무 놀라 입을 다물지 못했다. 찢긴 쌀자루는 나뭇가지에 걸려 있고 바위 주위로는 쌀이 여기저기 널브러져 있었다. 짐승이 쌀자루를 물어다 찢어 놓은 게 틀림없었다. 머릿속이 아득해진 왕자는 잠시 멍하니 서 있다가 흩어진

쌀을 주워 모아 보려 했다. 하지만 너무 광범위하게 흩어져 있어 쌀을 주워 모으는 일은 불가능했다. 그래서 왕자는 떨어진 쌀자루를 가져다 쌀을 모을 수 있는 데까지 모아 보았다. 열심히 모았지만 모인 쌀은 한 움큼도 되지 않았다. 소희하고 하루 정도 먹을 양밖에 되지 않았다. 원명 왕자는 쌀이 얼마나 귀한 양식인가를 비로소 알았다. 그걸 알자 눈물이 핑 돌았다. 자신의 손안에는 한 움큼의 양식밖에 들려 있지 않아서였다.

움막으로 돌아온 원명 왕자는 자초지종을 말했다. 그러자 소희 눈에도 눈물이 가득 고였다. 한 움큼밖에 안 되는 쌀, 이제 그들 앞에 놓인 식량은 하루치 정도밖에 되지 않았다. 자신들의 생명이 바람 앞에 흔들리는 촛불 같다는 생각이 들었다. 공포감이 몰려왔다.

불안한 밤을 보내서인지 이튿날 아침이 되자 소희 몸이 불덩이처럼 달아올랐다. 원명 왕자는 어찌할 바를 몰라 하다가 태우 스님이 계신 절에 가 봐야겠다고 생각하고 움막을 나섰다.

"가지 말아요. 무서워요."

소희가 울며 가지 못하게 말렸다.

"태우 스님을 만나고 올게. 태우 스님을 만나면 방법이 나올 거야. 빨리 갔다 올 테니까 조금만 참아 줘."

원명 왕자는 울며 매달리는 소희를 떼어 놓고 산 아래로 내려갔다. 스님과 의논을 하면 소희가 먹을 약을 지어 줄 것 같아서였다.

원명 왕자는 해가 질 무렵에 스님이 계신 천개사로 갔다. 원명 왕자가 천개사를 간 건 두 번이었다. 두 번 다 어머니를 따라갔다. 주로 태우 스님이 궁궐을 드나들었기 때문에 어머니가 절에 갈 일은 거의 없었다. 그래서인지 절에 있는 사람은 원명 왕자를 알아보지 못했다. 초라한 행색의 소년을 왕자라고 생각할 사람이 없어서였을지도 모른다. 다행히 태우 스님은 절에 있었고 원명 왕자는 쉽게 태우 스님을 만날 수 있었다. 왕자로부터 자초지종을 들은 태우 스님은 급히 천장에 매달린 자루에서 약을 덜어 냈다. 스님들이 비상용으로 쓰는 약이었다.

"이걸 가지고 먼저 가십시오. 왕자님이 가시면 제가 쌀을 가지고 곧바로 따라가겠습니다. 주위가 어두워지고 있으니 한 걸음이라도 빨리 가시는 게 지금 왕자님이 하실 일입니다."

원명 왕자는 급히 약을 받아들고 절을 나왔다. 스님 말처럼 한 걸음이라도 빨리 소희한테 가는 게 지금 자신이 할 일이라고 생각하면서. 하지만 산길을 오른 지 얼마 되지 않아 주위는 어두워지기 시작했다. 어디가 초막으로 가는 길인지

분간할 수가 없었다. 그래서 이리저리 헤매다 보니 그만 완전히 길을 잃고 말았다. 불안감과 공포감이 일시에 몰려왔다. 다행히 달이 있어 주위를 분간할 수는 있지만 움막으로 오르는 길은 찾을 수 없었다. 지친 왕자는 몸을 가누기도 힘들었지만 소희한테 가야 한다는 일념으로 발을 떼 놓았다. 달밤이라 그런지 짐승들의 울음소리가 유독 크게 들렸다. 극도의 공포감 때문에 어딘가에 주저앉고 싶었지만 자신을 기다리고 있을 소희를 생각하니 그럴 수 없었다.

이튿날 새벽, 산 전체가 희뿌옇게 윤곽을 드러낼 무렵 원명 왕자는 숯가마 앞에 서 있었다. 자신의 발이 숯가마를 찾아온 게 너무 신기해 원명 왕자는 자신의 발을 물끄러미 내려다봤다. 그러던 왕자는 얼른 정신을 가다듬고 거적문을 열었다. 안으로 들어간 왕자 얼굴이 새하얘졌다. 소희는 자는 듯 반듯이 누워 있고 그 옆에 태우 스님이 두 눈을 감고 지장보살을 염하는 기도를 드리고 있었다.

"안 돼! 죽으면 안 돼."

원명 왕자가 주저앉으며 소희를 끌어안았다.

"안 돼! 죽으면 안 돼."

호숫가에 앉아 있던 남자가 머리를 움켜쥐며 울부짖었다. 멀티비전이 비치듯 한 생애가 지나가자 남자가 괴성을 지르며

몸부림쳤다. 그런 남자를 보고 있는 내 가슴이 오그라드는 듯이 아파 왔다. 내가 남자를 위로해 주려고 몸을 일으키는 순간 검은 숯가마 주위로 노란 국화가 아름답게 피어났다. 내가 국화꽃으로 시선을 돌리고 있을 때 한 스님이 다가왔다. 스님은 걸음을 멈추고 서서 국화꽃을 물끄러미 바라보더니 무릎을 꿇고 앉으며 두 손을 모았다.

"부처님 한 번만 더 소희를 만나게 해 주십시오. 만나서 한 생만 함께 살게 해 주십시오. 저는 소희에게 깨끗한 집에서 풍요로운 삶을 살게 해 주고 싶습니다. 한 번만 꼭 한 번만 그렇게 해 주고 싶습니다. 부처님, 제 청을 거절하지 말고 들어 주십시오."

스님은 국화 꽃송이를 잡고 흐느끼며 울었다. 스님의 모습이 앞에 있는 남자의 모습으로 바뀌었다. 원명 왕자님!!!

나는 눈을 감고 호숫가에 앉아 있었다. 연꽃이 가득 피어 있는 호수지만 우아한 꽃은 보이지 않는다. 찬란한 빛도, 향기도, 꽃잎 사이에서 울려 퍼지던 청아한 소리도 들리지 않는다. 깊은 심연 속에 잠겨 있는 내 오관은 작용을 멈추고 고요히 숨을 죽이고 있다. 그때 작은 풀꽃 한 포기가 고개를 들더

니 나풀나풀 다가온다. 심연 속에 몸을 웅크리고 있던 연약한 풀꽃이 고개를 들고 내게로 다가오고 있는 것이다. 자신이 살아있음을 나에게 인식시켜 주려는 듯이. 가슴이 찡해지면서 눈물이 핑 돌았다. 내 가슴 밑바닥에서 저 풀꽃이 살아 있었다니. 생명을 꽃 피울 그 어떤 것도 없다고 생각하며 여기까지 왔는데 연약하고 연약한 풀꽃이 웅크리고 숨어 있었다니! 저 풀꽃을 어떻게 해야 하나? 나는 눈물이 고인 눈으로 고개를 쳐들고 있는 풀꽃을 바라보았다.

지금이라도 없다고 생각하면 없는 것이 될 수 있다. 내 가슴은 이미 잡초가 자라나지 못할 만큼 정화되었고 잡초의 생장을 용납하지 않을 만큼 강해져 있다. 그런데 저 연약한 풀꽃만은 외면할 수가 없다. 너무도 가슴이 저려 외면할 수가 없다. 내가 깊은 번민에 잠겨 있을 때 누군가가 다가와 나를 깨웠다.

"여기 계셨군요. 만나고 싶은 생각이 들어서 왔는데요."

고개를 들고 앞을 보자 소몰이꾼이 눈에 들어왔다.

"소몰이꾼이 어떻게 여기에?"

"마음의 파장이 여기로 오게 했습니다."

내가 고개를 갸웃하자

"옆에 잠시 앉고 싶은데 앉아도 되겠습니까?"

소몰이꾼이 양해를 구했다.

"네, 앉으세요."

내가 앉으라고 하자 소몰이꾼이 옆에 앉았다.

"깊은 번뇌에 잠겨 있는 것 같은데 어떤 번뇌에 잠겨 있습니까?"

소몰이꾼이 물었다. 그의 질문을 받은 순간 소몰이꾼은 내 번뇌를 알고 있다는 생각이 들었다. 마음의 파장에 이끌려 나를 찾아왔다는 자체가 그걸 암시하고 있는 것 같아서였다. 그래서 나는 그 안에 있었던 일을 솔직히 말했다. 그런 후 이런 말을 곁들였다.

"오랜 수련 과정을 통해 제 마음은 정화되고 청정해졌다고 믿고 있었습니다. 스승님도 그 사실을 인정해 주었고요. 그런데 가슴 밑바닥에는 정리되지 않은 인연이 남아 있었던 것 같습니다. 저를 번뇌 속으로 몰고 가는 걸 보면요."

"마지막 유혹 같은 것이지요. 여기까지 온 수행자 중에서도 마지막 유혹의 벽을 넘지 못하는 경우가 가끔 있습니다. 여긴 유혹의 그물이 작용하는 곳이니까요."

"유혹의 그물이 작용하다니요. 어떻게요?"

"꼭 풀어야 할 과제를 풀지 못한 경우라고 할까요. 양쪽이 다 그런 경우도 있지만 한쪽이 너무 강하면 끌려갈 수도 있습니다."

소몰이꾼 얘기를 들으며 혼자 생각에 잠겼다. 둘 중 나는

어떤 경운가?

"지금 아주 중요한 기로에 서 계신 것 같군요."

"중요한 기로라니요?"

"여긴 스승의 자격을 갖춘 분들이 와서 마지막 수련을 마치고 휴식을 취하는 곳입니다. 천상계로 보면 낮은 단계에 속하지만 현상계 전체로 보면 높은 수련을 마친 분들이 모이는 곳이지요. 여기까지 오는 과정은 참으로 험난합니다. 그 험난함을 극복하고 왔기 때문에 스승으로서의 자격을 충분히 갖추었다고 볼 수 있습니다."

"…."

"그렇지만 불퇴전의 자리에 오른 것은 아닙니다. 그러므로 뒤로 후퇴할 수도 있습니다. 지금 선생님이 바로 그런 상황에 놓여 있다고 할 수 있습니다. 저는 여기 머물면서 많은 수행자를 보아 왔는데 대개 애욕의 그물에 걸려 중생으로 환생을 하게 되더군요. 애욕의 감정이 가장 무서운 마지막 올가미인 것 같습니다."

"…."

"스승님과 상의를 해 보십시오. 이럴 땐 높은 분의 지혜를 빌리는 것이 가장 현명한 방법입니다."

소몰이꾼은 나에게 해결방안을 제시해 주고 떠나갔다. 혼자 남은 나는 생각을 정리하다 고개를 갸웃했다. 육신을 벗고

여기로 올 때도 멀티비전에 비친 영상처럼 내가 살았던 과거의 생이 비쳤다. 하지만 그 영상 속엔 원명 왕자와의 인연이 비치지 않았다. 그리고 나도 그런 인연이 있다는 생각을 하지 않고 지내왔다. 그런데 마지막 지점에서 원명 왕자와의 인연이 고개를 들어 우리 두 사람을 결박시키고 있다니, 불가사의했다.

혼자 생각에 잠겨 있던 나는 자리에서 일어났다. 스승을 만나야겠다고 생각하면서. 스승의 지혜를 빌려 해결방안을 모색하고 싶었다. 그러고 싶을 만큼 새로 맞닥뜨린 번뇌는 나를 괴롭히고 있었다.

16

마지막 기로에서의 선택

원명 왕자와 나는 머리를 숙이고 있고 스승은 그런 우리를 말없이 바라보고 있다. 침묵의 시간이 흘렀다고 생각되었을 때 스승이 먼저 입을 열었다.

"아직도 괴로운가?"

스승이 물었다.

"그렇습니다."

원명 왕자가 대답했다.

"괴로움을 말해 보게. 무엇이 그대를 괴롭게 하는지."

"저는 소희와 한 생을 살고 싶습니다. 아름다운 집에서 풍요로운 생활을 하면서 말입니다. 아들과 딸을 낳고 행복하게 사는 소희의 모습을 꼭 보고 싶습니다. 아니 꼭 봐야 합니다. 그러지 않고는 전 아무것도 할 수 없습니다. 제가 소희의 마지막 모습을 본 건 숯가마에서 혼자 앓으면서 굶어 죽은 모습이었습니다. 어떻게 제가 그런 소희를 두고 다른 일을 할 수 있겠습니까?"

원명 왕자가 울부짖었다.

"소희를 떠나보낸 후 그다음에 했던 일을 생각해 보게. 그다음에 어떤 일을 했었나?"

스승이 물었다.

"스님이 됐습니다. 소희의 극락왕생을 빌기 위해서였습니다. 소희가 제 염불 소리를 들을 수 있도록 소리에 정성을 쏟았습니다. 제 정성이 조금이라도 흩어지면 소희가 제 염불 소리를 듣지 못하게 될까 봐 소리를 내는 일에 혼신의 힘을 기울였습니다."

"그다음엔?"

"그다음엔, 그다음엔… 아, 소리꾼이 된 적도 있습니다. 천상에까지 닿는 소리를 내기 위해 노력하고 또 노력한 소리꾼이었습니다. 천상에 있는 소희가 듣게 하기 위해서였습니다."

"그다음엔?"

"그다음엔… 소리를 하면서 세계를 떠돌아다녔습니다. 꽤 유명한 소리꾼이 된 거 같습니다. 이 나라 저 나라를 떠돌아다니는 걸 보면요."

원명 왕자는 자신의 전생을 보며 말했다.

"그다음엔?"

"그다음엔… 학생들을 가르치고 있습니다. 대학 캠퍼스인 것 같습니다. 큰 건물이 늘어서 있고 학생들도 많습니다. 음대

교수였던 것 같습니다. 아! 맞습니다. 음대 교수였습니다."

"그다음엔?"

"그다음엔… 세계를 떠돌아다니면서 노래를 부릅니다. 제 노래를 듣고 군중이 환호합니다. 대단한 환흡니다. 대단하군요."

"그다음엔?"

"그다음엔… 수련을 하고 있군요. 완전한 소리를 내기 위해서요. 완전한 소리를 내기 위해 수련하는 모습이 눈물겹습니다."

"왜 완전한 소리를 내기 위해 노력하고 있는가?"

"사람들한테 들려주기 위해섭니다. 완전한 소리를 듣게 해서 완전한 세계를 알게 해 주고 싶어서입니다. 완전한 세계는 진실한 세계를 말합니다. 거짓이 없는 진실한 세계, 그게 제가 들려주고 싶은 세계였습니다. 그래서 저는 저 자신의 소리에 거짓이 배어 나오지 않도록 수련하고 또 수련했습니다."

"가정은 어떻게 꾸렸는가? 어떤 여자와 사랑을 나누면서 가정을 꾸려갔는가?"

"여자는 없습니다. 여자는 보이지 않습니다. 제 기억에도 함께 산 여자는 없습니다."

"자, 천천히 눈을 뜨고 나를 보게."

스승이 과거의 여행을 멈추고 눈을 뜨게 했다. 그러자 원명 왕자가 눈을 뜨며 자세를 바로 하고 앉았다.

"자네들이 내 도움이 필요해서 나를 찾았으니 나는 자네들한테 도움을 주고 싶네. 나한테 받고 싶은 도움을 말해 보게."

스승이 우리 두 사람을 바라보며 말했다.

"인간계로 가기 위해선 어떤 과정을 거쳐야 합니까?"

원명 왕자가 물었다.

"자네들은 스승이 갖추어야 할 모든 수련을 끝냈기 때문에 여기서 휴식을 취하고 있네. 휴식을 취하면서 자신이 어떤 모습의 스승이 될 것인가에 대한 원력을 세우게 되네. 여기는 수련을 마친 스승들이 모여 있으므로 다른 스승들과 교류를 나누면서 인간 세상에 나가 함께할 일을 도모하기도 하지. 정치를 하고 싶은 사람은 정치가로서 공유할 일을 모색하고 경제를 다룰 사람은 그 일을 함께 모색하기도 하네. 과학 분야, 의학 분야, 예술 분야, 교육 분야, 사회운동 분야…. 인간 세상에서 필요로 하는 모든 분야의 스승들이 망라돼 있네. 여기는 상생의 기운만 가득하기 때문에 서로 상생시킬 일만 모색하네. 여기서 함께 원을 세운 스승들은 인간 세상에 나가 함께 협력하며 스스로 세운 원들을 완성해 나가네."

"인간 세상에 나가 스승으로서 할 역할을 마친 후에는 어떻게 됩니까?"

내가 물었다.

"스승으로서의 원을 반복해 세울 수도 있고 다음 과정의 공부에 들어갈 수도 있네. 다음 과정의 공부란 자네들도 들어서 알고 있다시피 현자로서의 수련 과정을 시작하는 것일세."

"여기서 만난 소몰이꾼이란 스승은 여기가 유혹의 올가미에 걸려들 수 있는 마지막 관문이라 했습니다. 인간 세상에 나가도 유혹의 올가미에 걸려들 수 있는가요?"

"극히 드문 경우지만 그럴 수도 있네. 스승의 자리는 불퇴전의 자리가 아니기 때문일세. 유혹에 걸려들 수도 있고 지금까지 해 왔던 공부에서 퇴보할 수도 있네. 말하자면 학생들이 꼭 진급만 하는 게 아니라 드물게는 유급이나 낙제를 하는 경우가 있는 것과 같은 것이네."

"알겠습니다."

나는 내 문제를 어떻게 풀어야 하나를 생각하며 스승의 말을 받아들였다.

"자네들은 지금 원명 왕자와 소희의 시간에 머물러 있네. 그래서 나도 그 시간에 머물면서 질문을 하겠네. 소희는 원명 왕자와 한 생을 살고 싶은가? 풍요로운 환경에서 원명 왕자와 함께 말일세."

"그러고 싶은 마음도 있지만, 그 마음이 저를 완전히 지배하지는 않습니다. 제 공부가 퇴보되는 게 두렵기 때문입니다."

"그러면 이번에는 원명 왕자한테 묻겠네. 원명 왕자는 인간 세상에 나가 소희와 꼭 한 생을 같이 살고 싶은가?"

"그렇습니다. 제 생각엔 변함이 없습니다."

"상대인 소희가 그 일을 자네처럼 원하지 않는데도 말인가?"

"소희의 마음이 저와 다른 걸 저는 받아들일 수 없습니다. 어떻게 소희가 제 마음과 다를 수 있습니까?"

"자네 의식 속에 남아 있는 건 상처네. 상처는 치료해서 낫게 해야 하는데 자네는 그 일을 하지 못했네. 그래서 상처에서 오는 고통을 떨쳐내지 못하고 있네."

"지금 하신 말씀엔 저도 동의합니다. 그래서 소희와 한 생을 함께 살고 싶습니다. 그 길만이 상처를 치유할 수 있는 유일한 길이기 때문입니다."

"두 사람은 많은 수련을 통해 여기까지 왔으니 내 말을 이해할 걸세. 고요히 마음을 가라앉히고 내 말을 들어 보게. 인간 세상에 나가서 부부로 산다는 것은 인간의 삶으로 되돌아간다는 얘기와 같네. 물론 자네들은 스승의 자격을 갖추는 수련을 마쳤기 때문에 인간 세상에 나가도 평범한 사람들과는 다른 삶을 살게 될 테지. 하지만 인간 세상에서 부부로 살고 싶다는 염원 안엔 인간의 속성을 유지하며 살고 싶다는 생각이 내재해 있네. 여기에 함정이 있는 걸세. 공부를 퇴보시키는

함정 말일세."

스승의 설명을 들은 원명 왕자는 고뇌에 찬 얼굴로 생각에 잠겼다. 한참 동안 그런 모습으로 앉아 있던 원명 왕자가 물었다.

"제 욕망이 소희에게 도움이 되지 않는다는 걸 알겠습니다. 그럼 저는 어떻게 해야 합니까?"

"소희한테도 도움이 되지 않지만, 자네한테도 도움이 되지 않을 수 있네. 자네 공부도 퇴보시킬 수 있는 위험이 있으니까."

"그럴 수도 있겠군요. 그럼 저희는 어떻게 해야 합니까?"

"내가 자네들한테 도움을 줄 수 있는 방법은 인간계로 돌아가 사는 자네들의 모습과 천상계에 남아 많은 스승과 교류하며 스승으로서의 원력을 세우는 모습을 보여 주는 거네. 두 가지 모습을 보고 나서 자네들이 결정을 내리게. 그러면 나는 그 결정을 존중하고 그 길을 가도록 돕겠네."

"감사합니다. 스승님의 제안을 따르겠습니다."

"저도 스승님의 제안을 따르겠습니다."

"그동안 공부해 온 힘이 그런 결정을 내리게 했네. 자네들의 공부가 더 깊어지기를 바라네."

스승은 우리를 향해 미소를 지었다. 늘 엄격함만 보여 주던 스승의 얼굴에서 따뜻한 미소를 보자 내 마음도 따뜻해졌다.

하얀 옷을 입은 천녀가 우리를 안내한다. 우린 천녀를 따라 허공을 가로지르며 어딘가로 가고 있다. 얼마쯤 그렇게 가자 우리 앞에 한 세계가 열렸다. 칙칙한 검붉은색을 띤 세계가 눈에 들어왔다. 사람 같기도 하고 짐승 같기도 한 무리가 뒤엉켜 먹을 것을 차지하기 위해 난투전을 벌이고 있었다. 오로지 먹을 것에만 관심이 있는 듯했다.

"여긴 어딘가요? 저 무리는 누군가요?"

내가 물었다.

"여긴 몸을 받기 위해 대기하고 있는 세곕니다. 여기 있는 무리는 가장 낮은 단계의 영혼들이지요. 식욕과 성욕으로 생을 보낸 영혼들이 모여 있는 곳입니다. 여긴 실제로 먹을 음식이 없습니다. 그런데도 훈습된 습관에 따라 먹이다툼을 벌이지요. 더 많은 음식을 차지하려고요. 식욕을 채웠다고 생각하면 그다음엔 성욕을 채우려고 난타전을 벌입니다. 이성에 대한 환상을 가지고 성행위를 하려고 서로 다투고 해칩니다. 실제로는 성행위를 할 수 없음에도 훈습된 습관이 저들을 그렇게 끌고 갑니다."

천녀가 소상히 설명했다. 자신이 안내하는 사람한테 보고

있는 세계를 설명하는 것은 그녀의 의무인 것 같았다.

"저긴 어딘가요? 사람들이 왜 저렇게 바쁘게 움직이고 있지요?"

나는 누르스름한 색을 띤 세계를 보며 물었다.

"몸을 받아 인간 세상으로 나가려는 영혼들이 머물러 있는 곳입니다. 저들은 자신들의 욕망을 채우기 위해 늘 바쁘게 움직였던 사람들이지요. 먼저 봤던 무리보다는 조금 높은 단계의 영혼들이지만 저들 역시 저급한 영혼의 소유자들입니다. 저들은 인간 세상에서 불량자로 살았거나 사기를 쳤거나 도둑질을 하며 산 자들로서 바쁘게 움직여야만 살 수 있다고 생각합니다. 정신적인 사유를 해 본 적이 없는 자들이지요."

이번에도 천녀가 상세히 설명했다.

"저긴 노란색이 좀 더 선명하군요. 저긴 어딥니까?"

내가 고개를 돌리며 물었다.

"저긴 평범하게 산 사람들의 영혼이 모여 있는 곳입니다. 저들 역시 몸을 받고 인간 세상으로 나갈 때를 기다리고 있습니다. 저 안에서도 서로 증오하고 시기하고 갈등을 빚기도 하지만 또 한편으로는 서로 이해하고 관용을 베풀기도 하면서 서로 돕고 있습니다. 평범한 사람들이 평범한 행복을 추구하다 여기로 온 것입니다."

천녀가 설명했다.

"인간 세상과 흡사하군요."

내가 웃으며 바라보자

"그렇지요. 인간 세상에서 살다 온 영혼들이니까요."

천녀도 웃으며 내 말을 긍정했다.

잠깐만, 잠깐만 더 보게 해 주십시오."

원명 왕자가 다급히 말했다. 그러자 천녀가 동작을 멈추고 기다려 주었다.

"역시 맞는 것 같군요."

원명 왕자가 신음하듯 말했다.

"알던 사람을 보셨습니까?"

천녀가 물었다.

"그런 거 같습니다. 그 얘긴 나중에 하기로 하고 보여 주고 싶은 세계를 더 보여 주십시오."

원명 왕자가 괴로운 얼굴로 말했다.

"그러겠습니다. 그럼 계속해서 보십시오."

천녀가 안내를 계속했다.

"저긴 어딥니까? 꽤 밝은색을 띠고 있는데요. 굉장히 강하게 느껴지는 빛이군요."

내가 다시 물었다.

"저긴 인간 세상에서 가장 영향력을 많이 행사했던 영혼들이 모여 있는 곳입니다. 좋은 의미로도 그랬고 나쁜 의미로도

그랬지요. 저들 역시 몸을 받고 다시 인간 세상으로 나갈 때를 기다리고 있습니다."

천녀가 대답했다.

"좀 더 설명을 해 보세요. 저들에 대해서요."

내가 청을 하자

"저 안엔 정치가, 과학자, 사상가, 교육자, 예술가, 사업가, 의사, 사회운동가 등 인간 세상에서 가장 영향력을 미쳤던 사람들의 영혼이 모여 있는 곳입니다. 저 안엔 선과 악이 양분돼 있어서 인간 세상을 풍요롭고 밝게 이끌어간 사람들의 영혼도 있지만 인간 세상을 파괴하고 수많은 생명을 굶주림과 절망의 나락으로 끌고 간 자들의 영혼도 있습니다. 잘못된 사상을 펴서 인간을 현혹하기도 하고 생명을 몰살하는 무기를 만들어 인류를 파멸로 끌고 간 자들도 있습니다. 인간으로는 최고의 능력과 지혜를 가진 자들이 함께 뒤엉켜 있는 곳이지요."

천녀가 설명했다. 설명하고 있는 그녀의 얼굴에 수심의 그림자가 스쳐 갔다. 앞으로 인간 세상에 나가서 펼칠 그들의 행위가 보이는 듯했다.

"인류를 행복하게 해 주려고 노력한 영혼들이라면 스승계의 영혼과 다를 바가 없는데 왜 저기에 머물러 있는가요?"

내가 의아해서 묻자

"저기 있는 영혼들의 특색은 영적 진화를 믿지 않는 데 있습니다. 그러므로 자신의 영혼을 완성해 가는 일에 관심을 두지 않습니다. 오직 인간으로 되돌아가 이루지 못했던 일을 이루려는 생각으로만 가득 차 있지요."

"알겠습니다. 저도 그런 사람들을 많이 봤으니까요. 저긴 눈부신 노란색을 띠고 있군요. 마치 황금을 쌓아 놓은 것 같은데요."

내가 환한 얼굴로 바라보자

"저기가 선생님들이 머물 곳입니다. 저긴 선생님들처럼 스승으로서의 수련을 마친 분들이 와서 인간의 몸을 받을 기회를 기다리고 계십니다. 저 안엔 더 높은 경지의 현자들도 함께 계십니다. 그분들도 자신들의 원력을 실천하기 위해 가끔 인간의 몸을 받으시기 때문이죠."

천녀의 설명을 듣고 난 나는 천천히 머리를 끄덕였다. 몸을 받기 위해 머물러 있는 세계가 가감 없이 이해되었다. 흡사 피난민들이 모여 있는 곳 같기도 하고 난민들이 모여 있는 곳 같기도 한 이곳이 몸을 받기 위해 서로 각축전을 벌이는 영혼들의 세계였다. 그리고 그 위에 원력을 실천하기 위해 온 스승과 현자들도 함께 대기하고 있었다.

"저기 있는 영혼들은 대개 얼마간 저기에 머물러 있습니까?"

내가 물었다.

"기약이 없습니다. 몸을 받을 부모를 만나기도 쉽지 않지만 서로 몸을 받겠다고 각축전을 벌이기 때문에 거기서 이기기도 쉽지 않기 때문입니다."

그 말을 듣는 순간 경전에서 읽었던 글이 생각났다. 어느 날 부처님은 제자들과 함께 이야기를 나누시다가 인간이 몸을 받고 세상에 나오기란, 눈먼 거북이가 망망대해에서 헤엄치다가 바다에 떠다니는 구멍 뚫린 나무토막에 머리를 꿰는 일만큼 어려운 일이라고 하셨다. 그 비유를 생각하면 여기에 있는 영혼들이 몸을 받고 인간 세상으로 나가기가 얼마나 어려운 일인지를 알 수 있을 것 같았다.

"가장 높은 단계에 계시는 스승과 현자들은요?"

"많은 부모는 성숙한 인격을 갖춘 총명한 자식 낳기를 희망합니다. 하지만 거기에 계신 분들은 자신이 갈 나라와 부모를 선택해 가게 됩니다. 인연이 닿았다고 느껴지면 언제든 갈 수가 있지요."

"그렇군요."

내가 천녀와 문답하는 동안에도 옆에 있는 원명 왕자는 자신의 생각에 몰입하며 입을 열지 않았다. 그래서 나는 슬그머니 고개를 돌리고 원명 왕자를 바라보았다. 무슨 생각을 하나? 하고.

"무슨 생각을 하고 계세요? 깊은 고뇌에 차 계시는데요."

내가 묻자

"내가 진정으로 소희를 위하는 길이 어떤 길인지를 고민하고 있소."

원명 왕자가 고백하듯 말했다.

"그 일이라면 저하고 상의를 하세요. 제가 도움을 드릴지도 모르니까요."

"그러겠소. 당신만이 나에게 도움을 줄 유일한 대상이니까. 내 얘기를 듣고 함께 정리해 봅시다."

원명 왕자는 나를 보며 이렇게 말한 후

"당신과 함께 스승을 만나고 돌아온 후였소. 스승은 우리에게 환생 후의 모습을 보여 준다고 했으니 내가 본 것은 스승의 배려였던 것 같기도 하오."

"무엇을 보셨는데요?"

"너무 충격적이어서 혼란에 빠질 수밖에 없었소. 그래서 지금 고민하고 있소."

"그 고민을 지금 말하기로 하셨잖아요. 어서 말해 보세요."

"그러리다. 잠시 환상 속에서 본 광경을."

연못이 있는 넓은 정원엔 연꽃과 함께 갖가지 꽃들이 피어 있다. 그리고 잘 손질된 나무들도 적절히 배치된 채 싱싱한 가지를 쭉쭉 뻗고 있다. 정원 안쪽엔 아름다운 이층집이 깊숙이 자리하고 있다. 십여 명의 시종들이 집 안팎을 돌며 부지런히 일하는 속에 소희가 서재에서 글을 쓰고 있다. 서재는 책으로 가득 차 있고 고급스러운 가구와 장신구들이 서재의 품격을 높여 주고 있다. 너무도 풍요롭고 행복해 보이는 집안의 풍경이다.

집필에 열중해 있는 소희 등 뒤에 한 여인의 모습이 어른거렸다. 적의에 가득 찬 눈으로 소희를 바라보던 여인은 연기처럼 한순간에 사라졌다. 소름이 돋는 섬뜩한 광경이었다. 그때 원명 왕자가 집 안으로 들어왔다. 집 안에서 일하던 사람들이 반갑게 인사를 하며 원명 왕자를 맞이했다. 소희도 미소를 지으며 서재에서 나왔다. 원명 왕자는 소희를 가볍게 포옹하고 침실로 가서 옷을 갈아입었다. 그때 원명 왕자 뒤에서 원명 왕자를 바라보는 여인의 모습이 실루엣으로 보였다. 원명 왕자는 별생각 없이 옷을 갈아입고 거실로 나왔다. 그러자 여인의 모습도 연기처럼 사라졌다.

거실 소파에 앉은 원명 왕자와 소희는 서로 마주 보며 하루에 있었던 일을 얘기했다. 원명 왕자는 학교에서 있었던 일

을, 소희는 집필하면서 느꼈던 일을 서로 얘기했다. 그들이 나누는 얘기로 봐 원명 왕자는 성악을 하는 음대 교수고 소희는 소설을 쓰는 작가임을 알 수 있었다. 행복한 미소를 지으며 하루의 일과를 서로 알린 두 사람은 음식이 차려진 식탁으로 가서 저녁 식사를 함께했다. 식탁 위엔 고급스러운 음식이 가득 차려져 있었다. 미소를 지으며 저녁을 함께 먹은 두 사람은 차와 과일을 먹으며 대화를 나눴다. 서로에 대한 이해와 배려, 사랑이 넘치는 행복한 부부였다.

두 사람은 정원으로 나와 나무 사이를 돌며 산책을 했다. 꽃들이 만발한 정원은 감미로운 향기로 취해 있었다. 원명 왕자는 소희 어깨에 팔을 두르고 노래를 불렀다. 깊은 울림이 있는 현란한 음색, 무지갯빛이 녹아 있는 듯한 소리는 행복의 원음처럼 듣는 사람의 가슴을 설레게 했다.

노래를 부르며 정원을 산책하던 두 사람은 각자 서재로 들어가 자신들의 일을 했다. 소희는 집필을, 원명 왕자는 발성 연습을 하면서. 그렇게 시간을 보내던 두 사람은 침실로 돌아와 잠옷을 갈아입고 자리에 누웠다. 원명 왕자는 팔베개를 하며 소희를 끌어안았다. 그리고 소희 몸을 애무하며 성교를 할 때 두 사람 주위를 맴돌던 여인이 소희 몸속으로 들어갔다.

임신한 소희는 남편의 극진한 보살핌 속에서 열 달을 보

내고 마침내 딸을 낳았다. 결혼 후 오랫동안 자식이 없었던 두 사람은 기쁜 마음으로 딸을 맞았다. 그런데 딸은 칠 일이 지나고 열흘이 지나고 한 달이 지나도 눈을 뜨지 못했다. 두 사람은 절망했지만 그래도 자신들한테 온 자식이기 때문에 사랑하는 마음으로 보듬었다. 원명 왕자는 딸을 안고 노래를 불렀다. 아름다운 소리를 듣게 해 주고 싶어서였다. 하지만 자신이 아무리 애를 쓰고 노래를 불러도 딸은 아무 반응도 하지 않았다. 시간이 지나면서 두 사람은 딸이 소리를 듣지 못한다는 걸 알았다. 기가 막혔다. 절망한 두 사람은 가슴이 무너져 내리는 것 같았지만 내색하지 않고 딸을 사랑하려고 노력했다. 절망한 표정을 지으면 상대방이 너무도 비참해질 것 같아서였다. 그런 속에서 시간이 흘러갔다. 한 달 두 달이 지나고 백일까지 지났지만, 딸은 옹알이도 하지 않았다. 아무 소리도 내지 못했다. 그렇게 백일 정도 지난 후 두 사람은 자신들이 낳은 딸이 깊은 암흑 속에 갇혀 있다는 사실을 받아들였다. 찬란한 밝은 빛으로 가득 찼던 집안은 칙칙한 잿빛으로 변해갔다.

   소희 얼굴에 그늘이 졌다. 반짝이던 두 눈도 빛을 잃어갔다. 하루의 대부분 시간을 집필에 몰두하던 소희는 집필 대신 딸을 보살피는 일로 보냈다. 그런 소희를 바라보는 원명 왕자 마음도 천근만근 무거웠다. 미풍만 스쳐 가도 행복한 방울 소

리가 집안 가득 울려 퍼지던 저택은 음험한 무덤 속처럼 변해 갔다. 그러던 어느 날 원명 왕자가 퇴근을 하고 집에 와 보니 아이가 혼자 자고 있었다. 소희가 잠시 외출을 한 것이다. 원명 왕자는 옷을 갈아입고 아이 곁으로 다가갔다. 소희 대신 아이 곁에 있어 줘야겠다고 생각하면서. 아이 곁에 앉아 잠자는 아이 얼굴을 바라보던 원명 왕자 얼굴이 놀라움으로 일그러져 갔다. 아이 얼굴이 어머니 명덕 태후 옆에서 시중을 들던 시녀 모습으로 바뀌었다. 자신을 짝사랑하던 소녀, 귀엽고 예뻤지만 시녀는 원명 왕자의 마음 안으로 들어오지 못했다. 자신이 원명 왕자의 마음속으로 들어갈 수 없는 것은 하늘이 내린 이치라고 믿고 있던 소녀는 원명 왕자를 원망할 수도 없었다. 자신이 할 수 있는 일은 가슴을 까맣게 태우며 왕자 모습을 몰래 훔쳐보는 것밖에 없었다. 그렇게 시간이 흘러가자 명덕 태후를 시중드는 시녀가 원명 왕자를 짝사랑하다 상사병에 걸렸다는 소문이 궁궐 안에 쫙 퍼졌다. 그럴 무렵 국화주 사건이 터졌다. 원명 왕자가 송악산 산신께 국화주를 함께 공양했던 소희를 사랑하다 둘이 도망쳤다는 말이 들불처럼 궁궐 안에 퍼졌다. 궁궐 안에 있는 사람들은 모이기만 하면, 특히 어린 나이의 시녀들은 더욱 그 말을 하고 싶어 안달했다. 그럴 즈음 명덕 태후의 시녀가 음독자살했다는 소문도 함께 궁궐 안에 퍼졌다.

아이를 들여다보던 원명 왕자는 소희가 낳은 딸이 원한에 차서 목숨을 끊은 시녀의 환생임을 알았다. 그 사실을 알자 자신이 소희를 지켜 줘야 한다는 사명감이 제일 먼저 가슴을 뒤흔들었다. 소희를 지켜 줘야 한다. 내가 소희를 지켜 줘야 한다. 원명 왕자는 주문처럼 이 말을 중얼거리며 며칠을 보냈다. 그러다가 소희를 만나야 한다는 생각에 소희를 찾아갔다.

"이것이 내가 환상 속에서 본 영상의 전말이요. 아마도 우리가 환생했을 때 살게 될 생을 미리 본 것 같소. 미리 봤다기보다는 스승님이 보게 해 주신 것 같소."

원명 왕자가 괴롭게 말했다.

"무섭군요."

나도 두려움에 떨며 말했다.

"그런데 몸을 받고 인간으로 환생할 때를 기다리는 무리 속에서 그 여인을 봤소. 목숨을 끊은 시녀 말이요. 그녀는 우리가 환생할 때를 기다리며 그 무리 속에 있었던 것 같소. 오직 복수할 때를 기다리며 말이요."

"가엽군요. 천 년의 시간을 복수심으로 견뎠다니요. 그 여인을 도울 방법이 있으면 저도 돕고 싶어요. 복수심에서 벗어나 평온한 마음을 가질 수 있도록요."

"좀 더 고민해 보겠소. 어떤 길을 선택하는 것이 가장 현

명한지를 놓고 말이요."

　원명 왕자가 비감한 어조로 말했다. 그런 왕자를 보고 있는 내 마음도 아팠다. 원명 왕자도 시녀처럼 가엽다는 생각이 들었다. 그러면서 업연의 굴레가 중생들에게 얼마나 무서운 동아줄인지를 알게 됐다.

　"우리 다시 정리해 봐요. 지금 우린 원명 왕자와 소희가 아니에요. 선생님을 보는 순간 제 가슴 깊이 숨어 있던 작고 연약한 풀꽃이 고개를 들며 저를 바라보는 것을 보았어요. 자신이 죽지 않고 살아 있음을 증명하려는 듯이요. 작고 연약한 풀꽃은 제 가슴 깊은 곳에 살아 있었어요. 제가 그 풀꽃을 살렸겠지요. 그래서 선생님을 보는 순간 제 가슴도 떨렸고 소희로 돌아가 원명 왕자와 한 생을 살고 싶은 유혹도 느꼈어요. 하지만 지금 이 시점에서 돌이켜 보니 그건 아쉬움이 만든 작은 고리였어요. 제겐 지금 소희로 돌아가지 않아도 아쉬움의 고리를 풀 수 있는 힘이 있어요. 그러니 선생님도 소희에 대한 죄책감을 떨쳐 버리세요. 그 죄책감으로 인해 선생님이 중생의 굴레로 되돌아가는 일을 막아 드리고 싶어요. 이게 제 진심이에요."

　내가 간곡히 말하자 원명 왕자가 말없이 나를 바라보았다.

　"선생님도 이 자리에 오시기까지 목숨을 걸고 노력하셨음을 저는 알고 있어요. 여기서 퇴보하지 마세요. 그게 제가

선생님께 드릴 수 있는 간곡한 당부예요. 우리 더 승화된 자리에서 다시 만나요. 그 자리에 이르러야 행복함을 선생님과 저는 알고 있잖아요. 저는 현자의 자리에 이르도록 다시 공부를 시작하겠어요. 설법지에 이르러서 가장 훌륭한 작품을 집필하겠어요. 누구든 제 작품을 읽으면 생명의 실상을 바르게 이해하고 바른 세계관과 인생관을 가지고 살면서 자신의 생을 진화시켜 나가는 그런 삶을 살도록 지혜를 일깨워 주는 글을 쓰고 싶어요. 그게 제가 작가로서 가지고 있는 서원이에요."

"…."

"저는 청정함과 평등심을 성취해 스승의 자격을 갖추었음을 인가받았어요. 인간 세상에 나가면 스승의 역할을 하게 되고 그 역할을 하면 주위 사람들한테 실질적인 이득을 줄 수 있는 힘이 갖추어졌다는 인가죠. 선생님도 그 자격을 갖추었기 때문에 지금, 여기서 저와 만나시게 된 거겠죠. 원명 왕자와 소희로 만난 인연보다는 여기서 스승의 자격을 갖춘 도반으로 만난 우리의 인연이 더 귀중하다고 생각해요. 소희에 대한 죄책감만 떨쳐 버리신다면 선생님도 그렇게 생각하실 거예요. 다시 부탁드리겠어요. 우리 서로를 완성시켜 가는 도반으로 함께해 가요. 저는 여기 남아 현자의 길에 들어서는 공부를 하겠어요. 선생님은 인간계로 환생해서 원한에 차 있는 그 여인의 한을 풀어 주세요. 그 여인과 어떤 관계로 만나게

될진 모르지만 어떤 관계로 만나든 선생님은 원한을 풀어 줄 수 있는 힘을 가지게 될 거예요."

"나는 그 여인에게 한 일이 아무것도 없소. 따라서 어떤 죄도 짓지 않았소. 그런데 한 생을 그 여인을 위해 바쳐야 한다니 받아들이기가 너무 어렵소."

"그러시겠죠. 하지만 그 여인을 원한의 구렁으로 몰고 간 건 원명 왕자였던 선생님이시잖아요. 소희였던 저한테도 책임이 있고요. 어둠에 갇혀 있는 한 여인을 밝은 쪽으로 끌어내 주는 것도 자비심의 실천이니 선생님이 그 일을 하세요. 그렇지 않으면 제가 그 일을 해야 해요."

"안 되오. 소희한테 그 일을 시킬 순 없소. 내가 하리다. 내가 인간 세상에 가서 그 여인을 만나 원한을 풀게 해 주고 오겠소."

"감사합니다. 꼭 그렇게 해 주세요."

"나갈 길을 정리해 줘서 고맙소. 우리 현자의 자리에서 다시 만납시다. 그래서 원력을 완성해 가는 보살로 함께합시다."

원명 왕자는 오랫동안 나를 바라보다가 이런 약속을 남기고 떠나갔다. 혼자 남은 나는 마음을 가라앉히며 생각에 잠겼다. 언젠가는 다시 만나게 되겠지. 그땐 지금 느끼는 아픔 같은 건 느끼지 않게 되겠지. 우린 현자로 우뚝 서 있게 될 테니까.

17

스승들의 귀환

연못 안에 연꽃이 가득 피어 있다. 홍련(紅蓮), 황련(黃蓮), 청련(靑蓮), 백련(白蓮), 꽃잎 하나하나에서는 밝은 빛이 뿜어져 나오고 신묘한 향기가 퍼져 나온다. 그리고 청아한 소리도 울려 퍼진다. 생명 하나하나가 극묘하게 자신을 드러내고 있다. 지구 안의 생명체들은 물론 광활한 우주 안의 생명체들도 저런 모습으로 어우러져 있을 것이다. 서로 다르기 때문에 조화가 가능하다. 조화로운 구성체이기 때문에 각각의 생명은 존재할 가치가 있다.

나는 여기까지 오면서 경험했던 느낌들을 떠올려 봤다. 천상계에서 처음 경험했던 경이로움은 빛이었다. 눈에 보이는 모든 건 투명한 초록빛을 발산했고 그 초록빛은 눈이 부시게 아름다웠다. 황홀한 아름다움이었다. 그다음에 경험한 것은 향기였다. 나는 꽃만이 향기를 지니고 있다는 고정관념에 오래도록 묶여 있었다. 그런데 천상계에선 눈에 보이는 모든 게 향기를 발산하고 있었다. 꽃, 나무, 풀, 새의 깃털, 동물의

부드러운 털에서도 향기가 뿜어져 나왔다. 몸을 의지하고 있는 집이나 연꽃을 피워 내는 검은 개흙에서도 향기가 뿜어져 나왔다. 존재하는 모든 것은 다 향기를 뿜어내고 있었다. 그 다음에 경험한 건 소리였다. 맑고 청아한 소리, 눈에 보이는 모든 생명에선 청아한 소리가 울려 퍼졌다. 청아한 소리를 듣고 있으면 나 자신이 정화되어 소리와 하나로 어우러짐을 느꼈다. 돌이켜 보니 빛깔, 향기, 소리는 나를 정화한 부처님의 숨결이었다는 생각이 들었다. 그중에서도 소리는 더욱 그랬다.

생명을 소통시키는 가장 구체적인 수단은 소리다. 수없이 많은 방법으로 소통이 가능하지만 그중에서도 가장 보편적이면서도 구체적인 방법은 소리로서의 소통이다. 소리는 우주의 원음인 옴 — 에서 파생된 소리로 서로를 소통시킨다. 그 가운데서 대표적인 것이 언어다. 언어는 글자로 조합을 이루게 되었고 그 글자로 글을 쓰는 사람이 작가다. 작가가 쓴 글을 문학이라 하고, 문학과 쌍벽을 이루는 소리의 언어가 음악일 것이다. 나는 그동안 문학을 통해 소통하려 했고 앞으로도 그렇게 하고자 원을 세우고 있다. 그렇다면 나는 궁극적으로 무엇을 소통하려 하는가? 그것은 생명의 실상을 바로 알려 바른 세계관과 인생관을 가지고 살면서 스스로의 삶을 한 단계 더 진화시켜 가는 것을 돕고자 함에 있다. 이 방법을 통해

나는 세상과 소통하고 나 자신의 보살행을 완성해 가게 될 것이다. 그러기 위해 나는 자신을 단련시키며 여기까지 왔다.

생명은 모두 우주 근원에서 파생돼 나왔기 때문에 우주 근원에 뿌리를 두고 있다. 그래서 생명 안에는 우주 근원과 일치하는 요소를 지니고 있고 따라서 평등하다. 이것을 불성이라고도 하고 신성이라고도 한다. 하지만 실제 존재하는 생명은 천태만상이다. 삼악도에 떨어져 있는 생명도 있고 아수라계에 떨어져 있는 생명도 있다. 그리고 인간계에서 갖가지 고통에 시달리며 사는 생명도 있다. 이들에게 시급히 요구되는 것은 생명의 실상을 바로 이해하게 하고 바른 세계관과 인생관을 가지고 살게 하는 것이다. 그래서 자신의 삶을 진화시켜 나가고자 노력하게 하는 것이다.

이 세상에는 자신이 몸담고 있는 작은 세계가 세상의 전부라고 생각하며 사는 사람들이 무수히 많다. 그 사람들이 보고 있는 산은 자신들의 마을에 있는 앞산과 뒷산이다. 그래서 그 산을 오르내리며 나물도 캐오고 열매도 따온다. 버섯이나 약재를 채취해 오기도 한다. 그 사람들에겐 자신들이 오르내리는 앞산이나 뒷산 이외의 다른 산엔 관심이 없다. 멀리 보이는 산이 있긴 하지만 그 산은 자신들이 오를 수 없으므로 자신들하고는 아무 상관이 없다. 상관이 없으므로 없는 것과 다를 바가 없고 없는 것과 다를 바가 없으므로 관심을 가질 일도

없다. 그러나 그중에는 사람들이 관심을 가지지 않는 높은 산에 관심을 가지는 사람이 있다. 관심을 가졌기 때문에 그 사람은 높은 산에 오르고 싶은 열망을 느끼게 되고 실제로 그 산을 오르려 시도를 하게 된다. 그런 열망과 시도 끝에 그는 마침내 그 산에 오르게 된다. 산에 올라 보니 그 감동은 이루 말할 수가 없다. 작은 산에서 느끼지 못했던 웅장함과 광활함, 그것을 통해 얻게 되는 기쁨은 말로서는 표현할 수가 없다. 그리고 높은 산은 작은 산에서 구할 수 없는 귀중한 보물들을 품고 있어서 그것들을 통해 얻는 값도 작은 산의 것과는 비교가 되지 않는다. 그래서 그는 다른 사람들에게 자신이 보고 느낀 감정을 얘기하고 귀한 보물을 얻은 것을 보여 주면서 함께 높은 산에 올라 보자고 권유한다. 하지만 대부분의 사람들은 그의 권유를 받아들이지 않는다. 앞산과 뒷산에서 얻는 것만으로 충분한데 굳이 고생하며 높은 산에 오를 필요가 있나, 하는 것이 그들의 생각이다.

하지만 한번 높은 산에 올라 본 사람은 그 산이 주는 기쁨을 포기하지 못한다. 그래서 그 산을 안주처로 삼으며 더 높은 산에 올라 보고 싶은 열망을 품게 된다. 수없는 노력과 시도 끝에 그는 마침내 더 높은 산에 오르게 된다. 오르는 과정은 목숨을 걸 만큼 힘들었지만 한번 오르고 나면 그것을 통해 얻게 되는 기쁨은 이루 말할 수 없다. 이 열락(悅樂)의 감

격을 누가 알 수 있을까! 그는 다시 주위 사람들에게 높은 산에서 경험했던 기쁨을 얘기하고 함께 산에 오르자고 권유한다. 열락의 기쁨을 함께 나누고 싶어서이다. 그의 말을 들은 대부분의 사람은 고개를 젓지만, 개중의 몇 명은 따라나설 용기를 낸다. 그러면서 산에 오르는 길을 안내해 달라고 부탁한다. 그들은 이미 마을 앞산이나 뒷산에 오르면서 얻는 기쁨은 기쁨이 아니라는 것을 알고 있기 때문이다. 높은 산, 더 높은 산, 그보다 더 높은 산을 차례로 오르면서 거기서 느끼게 되는 환희와 열락, 속박으로부터의 해방과 자유, 생명의 실상에 이를 수 있음을 알려 주고 싶은 것이다. 그러기 위해 바른 세계관과 인생관을 가지고 살게 해 주고 싶다. 자신의 삶을 진화시켜 나가게 도와주기 위해서다. 나는 언제부터인가 마을 앞산과 뒷산을 오르는 일에 기쁨을 얻지 못하게 되었다. 그리고 그 일이 몹시 지루하고 권태롭게 느껴졌다. 그래서 높은 산을 오르려 시도하게 되었고 그 일을 통해 기쁨과 환희를 맛보게 되었다. 차원을 달리하는 기쁨과 환희, 그걸 사람들한테 알리고 싶어졌다. 문학이라는 방편을 통해. 이것이 나를 여기까지 이끌어 왔던 전 과정이다.

  나는 이제 문학이라는 방편을 통해 생명의 실상을 알리려 한다. 문학은 언어로 조합되어 있으므로 내가 사용하는 언어는 투명한 밝은 빛과 신묘한 향기, 그리고 청아한 소리를

지녀야 한다. 부처님의 숨결이 입혀져야 한다. 그래야만 나는 소기의 목적을 달성할 수 있다. 지금 나는 그 일을 할 준비가 돼 있는가? 그런 글을 쓸 능력을 온전히 갖추고 있는가? 이런 질문을 나 자신에게 던져 보던 나는 고개를 저었다. 자신 있게 그렇다고 말할 용기가 나지 않았다. 한참 동안 고심에 잠겨 있던 나는 아직 한 단계의 공부를 마치지 못했음을 알았다. 내가 염원하는 그런 글을 쓰려면 설법지에 올라야 한다. 설법지는 말 그대로 진리를 설할 수 있는 자리다. 설법지는 현자들이 취득한 가장 높은 자리다. 그러기 때문에 내 염원과 내 능력 사이에는 깊은 강이 가로놓여 있다. 그 강을 높은 산이라고 표현해도 무방하다. 아무튼 나는 한 과정을 다시 밟지 않으면 안 된다. 그 과정을 어떤 방법으로 밟아야 하나? 그 답을 얻기 위해선 스승을 만나야 한다. 스승의 조언을 듣는 길밖에 없다.

나는 강한 힘에 이끌려 광장으로 나왔다. 연못을 에워싸고 있는 광장은 끝없이 넓었다. 광장엔 크고 우람한 나무들이 숲을 이루고 그 앞엔 무지갯빛 꽃들이 가득 피어 있었다. 나는 사람들이 많이 모여 있는 쪽을 향해 걸음을 옮겼다. 그러

면서 주위를 살폈다. 광장엔 친한 사람들끼리 삼삼오오 모여 앉아 담소를 나누기도 하고 꽃길을 걸으며 담소를 나누기도 했다. 모두가 밝고 행복한 얼굴들이다. 나처럼 혼자 걷는 사람은 거의 눈에 띄지 않았다.

사람들이 많이 모여 있는 곳은 큰 나무 밑이었다. 우람한 나무 아래 사람들이 둘러앉아 토론하고 있었다. 수백 명은 됨 직한데 전 세계인들이 다 모여 있는 것 같았다. 육체를 지니고 있진 않지만 다양한 세계인들의 모습이 비쳤다. 나는 그들 가까이 다가가 그들의 대화에 귀를 기울였다.

"지구인은 공존하느냐, 공멸하느냐 갈림길에 서 있다고 봅니다. 그건 물질문명이 쓰나미처럼 지구인을 덮쳤기 때문이죠. 물질의 풍요에 정신을 팔다 보니 생존 자체가 불가능하게 되고 말았습니다. 하지만 아직도 지구인들은 물질의 풍요에 매달려 자신들이 어떤 위기에 처해 있는지를 정확히 모르고 있습니다. 그래서 저는 음악을 통해 그 사실을 알려 주고 싶습니다."

금발을 한 남자가 말했다.

"물질의 풍요를 누린 건 소수고 그들보다 더 많은 사람은 여전히 물질의 결핍 속에서 살고 있습니다. 소수의 사람이 누린 풍요의 대가를 다수의 사람이 떠맡고 있는 거죠. 공기의 오염, 물의 오염, 토질의 오염 등. 그래서 저는 이 사실을 문학을

통해 알리고 싶습니다. 지구인들은 이 부당함을 반드시 알아야 합니다."

눈이 검은 여인이 힘주어 말했다.

"지금 하신 말씀에 저도 공감합니다. 하지만 냉정히 들여다보면 물질의 풍요를 누리지 못했던 다수의 사람도 물질의 풍요를 누리려는 열망이 있습니다. 경쟁에서 뒤졌을 뿐이지요. 지구인들이 물질에 대한 풍요를 누리려는 열망이 있는 한 지금 말씀하신 공기, 물, 땅의 오염을 막을 수 없습니다. 문제의 심각성은 바로 여기에 있다고 봅니다."

금발의 여인이 말했다.

"물질에 대한 열망은 육체를 가지고 있는 인간이 누리는 기본적 욕구입니다. 이 욕구를 교묘하게 부추겨서 부를 축적하는 경제체제에 문제가 있다고 봅니다. 과거에도 물질에 대한 욕구가 없었던 건 아니지만 지금처럼 무한정으로 욕구를 확대한 적은 없었죠."

검은 머리를 한 남자가 말했다.

"다수의 사람이 물질적 욕구를 일으킬 수 있는 경제체제로 바뀐 건 불과 얼마 되지 않았습니다. 그전에는 권력을 가진 자만이 부를 누렸기 때문에 다수의 사람은 부를 누리려는 욕구 자체를 가질 수 없었으니까요."

눈이 파란 여인이 말했다.

"지금 하신 말씀은 옳습니다. 하지만 얼마 되지 않은 기간에 지구가 망가져 가고 있으니 경제체제에 문제가 있다고 제기하지 않을 수 없죠. 이렇게 단기간에 지구가 위기에 처한 적이 있습니까? 공기, 물, 땅이 오염돼서 생존 자체를 할 수 없게 된 적이요."

먼저 말한 남자가 자신의 소신을 다시 한 번 강조하면서 말했다.

"중요한 건 지금, 이 시점에서 우리가 무엇을 할 수 있느냐, 하는 겁니다. 경제체제는 경제를 다루는 선생님들이 고심하고 계십니다. 그러니 그 문제는 그쪽 선생님들한테 맡기고 우린 우리가 할 수 있는 일을 가지고 고민합시다."

눈이 검은 남자가 중재에 나섰다.

"그렇습니다. 바로 그게 핵심입니다."

"지금 지구인들은 물질을 쟁취하고자 하는 욕망의 쓰나미에 휩쓸려 있습니다. 그 욕망의 쓰나미에 휩쓸려 있는 한 정신력은 빈곤해질 수밖에 없습니다. 그 도가 지나치면 정신력은 아예 힘을 잃게 되고 그 가치를 망각하게 되죠. 그렇게 되면 인간이 동물의 자리로 내려가게 됩니다. 동물화 돼 버리는 거죠. 동물과 인간의 다른 점이 무엇입니까? 그건 선과 악, 정의와 불의를 분별할 수 있는 지혜를 가지고 있느냐 그렇지 못하느냐에 달려 있습니다. 좀 더 진화하면 진리에 대한 이해로

나아가게 되고 진리를 추구하는 열망에 사로잡히게 되죠. 그런데 지금 지구인들은 물질에 대한 쟁취에만 함몰돼 있으므로 정신적인 영역이 설 자리를 찾지 못하고 있습니다."

"좋은 지적을 해 주셨습니다. 지금 지적하신 대로 가장 중요하고 시급한 건 지구 안에 사는 사람들의 정신력을 고양시키는 일입니다. 그 일을 해야만 지구를 살릴 수 있습니다. 그렇지 못하면 지구는 사람들에 의해 파멸되고 말 겁니다."

"전쟁의 공포, 무기의 생산, 환경의 파괴, 기아와 재난, 자연재해… 열거하기도 힘들 만큼 지구에는 이미 지구를 파멸할 요소들이 산재해 있습니다. 이 요소들을 제거하기 위해서는 지구인들의 정신력을 어떻게든 회복시켜 인간의 의식을 고양해야 합니다."

토론은 끝없이 이어졌다. 그러면서 위기에 처한 지구인들을 구하기 위해서는 그들의 정신력을 한 차원 높게 고양시키는 것이 급선무라는 데 결론이 모아졌다. 그러기 위해 예술을 하는 우린 서로 깊은 유대를 맺고 각자 그 일을 잘할 수 있도록 돕자고 했다. 나는 오랜 시간 동안 토론을 지켜보면서 지구에 있는 예술인들과 이들이 무엇이 다른가를 생각해 봤다. 그러던 나는 나를 향해 천천히 머리를 끄덕였다.

경쟁과 보완. 지구에 있는 예술인들과 천상에 있는 예술인들을 비교한다면 이 두 단어가 적절할 것 같다. 지구에 있

는 예술인들은 서로 경쟁한다. 명예를 쟁취하기 위해선 최고의 자리에 군림해야 하기 때문이다. 하지만 여기 있는 예술인들은 명예를 갈구하지 않는다. 그래서 군림의 욕망이 없다. 여기 있는 예술인들은 모두 스승의 역할을 잘해서 인류의 정신을 한 단계 고양시키려는 서원에 차 있다. 그러므로 그 일을 잘하도록 서로 돕고자 하는 마음을 낼 수 있다. 모두 함께 참여했을 때 인류의 정신을 고양하는 일이 가능하다는 믿음을 가지고 있어서다.

예술가들이 모여 집단 토론을 벌이는 광장을 빠져나오자 삼삼오오 모여 앉아 담소하는 사람들이 보였다. 무지갯빛의 꽃들이 끝없이 피어 있는 풀밭에 둘러앉아 담소하는 그들의 모습이 너무도 평화롭게 보였다.

예술을 하는 사람들이 모여 토론하는 장면을 보고 나니 여기에 모여 있는 스승들의 전모가 이해되었다. 정치가 그룹, 사업가 그룹, 과학자 그룹, 교육자 그룹, 의사 혹은 약사들의 그룹, 각 분야에 종사하는 학자들의 그룹, 다양한 분야에서 활동하는 사회운동가들의 그룹, 농부들의 그룹, 어부들의 그룹, 건축가들의 그룹…. 수많은 그룹의 전문가들이 모여 지구를 한 차원 높은 생명의 별로 가꾸기 위해 고심하고 있음을 알았다. 지구가 아름다운 생명의 별로 진화하느냐, 아니면

탐욕의 아수라장에서 신음하다 소멸하느냐, 하는 갈림길에 서 있다는 것을 가장 먼저 알아야 할 사람들은 지구인이다. 지구인이 이 사실을 명확히 알지 못하면 외부에서 도움을 주고 싶어도 줄 수가 없다. 그래서 여기 있는 스승들은 지구인들의 의식이 깨어나기를 기다리고 있다. 지구 안에서도 많은 스승이 지구인들의 정신력을 고양하려고 애쓰고 있지만 물질에 대한 욕구가 워낙 강하기 때문에 정신력을 고양하는 일은 쉽지 않다. 그래서 성과는 미미한 상태에 머물러 있다.

연꽃이 아름답게 피어 있는 호수 주변에는 많은 전문가 그룹들이 모여 의견을 교환하고 있었다. 그러면서 서로 네트워크를 구축해 자신들이 하고자 하는 일을 성공시키려고 노력했다. 그런 스승들을 보고 있노라니 그들 한 분 한 분이 그대로 활짝 피어 있는 연꽃처럼 고귀하게 느껴졌다. 호수 주변을 경이로운 눈으로 바라보고 있는 내 마음속에 천상계에 처음 와서 만났던 스승들 얼굴이 떠올랐다. 한반도를 아름다운 공동체로 만들기 위해 한반도 통일과 통합의 길을 찾아 고심하던 사회운동가, 어떤 난관에도 보살행을 포기하지 않겠다고 원을 세웠던 경세가, 자신이 정립한 잘못된 사상을 참회하면서 새로운 사상을 정립해 교육이념으로 펼치겠다는 교육가, 외로운 사람, 고독한 사람, 버림받은 사람들의 안식처를 만들어 주겠다고 원을 세웠던 여인, 그 여인은 지구에 있는

행려병자가 자살했음을 파동으로 느끼고 곧바로 지구로 달려 갔다. 지구로 간 여인은 그 후 어떻게 되었을까?

내가 이런 생각에 잠겨 있을 때 서로 마주 보며 환하게 웃고 있는 두 사람의 모습이 보였다. 나는 정신을 집중하고 다시 두 사람의 모습을 바라보았다. 경이롭게도 내가 궁금해하던 원력과 참회가 마주 보며 웃고 있었다. 나는 그들을 만나야겠다고 생각하며 몸을 돌렸다. 그 순간 나는 그들 앞에 서 있었다.

"반갑습니다. 여기서 다시 만나다니요."
원력이 그 특유의 환한 웃음을 지으며 나를 반겼다.
"반갑습니다. 두 분 선생님을 다시 만나게 돼서요."
나도 웃음을 지으며 두 분 스승을 바라보았다.
"목표로 하셨던 공부를 다 마친 걸 축하드립니다."
원력이 말했다.
"그걸 어떻게 아셨어요?"
내가 묻자
"이 광장은 공부를 다 마친 분들이 모이는 곳입니다. 서로 자유롭게 지식을 교환하며 네트워크를 구축하고 있죠. 서로

도울 수 있는 방법을 찾으면서요. 우리도 저쪽에 앉아 얘기합시다."

원력이 호수 쪽을 가리키며 말했다. 우리 세 사람은 몸을 옮겨 호숫가에 가 앉았다. 홍련, 청련, 황련, 백련은 서로 함께 어우러져 꽃잎을 활짝 피우고 있었다. 서로 다른 색깔의 꽃잎들이 호수 가득 피어 있는 모습이 흡사 서로 다른 모습을 한 사람들이 함께 어우러져 공존하고 있는 모습과 같았다. 바람이 불 때마다 꽃잎들은 무지개색을 띠며 반짝였고 꽃잎에서 뿜어져 나오는 향기가 광장을 부드럽게 감쌌다.

"두 분 선생님은 쭉 함께 계셨는가요?"

내가 물었다.

"거의 같이 있었습니다. 우린 공동의 목표를 가지고 있으므로 자연히 함께하는 시간이 많았지요."

원력이 답했다. 현상계에선 나이가 영향을 미치지만 여긴 나이가 없으므로 두 분은 다정한 벗으로 함께하고 있었다.

"두 분이 함께해 온 공동의 목표를 한 번 더 들려주실 수 있을까요?"

처음 여기 와서 두 분을 만났을 때 들었던 말이 생각나서 이렇게 청했다. 원력은 그때 원력 님으로 불렸다. 어떤 난관에도 보살행을 포기하지 않겠다는 원력을 굳건히 세우고 있었기 때문이다. 그분은 자신이 하는 모든 회향은 보살행의 실

천이고 보살행의 실천을 통해 자신을 완성해 가는 수행의 길을 택하고 있었다. 최고의 철학자며 경제학자였던 그는 철학을 경제뿐 아니라 법학과 교육학에도 접목해 세상에 내놓았던 이론가다. 이윤을 추구하는 게 경제의 속성이지만 그 안엔 반드시 공동선을 실천하는 철학이 숨 쉬고 있어야 한다는 것이 그의 지론이었다. 교육도 법도 마찬가지였다. 그리고 참회님은 그가 정립한 사상이 일인 독재체제의 도구로 전락한 것에 회의를 느끼고 깊이 참회하고 있었다. 한반도의 양극에서 최고의 이론가로 군림했던 두 분이 여기서 만나 새로운 사상을 만들어 내고 있다는 사실에 흥미가 느껴졌다.

"우리가 몸담았던 한반도는 통일의 길로 들어섰기 때문에 머지않아 통일이 될 것입니다. 세계를 뒤흔들었던 양대 이데올로기가 한반도에 상륙해 분단의 이론적 토대를 만들었지만 통일이 되면 그 이론은 효용의 가치를 상실하게 되지요. 그러면 자연히 한반도를 이끌어 갈 새로운 사상이 등장해야 하는데 우리 두 사람은 그때를 대비해 새로운 사상을 정립시키려 노력했습니다. 우리가 정립한 사상은 한반도뿐 아니라 세계를 이끌어 갈 새로운 지표가 될 것입니다. 여기에 와 있는 각 분야의 스승들도 함께 고심하며 참여했으니까요."

경세가가 설명했다.

"그 사상을 요약해서 들려주실 수 있을까요?"

내가 조심스럽게 청을 하자

"개인과 전체의 밸런스, 조화지요. 우리가 정립한 사상이 인간 세상에서 실용화되려면 반세기 정도 시일이 걸릴 겁니다. 그 사상을 실용화시키기 위해선 지구에 사는 인간의 의식이 이기심에서 이타심으로 변화돼 가야 합니다. 일종의 의식 혁명이면서 인격 혁명이지요. 이 변화가 성공하면 지구는 지금과는 차원이 다른 별이 돼 있을 겁니다. 그리고 우주 안에 있는 같은 레벨의 천인들과도 친교를 나누며 살게 되겠지요."

원력이 설명했다.

"선생님도 같은 확신을 가지고 계신가요?"

내가 옆에 있는 참회를 보며 묻자 참회는 천천히 머리를 끄덕였다. 그러면서 이렇게 답했다.

"넓은 바다에서 한 사발의 물을 뜬 게 지구라고 한다면 지구는 그대로 우주 그 자체지요. 사발 안에 담긴 물이 사발에 갇혀 있으면 사발 물로 남지만, 사발을 깨고 바닷물과 합쳐지면 바닷물이 되니까요. 이기심과 이타심의 관계도 그와 같다고 생각합니다. 개인이라고 하는 작은 사발, 국가라고 하는 작은 사발, 지구라고 하는 작은 사발을 어떻게 깨고 나와 우주와 하나가 되느냐에 따라 인간이 경험하는 행복의 질은 완전히 달라진다고 생각합니다. 가장 시급한 것은 자신의 의식

이 작은 사발에 갇혀 있다는 것을 알게 해 주는 것입니다. 그래서 그 사발을 깨고 나와 자기 자신을 끝없이 확장해 가게 하는 것입니다. 그 일을 진행하는 주체는 각자 개인이지요. 개인이 그 일을 해 가는 주인공입니다."

"두 분 선생님이 하시려는 일이 어떤 것인지 알겠어요. 예술가 그룹의 토론회에 참석해 봤는데 거기서도 선생님들이 지금 말씀하시는 내용과 같은 내용을 얘기하더군요. 천상계에 있는 스승들이 함께 고민하는 내용이 지구인의 의식을 한 단계 진화시켜 지구를 새로운 별로 만들려는 것이라는 걸 확실히 알았어요."

"우리가 개개인의 의식을 진화시켜 넓은 세계로 나가도록 돕는 것과 똑같지요. 지구도 우주에 떠 있는 생명체니까 우주 안에서 진화한 별로 계속 발전해 가야 합니다. 그 일은 지구 안에 있는 생명체에 의해서 가능해지지요. 감싸고 감싸이는 관계, 지구와 그 안에 있는 생명체는 그런 관계입니다."

원력의 말을 듣고 내가 긍정하는 표정을 짓자

"함께 지구로 가서 함께 일을 합시다. 선생님은 문학이라는 기능을 통해 대중들한테 메시지를 전달할 수 있으니까 선생님의 역할이 꼭 필요합니다."

"언제쯤 지구로 가시려고요?"

"모든 준비가 다 됐으니 바로 가야지요. 통일의 기운이

한반도를 덮고 있는 이때가 우리가 갈 때입니다."

"한반도 통일이 곧 될까요? 많은 혼란이 산재해 있는데요."

"혼란은 계속 이어질 겁니다. 지금은 양 진영이 만들어 낸 잔재물이 한반도를 덮고 있지만요."

"그 잔재물이 언제쯤이면 다 치워질까요?"

"지구의 시간으로는 반세기쯤 걸릴 겁니다. 통일은 그 이전에 되고요."

"그러면 바로 가셔야겠네요. 정말 시간이 없군요."

"선생님도 빨리 서두르십시오. 이왕이면 같이 떠납시다."

"저는 여기 남아서 공부를 더 해야겠다는 생각을 하고 있어요. 지구로 돌아가 뜻을 펴기에는 제 공부가 미진한 거 같아서요."

"우리는 여기서 한 과정의 공부를 마친 것뿐입니다. 그러니 당연히 미진하지요. 지구는 현장 실습을 하는 공간이기 때문에 다음 과정의 공부를 하려면 반드시 지구를 다녀와야 합니다. 현장 실습을 잘 마치고 와야 다음 과정의 공부를 할 수 있는 자격을 얻게 되는 것이니까요."

경세가가 나를 설득하려 애를 썼다.

"선생님들과 같이 가지는 못하지만 저도 곧 떠날 마음의 준비를 하고 있습니다. 지구에서 뵙도록 하겠습니다."

내가 양해를 구하자

"좋습니다. 그렇게 하십시오."
원력이 선선히 내 말을 받아들였다.

나는 연꽃이 가득 피어 있는 호숫가를 산책하며 혼자 생각에 잠겼다. 내가 지구로 돌아가는 일에 확신을 가지지 못하는 것은 원명 왕자와의 재회 때문이라고 생각했다. 원명 왕자를 만난 이후 나는 내 안에 남아 있는 번뇌의 찌꺼기를 보았고 번뇌의 찌꺼기가 남아 있는 한 생명의 실상을 작품으로 그릴 수 없다는 게 간파되었다. 그래서 공부를 더 하지 않으면 지구에 가서 소기의 목적을 다 할 수 없다는 생각에 사로잡히게 되었다. 여기서 공부를 한다면 어떤 공부를 어떤 방법으로 해야 하나? 나로서는 알 수가 없었다. 그래서 스승을 만나 의논을 드려 봐야겠다고 생각하고 스승이 내게로 오기를 기다렸다.

"나하고 의논하고 싶은 게 있는가?"
스승이 내 옆에 서며 물었다.
"네."
내 마음에 화답해 즉시 오신 스승께 감사하며 고개를 숙였다.

"말해 보게. 의논하고 싶은 걸."

"저는 여기 남아 공부를 더 하고 싶습니다. 생명의 실상을 작품으로 그리고 싶은데 완전하게 그릴 수 없을 것 같아서입니다."

"생명의 실상을 완전히 아는 건 붓다의 자리에 가서야 가능하네. 그 이전에는 자신이 공부한 수준만큼만 아는 걸세. 나는 자네보다 한 단계 높은 자리에서 수행하므로 자네보다는 생명의 실상을 더 깊이 알고 있지만 그렇다고 해서 완전하게 알고 있는 건 아닐세."

"지금 하신 말씀을 저도 이해하고 있습니다. 그래서 완전하게 알고 싶다는 욕심은 내지 않고 있습니다. 제가 도달하고 싶은 자리는 번뇌를 벗어난 자립니다. 번뇌가 남아 있는 한 생명의 실상을 안다고 말할 수 없기 때문입니다."

"더 말해 보게."

"제가 지구로 돌아가 하고 싶은 일은 생명의 실상을 온전하게 드러내는 글을 쓰고 싶은 겁니다. 그래서 지구인들이 생명의 실상을 바로 이해하고 바른 세계관과 인생관을 가지고 살게 하고 싶은 겁니다. 그렇게 삶으로 해서 지구에 머무는 동안 자신의 생명을 한 단계 더 진화시켜 공부를 완성해 가도록 돕고 싶은 겁니다. 그런 글을 쓰는 게 제 서원입니다."

"자네가 그런 서원을 가지고 있다는 건 처음부터 알고 있

었네. 그 서원은 설법지에 가야 성취할 수 있으므로 현자의 자리로 옮겨 가 더 공부를 해야 하네."

"저도 설법지에 도달해야 제 소원이 성취된다는 것은 알고 있었습니다. 그래서 공부의 최종 목표를 설법지에 두었습니다."

"글을 쓰는 작가로서 최종 목표가 설법지에 도달하는 거라고 해야겠지."

"맞습니다. 지금 스승님이 하신 말씀이 정확하게 제 마음을 표현한 것입니다."

"스승의 자리에서 해야 할 공부를 마쳤기 때문에 다음 단계는 현자의 자리로 옮겨 가는 걸세. 그러기 위해선 반드시 지구에 가서 자네의 서원을 실천에 옮기고 와야 하네. 지구에 가서 서원을 실천에 옮기는 것도 공부의 과정 중에 포함되는 것이네."

"지구로 가기 전에 제가 공부할 수 있는 건 뭘까요? 저는 그 과정을 마친 후 가고 싶습니다."

"지금 자네의 공부 자리는 청정한 마음과 평등한 마음을 증득한 거네. 그러므로 현상계에 나가 어떤 활동을 해도 생명들한테 실질적인 이득을 줄 수 있네. 그래서 그 자리를 스승의 자리라고 하네. 하지만 스승의 자리엔 아직 번뇌가 남아 있네. 청정해졌다곤 하지만 번뇌의 그림자가 어른거릴 수 있는

거지. 자네가 지금 괴로워하는 건 바로 이 부분일세."

"그렇습니다. 스승님, 제가 그 번뇌의 그림자를 완전히 지워 버리려면 어떻게 해야 합니까?"

"공(空)에 투철해지는 거지. 지금 자네가 넘어야 할 산은 바로 그걸세."

"스승님, 저를 도와주십시오. 제가 그 산을 넘고 지구로 돌아가도록 제 공부를 도와주십시오."

"자네의 생각이 정 그렇다면 내가 도와주겠네. 공의 투철한 증득은 자네 자신이 하는 걸세. 내가 도울 수 있는 건 그걸 알도록 돕는 거네. 아는 것과 증득이 다르다는 건 설명을 하지 않아도 되겠지. 지금까지 공부해 오는 동안 자네도 수차례 경험을 했을 테니까."

"네 알고 있습니다."

"모든 공부의 시작은 정려에 드는 것이니 정려에 들도록 하게. 그리고 생명의 실상을 한 번 더 관해 보게."

"그렇게 하겠습니다."

"내 도움이 필요해지면 나를 찾게. 그럼 내가 자네한테로 오겠네."

"스승님, 감사합니다."

나는 지극한 마음을 모아 스승을 향해 합장의 예를 올렸다.

삼세의 오온(五蘊)을 세간이라 한다. 오온은 숙업에 의해 이루어지고 숙업은 마음에 의해 이루어진다. 오온은 색(色) 수(受) 상(想) 행(行) 식(識)이다. 색은 형태 있는 것, 즉 육체를 말하고, 수 상 행 식은 정신을 가리킨다. 따라서 오온은 심신을 가리킨다. 다시 말하면 일체의 생명 또는 삼세의 세간이 모두 마음에서 말미암는다.

나는 오랫동안 이 사실을 관했다. 그럴 때 "육체와 정신을 지닌 생명은 그 자체로 완벽하다. 진여의 세계와 현상계가 구현되어 있기 때문이다."라는 말이 내 입에서 나왔다.

그 사실을 알자 내 안에서 중생이라는 말과 제도라는 말이 뿌리째 뽑혀 나갔다. 그리고 그 자리에 '작용을 돕는다'라는 말이 대신 자리를 잡았다. 중생이라는 말이나 제도라는 말에는 '열등한 자를 이끌어 준다'라는 뜻이 내재해 있다. 그러나 실상을 알고 보면 생명은 이미 완벽하게 구족해 있으므로 우월함과 열등함의 차별이 있을 수 없다. 그래서 제도라는 말도 성립될 수 없다.

모든 생명은 현상계 안에서 작용한다. 오직 작용만을 할 뿐이다. 그런데 그 작용은 마음으로 말미암는다. 문학을 통해

내가 할 수 있는 일은 마음의 작용을 돕는 일이다. 현상계라는 이 거대한 공간에 어떤 집을 지을 것인가? 이 명제의 실천은 현상계 안에 존재하는 모든 생명의 마음 작용 때문에 이루어진다. 눈부신 황금 전당도, 악취가 풀풀 풍기는 혐오스러운 흉가도 마음 작용 때문에 지어진다. 그리고 모두는 자신들이 지은 그 집에서 살다가 간다.

일체 생명이 가감(加減)할 수 없는 완벽한 존재라는 것을 알자 나를 에워쌌던 엷은 막이 걷히었다. 세상을 덮고 있던 엷은 막도 함께 걷히었다. 나는 그게 내 안에서 펼쳐지는 마음 작용임을 알았다. 나를 에워싸고 있던 아상이 스러지자 비로소 겸허함이 내 안을 꽉 채웠다. 그러면서 생명에 대한 공경심이 활짝 꽃잎을 피웠다. 예경제불(禮敬諸佛).

"이제 나는 예경제불의 수행문에 들어섰다. 보현보살의 집에 힘차게 한 발을 들여놓았다. 지구로 돌아가 그 일을 실천에 옮기면 된다. 보현보살의 집에서 끝없이 노를 저어 항해를 계속하는 일, 그 일이 내가 할 일이다."

이렇게 생각을 모아 가자 미세하게 남아 있던 불안감이나 초조함이 스러졌다. 그러면서 서원의 삿대를 쥐고 노를 젓고 있는 내 모습이 보였다. 내 모습이라고 했지만 꼭 내 모습 같지도 않았다. 그런데도 나는 노를 젓고 있는 그를 나라고 생각하고 있었다.

"망망대해를 향해 노를 젓는 일을 계속하게. 그 일이 자네가 할 일일세. 보현보살의 집에 발을 들여놓음으로써 자네는 진정한 보살이 되었네. 참으로 장하네."

나를 찬탄하는 스승의 음성이 들렸다. 나는 고개를 들고 스승을 바라보았다. 무한한 신뢰를 담고 나를 바라보는 스승의 눈빛, 그 눈빛을 보자 나도 모르게 눈물이 가득 고였다.

"이제 지구로 돌아가겠습니다. 거기에 가서 노 젓는 일을 계속하겠습니다."

"그러게. 한 생이 될지 아니면 여러 생이 될지는 모르지만 그렇게 노를 젓다 보면 어느 순간 노를 젓는 일이 저절로 이루어지는 때가 오네. 힘을 들이지 않아도 되는 무공용(無功用)의 단계지. 그 단계에 이르면 부처님의 지혜를 보게 되고 불퇴전의 자리에 머물게 되네."

"알겠습니다. 어떤 난관이 닥쳐온다 해도 노 젓는 일을 포기하지 않겠습니다."

"자네의 그 굳건한 서원에 의해 내 공부도 깊어졌네. 자네와 나의 관계를 안다면 자네와 자네가 만나게 될 무수한 사람들과의 관계도 자연히 알아질 걸세."

"무슨 말씀인지 이해가 됩니다. 마음에 꼭 새기고 노를 젓겠습니다."

"자네를 안내해 줄 천인이 올 걸세. 마음의 준비를 하고 있게."

"감사합니다. 스승님의 당부를 꼭 실천에 옮기겠습니다."

나는 감사한 마음을 담아 스승을 향해 합장배례했다.

"지구에 가면 난관이 따르게 되네. 그 난관을 잘 극복하기 바라네."

스승은 마지막 당부를 남기고 잠시 나를 바라보다가 떠나갔다. 스승의 시선에서 나는 많은 것을 느낄 수 있었다. 깊은 감동에 젖으며 스승이 떠나간 쪽을 바라보면서 감사의 합장을 다시 올렸다. 그리고 고개를 들던 나는 눈을 점점 크게 뜨며 허공을 응시했다.

내 앞엔 바다를 열 개쯤 포개놓은 것 같은 깊은 청색이 펼쳐졌다. 그리고 그 안에서 태양이 떠오르는 것처럼 밝은 빛이 뿜어져 나왔다. 청색은 밝은 빛에 휩싸여 바라볼 수가 없었다. 너무도 눈이 부셔서다. 내가 넋을 놓고 허공을 응시하고 있을 때 스님 모습이 서서히 떠올랐다. 스님은 나를 향해

미소를 짓고 계셨다.

"청화 스님!"

스님을 우러러보는 내 입에서 이런 말이 나왔다.

"…."

미소 짓고 계신 스님 모습이 가까이 다가왔다.

"아, 의상 스님!"

나는 감격하며 합장을 했다.

내가 숙였던 고개를 들고 다시 허공을 응시하자 빛으로 뭉쳐져 있던 스님 모습은 서서히 스러지고 눈부신 푸른빛이 끝없이 펼쳐져 있었다. 그리고 잠시 후 그 푸른빛도 서서히 걷히었다.

아! 나는 떨리는 가슴으로 오랫동안 허공을 응시했다.

내가 받은 이 마지막 선물은 무슨 의미지…?

Humans do not die

제목	인간은 죽지 않는다 1
초판	1쇄 인쇄 및 발행 2025년 3월 1일
지은이	남지심
기획	정은성, 남정주
책임편집	전현서, 이종숙
편집	정소연, 김재우, 박윤희, 김태정, 이수빈, 정재홍
디자인	스튜디오 달사람 moonmanstudio@naver.com
펴낸이	정창득
펴낸곳	도서출판 얘기꾼
연락처	T_070.8880.8202 F_0505.361.9565
	E_batistaff@naver.com
주소	서울시 종로구 삼일대로 30길21, 1214호
ISBN	979-11-88487-22-6 04810
	979-11-88487-21-9 [세트]
출판등록	2013. 1. 28 [제300-2013-124호]

© 남지심 2025